Karin B. Holmqvist
Manneskraft per Postversand

SERIE PIPER

Zu diesem Buch

Die liebenswerten Schwestern Tilda und Elida Svensson führen ein beschauliches Leben im Haus ihrer verstorbenen Eltern, wo sie sich auch ohne neumodischen Luxus ziemlich
wohlfühlen. Doch als der attraktive Ministerialdirektor Alvar Klemens ins Nachbarhaus zieht, wird ihr Leben von
einem Tag auf den anderen komplett auf den Kopf gestellt:
Neue Sommerkleider werden gekauft, obwohl die alten noch
gar nicht aufgetragen sind, und die Damen lernen den Komfort eines Badezimmers mit Wasserklosett zu schätzen. Das
ist von ihrer knappen Rente allerdings nicht zu finanzieren.
Als die Schwestern eines Tages den Nachbarskater beobachten, wie er nach dem Genuß von Blumenerde aus Alvars Petunientopf ganz ungeahnte Potenz entwickelt, sind sie zunächst etwas peinlich berührt, doch dann kommt ihnen eine
glänzende, wenn auch gewagte Geschäftsidee. Denn was
beim Kater funktioniert, dürfte auch beim Mann wirken ...
Humorvoll und warmherzig erzählt Karin Holmqvist die
vergnügliche Geschichte zweier Schwestern, die das Unmögliche wagen.

Karin B. Holmqvist, geboren 1944 im südschwedischen Simrishamn, wollte eigentlich Model werden, machte eine kurze
Karriere in der Kommunalpolitik und entschied sich schließlich für eine Ausbildung als Sozialarbeiterin. In ihrer Freizeit
ist sie Zauberkünstlerin, Kabarettistin und Schriftstellerin
und hat mehrere Romane und Gedichtsammlungen veröffentlicht. Nach dem Überraschungserfolg »Manneskraft per
Postversand« erschien zuletzt auf deutsch ihr zweites Buch
»Villa mit Herz«.

Karin B. Holmqvist
Manneskraft per Postversand
Roman

Aus dem Schwedischen von
Annika Krummacher

Piper München Zürich

Von Karin B. Holmqvist liegen bei Piper im Taschenbuch vor:
Manneskraft per Postversand
Villa mit Herz

Dieses Taschenbuch wurde auf FSC-zertifiziertem Papier gedruckt.
FSC (Forest Stewardship Council) ist eine nichtstaatliche, gemeinnützige
Organisation, die sich für eine ökologische und sozialverantwortliche
Nutzung der Wälder unserer Erde einsetzt (vgl. Logo auf der Umschlagrückseite).

Deutsche Erstausgabe
1. Auflage Juli 2005
7. Auflage Oktober 2008
© 2004 Karin Brunk Holmqvist
Titel der schwedischen Originalausgabe:
»Potensgivarna«, Kabusa Böcker AB, Ystad 2004
© der deutschsprachigen Ausgabe:
2005 Piper Verlag GmbH, München
Umschlag/Bildredaktion: Büro Hamburg
Heike Dehning, Charlotte Wippermann,
Alke Bücking, Kathrin Hilse
Foto Umschlagvorderseite: Johner/photonica
Foto Umschlagrückseite: Lars Söderbom
Satz: EDV-Fotosatz Huber/Verlagsservice Pfeifer, Germering
Papier: Munken Print von Arctic Paper Munkedals AB, Schweden
Druck und Bindung: CPI – Clausen & Bosse, Leck
Printed in Germany   ISBN 978-3-492-24358-2

www.piper.de

1

Das Knarzen des Ausziehsofas in der Küche zeugte vom Beginn eines neuen Tages. Elida Svensson schob das Bett um genau zehn Minuten nach sieben hinein, wie jeden Morgen.

Elida war die ältere der beiden Schwestern. Sie würde im Herbst ihren neunundsiebzigsten Geburtstag feiern. Tilda war erst zweiundsiebzig, sah aber älter aus. Sie waren beide in diesem Haus geboren, allerdings nicht auf dem Küchensofa, sondern im großen, schwarzen Eisenbett des Elternschlafzimmers.

Dort sah es übrigens genauso aus, wie es immer ausgesehen hatte: Das besagte Eisenbett mit den gelben Messingknäufen und der großen gehäkelten Tagesdecke, die aus Garnresten hergestellt war, stand noch immer an seinem angestammten Platz. Als Kinder waren Tilda und Elida von der Decke mit den vielen bunten Feldern sehr fasziniert gewesen. Heute lagen sie manchmal auf dem Bett und hingen Erinnerungen nach.

»Das war mal meine Strickjacke«, sagte Tilda und zeigte auf eines der altrosa Felder.

»Und das hier war Opas Schal«, meinte Elida.

Jedes Feld, jede Farbe hatte eine eigene Geschichte. Manchmal, wenn ihr Vater, Schmiedemeister Svensson, ein wenig über den Durst getrunken hatte, verwendete er die Tagesdecke als Märchenbuch.

»Heute nehmen wir uns die waagerechten äußeren Felder vor«, hatte er beispielsweise gesagt und dann Feld für Feld die Geschichten vom Ursprung der Garnreste erzählt. Dabei hatte er großen Wert darauf gelegt, Reihe für Reihe vorzugehen. »Morgen kommen die senkrechten Felder dran.«

Es war wirklich eine wundersame Tagesdecke.

Die Schwestern hatten beschlossen, das Zimmer nach dem Tod der Eltern unangetastet zu lassen. Da sie sich nur selten darin aufhielten, heizten sie dort nie. Außer dem Bett gab es zwei Nachtschränkchen mit einer Marmorplatte, einer kleinen Schublade und einem Fach für den rosafarbenen Nachttopf aus Porzellan.

In der Ecke stand wie eh und je der Waschtisch. Die Waschschüssel mit passender Kanne war aus altem Steingut der Firma Rörstrand. Die Seifenschale war ein anderes Fabrikat, aber ebenfalls aus Steingut. Sogar die Seife lag noch darin, rissig zwar, aber immerhin.

Ansonsten gab es nicht viel im Schlafzimmer, abgesehen von ein paar großen Porträts ihrer Vorfahren an den Wänden und natürlich der muffigen, eingeschlossenen Luft. Für Neuerungen hatten die Schwestern Svensson nicht viel übrig.

Sie waren in finanziell knappen Verhältnissen aufgewachsen. Schmiedemeister Svensson hatte sein Leben lang hart geschuftet, trotzdem hatte das Geld nur gerade eben gereicht. Seine Frau Elna hatte sich um Tilda, Elida und den jüngsten Sohn Rutger gekümmert. Der Vater hatte ihn immer das Nesthäkchen genannt, weil Rutger zehn Jahre jünger war als Tilda.

Das Leben in ihrem Elternhaus war von Liebe geprägt gewesen, und vielleicht war das der Grund, weshalb Tilda und Elida allzu lange geblieben waren. So lange, daß sie ihre Chancen auf dem Heiratsmarkt verspielt hatten, wie man sich im Dorf scherzhaft erzählte.

Dabei waren sie keineswegs häßlich gewesen, sie hatten in ihrer Jugend sogar den einen oder anderen Heiratsantrag bekommen, und natürlich hatte die fleischliche Lust sie häufig heimgesucht. Aber sie hatten ihre Befriedigung in harter Arbeit gesucht und in der Dunkelheit des Abends ihre Körper erforscht. Gottes Strafe konnte schließlich nicht schlimmer sein als das Verlangen, und daher pflegten die beiden Schwestern, jede in ihrem Bett, die Flamme zu löschen, die manchmal unerträglich brannte.

Rutger war in jungen Jahren in die Stadt gezogen und war vermutlich ganz froh darüber, daß die Schwestern sich um die alten Eltern kümmerten. Bisweilen hatte Elida beim Kaufmann ausgeholfen, und Tilda war bei den großen Festen im Dorf als Köchin eingesprungen, doch ansonsten waren sie bei ihren Eltern gewesen. Diese hatten schließlich ihre letzten Atemzüge in dem großen Eisenbett getan, wo die drei Kinder einst unter Schmerzen geboren worden waren, während die Tagesdecke mit ihrer Geschichte über die Ereignisse gewacht hatte.

Seit vielen Jahren lebten Tilda und Elida allein in dem Haus. Sie bezogen eine bescheidene Rente, und es ging ihnen ganz gut, doch das Haus sah aus wie eh und je, mit Holzöfen, Plumpsklo und Brunnen auf dem Hof. Informationen über Fondssparen, Bausparverträge und Rentenversicherungen hatten das kleine Häuschen in Borrby nicht erreicht. Dabei sparten sie durchaus, doch auf ihre eigene Art: Elida in einem

Kupferkessel in der Küche und Tilda in einem Holzfaß draußen in der Waschküche. Zufrieden sahen sie die Stapel von Geldscheinen wachsen, aber sie hätten im Leben nicht daran gedacht, etwas davon auszugeben, um ihren Alltag komfortabler zu gestalten.

In der Küche war es nie kalt, denn die Wärme des AGA-Herds füllte jede Nische. Sie schlich an den Bodendielen entlang, nestelte sich in jede Schlinge der selbstgewebten Flickenteppiche und stieg dann zum Fliegenfänger empor, dem braunen, klebrigen Streifen, der in der Wärme langsam hin und her schaukelte, während die Fliegen einen verzweifelten Todeskampf ausfochten.

Da es in der Küche am wärmsten war, schliefen die Schwestern Svensson dort, auf dem Ausziehsofa. Elida schlief auf dem Sofateil, weil sie die ältere war, und Tilda im Holzauszug, der kürzer und unbequemer war. Obwohl Tilda die jüngere von beiden war, hatte sie viel stärkere Gelenkschmerzen, und ihre Finger glichen den Ästen einer windgepeinigten Krüppelkiefer. Ihr fiel es schwer, aus dem unbequemen Bett zu klettern, aber da die Schwestern jegliche Veränderung ablehnten, war es trotz allem Tilda, die jeden Abend um exakt zehn nach neun in den kleinen Holzkasten kroch, der tagsüber den Sockel des Sofas bildete.

Sie gingen jeden Abend um dieselbe Zeit zu Bett, Sommer wie Winter, Alltag wie Feiertag, und um exakt zehn nach sieben war ein Knarzen zu hören, wenn Elida das Bett gemacht hatte und schließlich den Sockel hineinschob.

2

Den Schwestern Svensson fiel es immer schwerer, die Tage herumzubringen. Sie hackten Holz, kratzten die Asche aus den Öfen, buddelten im Garten und weckten Obst ein.

Die fleischliche Lust war verschwunden, und in den nächtlichen Stunden auf dem Küchensofa gab es keinen brennenden Herd mehr zu löschen. Gott hatte ihnen sicher längst vergeben, tröstete sich Tilda, wenn die Gelenkschmerzen schlimmer wurden und sie die Angst davor befiel, bald vor dem Angesicht des Herrn zu stehen. Sie vermißte die Stunden der heißen Sehnsucht unter der alten Bettdecke, aber das hätte sie sich nicht einmal selbst eingestanden. Schließlich wollte sie ebenso rein und unschuldig in den Himmel eingehen, wie sie im schwarzen Eisenbett geboren worden war.

»Der Kaffee ist fertig!« rief Tilda.

Eigentlich hätte sie gar nicht zu rufen brauchen, denn Elida wußte, daß das Frühstück genau in dem Moment, wenn sie das Ausziehsofa hineinschob, auf dem Tisch stand.

»Die Rhabarbermarmelade ist dies Jahr gut geworden«, sagte Tilda.

»Ein bißchen zu süß«, erwiderte Elida wie jeden Morgen.

Genaugenommen gab es gar nichts zu sagen, denn sie wußten schon alles. Aber vor der Stille hatten die beiden Schwestern Angst, und deshalb wiederholten sie dieselben Sätze jeden Tag, jahraus, jahrein, weil der Mangel an neuen Gesprächsthemen immer größer wurde.

Elida las als erste die Tageszeitung, so war es immer schon gewesen. Trotz ihrer Sparsamkeit wollten sie mitbekommen, was draußen in der Welt passierte. Sie waren keineswegs dumm. Gott hatte sie mit einem guten Verstand ausgestattet, und sie wären sicher weit gekommen, wenn sie nur auf die höhere Schule hätten gehen dürfen.

Rutger dagegen war aufs Gymnasium geschickt worden, denn schließlich sollte er als Junge eines Tages eine Familie versorgen. Mit der Zeit wurde er Journalist und heiratete eine Logopädin, mit der er drei Kinder bekam. Er besuchte seine Schwestern nur ab und zu, und vorzugsweise im Sommer.

Elida trug noch immer den Schatten der Schamesröte auf ihren Wangen, nachdem sie einmal seine Frau Marianne gefragt hatte, ob sie als Logopädin wohl auch Plattfußeinlagen anpasse. Nein, Elida war keineswegs unintelligent, aber auf solche neumodischen Sachen verstand sie sich nicht so recht.

An diesem Morgen ließ Elida die Seite mit den Lokalnachrichten ungewöhnlich lange aufgeschlagen. Eigentlich war selbst die Lesezeit pro Seite Tag für Tag dieselbe, weshalb jede Abweichung Tildas Neugier weckte.

»Gibt es was Besonderes?«

»Das Haus von Lantz ist verkauft worden, das steht bei den Amtlichen Bekanntmachungen.«

Lantz war der langjährige Nachbar der Familie Svensson gewesen. Nun war er gestorben, am vierzehnten April dieses Jahres, dem Tag, an dem die erste Frühlingslerche gekommen war. Tilda und Elida hatten Spekulationen darüber angestellt, was wohl mit dem Haus geschehen würde, und vermuteten, daß es wie so viele andere im Dorf als Ferienhaus an irgendwelche Städter verkauft werden würde. Und siehe da, sie hatten recht behalten: Der Käufer war ein Stadtbewohner.

Von einem Moment auf den anderen schlug die Angst in der kleinen Küche Wurzeln, und schon war ihr geregelter Tagesablauf durcheinandergekommen, denn es war schon zwanzig vor acht, wo doch das Frühstück sonst stets um Punkt halb acht beendet war.

Der Brunnen der Schwestern Svensson war so gelegen, daß sie das Lantzsche Grundstück betreten mußten, um Wasser zu holen. Bestimmt gab es irgendeine Nutzungsrechtsvereinbarung, aber die Papiere waren vor vielen Jahren verbrannt, als ein Kugelblitz den Schreibtisch von Schmiedemeister Svensson in Brand gesetzt hatte. Da die Nachbarn gut befreundet gewesen waren, hatte man sich um die Papiere nicht weiter gekümmert, denn Wasser durften sie sich in jedem Fall holen.

Lantz hatte einen Sohn gehabt, in den sich sowohl Tilda als auch Elida ein wenig verguckt hatten, und deshalb waren sie seinerzeit gar nicht ungern hinübergegangen, um den wackligen Eimer in den Brunnen hinabzulassen. Mittlerweile betraten sie das Nachbargrundstück nur noch, wenn sie Wasser brauchten. Aber sie konnten sich noch gut an ihre Jugend erinnern, als sie beide bisweilen auch Lantz junior im Kopf gehabt hatten, während ihre Hände sich unter der Bettdecke ihren Weg suchten.

»Stell dir vor, wir dürfen kein Wasser mehr holen!« meinte Tilda sichtlich erschrocken.

»Klar dürfen wir das«, antwortete Elida beruhigend, aber ihr flackernder Blick verriet, daß auch sie sich Sorgen um die Zukunft machte.

An diesem Abend saß Tilda lange am Brunnen. Ihr kam der Holzdeckel ungewöhnlich schwer vor, und als sie den Eimer hinabließ, wollte er nicht sinken und Wasser aufnehmen, sondern schaukelte auf der Oberfläche herum, wie aus Trotz. Tilda mußte ihn ein paarmal hinunterwerfen, bis er sich schließlich auf die Seite legte, mit Wasser füllte und sank. Seit einigen Jahren schwappte meist ein Großteil des Wassers aus dem Eimer, ehe er den Brunnenrand erreicht hatte. Tilda kümmerte das nicht weiter, da sie mittlerweile immer weniger Wasser brauchten.

Als sie den Eimer schließlich hochgezogen und das Wasser in den gelben Emailleeimer mit dem blauen Rand umgefüllt hatte, ließ sie den Holzdeckel schwer auf seinen Platz zurückfallen. Sie fand das Geräusch gar nicht unangenehm, denn es kam ihr so vor, als könnte es ihre Angst verscheuchen.

Sie erinnerte sich an Lantz, seinen Sohn Erik und die vielen gemeinsamen Sommer. Fast bereute sie, daß sie es jenes Mal nicht getan hatte. In der Nacht, als Erik sich voller Verlangen mit ihr auf dem weißen Gartentisch in der Laube hatte vereinen wollen. Gott hätte ihr sicher auch diese Sünde vergeben, dachte Tilda, doch jetzt war es zu spät, denn Erik war tot und sie selbst eine vertrocknete alte Jungfer.

In demselben Moment, als sie an die Situation in der Gartenlaube zurückdachte, kam es ihr plötzlich so vor, als rege sich etwas unter ihrer Wäsche. Schnell beschloß sie, daß es vermutlich nur ihr Schlüpfer war, der etwas zu eng saß. Sie blieb noch eine Weile sitzen, um nachzuspüren, ob das Gefühl noch einmal zurückkehren würde, aber das tat es nicht, und das stimmte sie ein wenig traurig.

3

Die folgenden Tage verloren Tilda und Elida kein Wort über das Nachbarhaus. Aber die Unruhe war noch immer da, leise und pochend, und die Schwestern wälzten sich ungewöhnlich lange auf dem Küchensofa herum, ehe der befreiende Schlaf ihre Glieder schwermachte, während der Mond durch die Sprossenfenster auf ihre zahnlosen Gaumen schien. Am Fußende des Ausziehsofas standen zwei Paar verschlissene Filzpantoffeln, die auf den nächsten Morgen warteten, denn dann würden sie wieder von den schmalen weißen Füßen ausgefüllt werden, deren Hühneraugen im Filz kleine Ausbuchtungen hinterlassen hatten.

Als schließlich der Umzugswagen vor dem Lantzschen Haus stand, wollte keine der Schwestern den Anschein erwecken, als sei sie besonders interessiert. Neugier, hatte Schmiedemeister Svensson stets gesagt, sei ein grobes Vergehen. Doch plötzlich standen Tilda und Elida mit Hacken ausgerüstet im Garten und jäteten Unkraut – und zwar ausgerechnet dort, wo ein Teil der Ligusterhecke dem Winter zum Opfer gefallen war und den Blick auf das Nachbargrundstück freigab. Sie standen so dicht nebeneinander, daß die Hacken sich bei der Gartenarbeit kreuzten und Funken schlugen.

Plötzlich griff Tilda sich ans Herz. Das war ein Trick, den sie schon seit vielen Jahren in peinlichen Situationen verwendete. Ihre Schwester wurde bei diesen Anfällen immer unruhig, und alles drehte sich um Tilda, die auf diese Art von der prekären Lage ablenkte, in der sie sich befand.

»Setz dich her«, sagte Elida und schob ihr einen kleinen Hocker hin, der immer an der Hecke stand, weil ihn die Schwestern bei der Beerenernte benutzten.

»Es sticht im linken Arm«, klagte Tilda. Sie hatte einmal in einer Arztkolumne gelesen, daß es angeblich im Arm stach, wenn es richtig schlimm war.

Elida konnte sich allerdings nicht so recht auf ihre Schwester konzentrieren, denn ihr Blick wanderte immer wieder über die Hecke, um sehen zu können, was drüben geschah.

»Bis in die Fingerspitzen«, sagte Tilda, und auf einmal hatte sie das Gefühl, als spürte sie tatsächlich ein Stechen. Sie hatte Angst vor dem Sterben – gerade so, als ahnte sie, daß das Leben noch manch seltsame Überraschung für sie bereithielt.

»Er sieht gut aus, unser neuer Nachbar«, sagte Elida, als sie abends ihren Zwieback in den Kaffee tauchten.

»Glaubst du, er ist alleinstehend?« meinte Tilda. »Es war ja sonst keiner zu sehen.«

»Die kommt schon noch«, sagte Elida. »Das machen die Frauen aus der Stadt immer so. Sie kommen erst, wenn alles fertig ist, die Möbel an ihrem Platz stehen und das Grundstück hergerichtet ist.«

»Stimmt, er sieht irgendwie verheiratet aus«, bemerkte Tilda und schlürfte den tropfenden Zwieback in sich hinein.

Die Zähne legten sie immer schon um viertel nach acht, wenn sie sich zum Schlafengehen fertigmachten, in ein Glas. Sie liebten es, den aufgeweichten Zwieback zu schlürfen, denn das kitzelte so angenehm am Gaumen. Eigentlich fühlten sie sich mit ihren dritten Zähnen nicht sonderlich wohl, aber sie eigneten sich gut für den Sonntagsbraten. Sie waren sich einig, daß es

Geldverschwendung sei, die Zähne die ganze Woche im Wasserglas liegenzulassen, weshalb sie ihre unbequemen Gebisse täglich trugen – außer zum Abendkaffee. Zahnlos zu sein war ein beinahe sündhaft gutes Gefühl, fast so, als seien sie nackt, und manchmal sah Tilda wütend zum Glas auf dem AGA-Herd hinüber, in dem die Zähne lagen.

Eigentlich brauchen wir euch gar nicht, dachte sie, und wenn ihr nicht soviel gekostet hättet, müßtet ihr die ganze Zeit hübsch in eurem Glas bleiben.

4

Borrby war eine kleine Ortschaft mit etwa tausend Einwohnern, doch im Sommer wuchs die Bevölkerung stark an. Die Feriengäste liebten die Ruhe auf dem Land, die kilometerweiten Felder und den alten Kaufmannsladen, wo unter dem Dach die Räucherwürste neben den Holzschuhen hingen.

Die Post war seit vielen Jahren geschlossen. Dafür gab es einen Landbriefträger, der die Post direkt auf den Küchentisch legte, was nicht unbedingt eine Verschlechterung war, ganz im Gegenteil. Das Sozialamt hatte nämlich eine Vereinbarung mit den Landbriefträgern getroffen, daß sie allen Häuschen einen Besuch abstatten sollten, auch wenn es keine Post abzuliefern gab. Elida hatte in der Zeitung gelesen, daß die Gemeinde die Verantwortung für ihre Bewohner trug und niemand mit gebrochenem Bein oder Schlaganfall allein in seinem Häuschen herumliegen sollte.

In Borrby gab es alles, was sie brauchten. Mit Ausnahme des staatlichen Alkoholhandels, aber den vermißten die Schwestern Svensson nicht so sehr. Zu Weihnachten kauften sie sich eine Flasche Sherry, und im alten Eckschrank in der Küche stand ein Magenbitter – nur für den Fall, daß sie erkältet oder krank werden sollten, aber das kam ohnehin nicht vor.

Einen Sommer hatte Rutger in der Waschküche Wein produziert. Er hatte eine große Edelstahltonne mit Rohren und Schläuchen hingestellt, aus denen es tropfte, und Kohle gekauft. Als Tilda und Elida gemeint hatten, ob es nicht sauberer wäre, mit Holz zu heizen, hatte er nur gelacht. Es hatte da draußen ein bißchen merkwürdig gerochen, aber Rutger hatte abends, wenn er aus der Waschküche gekommen war, immer so fröhlich gewirkt, weshalb es mit dem Geruch bestimmt seine Richtigkeit gehabt hatte.

Es war wirklich ein netter Sommer gewesen. Rutger hatte seinen Schwestern allerdings nie etwas von dem Wein angeboten und behauptet, er müsse erst eine Weile gelagert werden. Dann hatte er alle Flaschen mit in die Stadt genommen. Elida war es komisch vorgekommen, daß der Wein so dünnflüssig und durchsichtig gewesen war, denn sie hatte an den roten, süffigen Abendmahlswein gedacht. Aber da Rutger so seltsam irritiert gewirkt hatte, wenn sich jemand nach dem Wein in der Waschküche erkundigte, hatte sie beschlossen zu schweigen. Sie hatten ja ihren Magenbitter und ihren Sherry und brauchten nichts anderes. Die Edelstahltonne stand noch immer in der Waschküche.

»Wir haben sowenig Platz in der Stadt«, hatte Rutger erklärt.

Sie hatten ihm geglaubt, selbst wenn sie noch nie dort gewesen waren, und natürlich hatte die Tonne stehenbleiben dürfen. Der Geruch hatte sich noch lange gehalten. Erst als die Herbststürme durch die undichten Fenster gedrungen waren, waren die letzten Sommerdüfte aus der Waschküche verschwunden.

Zu Weihnachten hatten sie endlich etwas von Rutgers Wein probieren dürfen. Der Landbriefträger war mit einem Paket und einem Weihnachtsgruß von Rutger und seiner Familie gekommen.

»Irgend etwas muß er zugesetzt haben«, sagte Tilda, denn jetzt war der Wein hellgelb. Rutger hatte sogar Etiketten gekauft und auf die Flasche geklebt, und im Flaschenhals steckte genau so ein Korken, wie sie ihn im Alkoholladen gesehen hatten.

»Ja, unser Rutger, der kann was«, meinte Elida, »aber er wohnt ja schließlich auch in der Stadt.«

In Borrby hatte man für Finessen nicht viel übrig. Man bevorzugte das Einfache und Normale, erfreute sich aber gern an den neumodischen Dingen der Feriengäste. Obwohl es in den Häusern richtige Öfen gab, kauften sie zusätzlich noch kleinere, mit oder ohne Schornstein, und bereiteten ihre Grillwürstchen jeden Abend im Garten zu, sofern das Wetter es erlaubte.

Eines Abends kamen Tilda und Elida auf dem Weg zur Musikandacht in der Kirche am Haus des Stockholmers vorbei, wie die Dorfbewohner es nannten. Der Stockholmer saß draußen im Garten und grillte seine Würstchen, und die Schwestern erhaschten einen Blick auf die Flasche, die vor ihm auf dem Tisch stand. Es war genau so eine, wie sie sie von Rutger zu Weihnachten bekommen hatten. Tilda wollte schon fragen, ob er Rutger kannte, aber sie war immer etwas unsicher, wenn sie sich mit jemand Fremdem unterhalten mußte, und ließ es bleiben.

»Bestimmt kennt er Rutger«, meinte Elida später zu Tilda.

»Stell dir vor«, sagte Tilda, »vielleicht ist er sogar in Stockholm gewesen, unser Rutger.«

»Man weiß nie«, antwortete Elida, »schließlich war er ja auch schon im Ausland.«

»Ja, und er kann sogar Ausländisch«, sagte Elida stolz.

Rutger hatte seinen Schwestern eine Ansichtskarte aus Deutschland geschickt, und obwohl sie mittlerweile vergilbt und voller Fliegendreck war, hing sie noch immer am Spiegel im Flur, als Beweis für die Erfolge ihres Bruders im Leben.

Erfolg hatte ihr neuer Nachbar wohl auch gehabt, denn als er einen Monat im Lantzschen Haus gewohnt hatte, war es kaum wiederzuerkennen. Die Fenster waren ausgetauscht worden, und auf den Wegen, die das Haus umgaben, lagen neue Platten in hübschen Mustern. Unter den Fenstern befanden sich Kästen mit den schönsten Blumen, die man sich nur denken konnte.

»Bestimmt ist er reich«, sagte Tilda eines Abends, während sie mit ihrer Schwester Stachelbeeren putzte.

»Der Kaufmann hat gesagt, er trägt drei Goldringe an den Fingern«, bemerkte Elida und legte vor lauter Aufregung eine ungeputzte Stachelbeere zu den geputzten.

Tilda sah es natürlich, und damit hatten sie zumindest für die nächsten Minuten ein Gesprächsthema.

»Die Marmelade kann bitter werden, wenn Fliegen mit hineinkommen«, sagte Tilda säuerlich.

»Aber doch wohl nicht wegen einer einzigen.«

»Oh doch, und stell dir vor, das Glas mit der ungeputzten Stachelbeere landet ausgerechnet dann auf dem Frühstückstisch, wenn Rutger und seine Familie zu Besuch kommen.«

Elida mußte zugeben, daß dies eine Katastrophe gewesen wäre, aber Rutger kam so selten, daß die Jahresernte sicher vor seinem nächsten Besuch aufgebraucht sein würde.

Von der Küche der Schwestern Svensson konnte man das Lantzsche Haus einsehen, und Tilda und Elida standen beim Beerenverlesen ziemlich dicht vor dem Fenster. In der letzten Zeit hatten sie sich gern dort aufgehalten, und die Blumenbeete an der Hecke waren seit Jahren nicht so schön gejätet gewesen wie jetzt. Offensichtlich änderten sich ihre geregelten Tagesabläufe ganz allmählich, aber keine von ihnen verlor ein Wort darüber.

Da sie alles mitverfolgten, was im Hause Lantz geschah, lernten sie auch die Angewohnheiten ihres Nachbarn kennen. Das war wichtig, denn da war ja die Sache mit dem Brunnen. Früher hatten die Schwestern immer mittags Wasser geholt oder besser gesagt um fünf vor halb eins, kurz vor ihrem Mittagsschläfchen, doch um diese Zeit konnten sie jetzt nicht mehr zum Brunnen gehen, aus Angst, daß der Nachbar sie sehen würde. Daher hatten sie nach genauer Beobachtung festgestellt, daß der Nachbar jeden Abend gegen siebzehn Uhr zum Kaufmann ging, um sich eine Abendzeitung zu holen, und diese Gelegenheit nutzten sie zum Wasserholen.

Auch der alte Brunnen hatte inzwischen eine neue Gestalt angenommen. Das machte das Ganze noch komplizierter. Die Abdeckung war jetzt so grün gestrichen wie das üppige Gras drum herum, aber damit nicht genug: Auf dem Brunnendeckel hatte der Nachbar Blumen angepflanzt. Ja, natürlich nicht auf dem Brunnendeckel selbst, sondern in einem Topf. Einem gußeisernen Kochtopf, wie ihn die Schwestern Svensson immer für ihren Sonntagsbraten nahmen.

Die Feriengäste waren schon ein merkwürdiges Volk, denn sie verwendeten für alles die falschen Gegenstände. Auch in die großen Kupferkessel, die man zum Wäschewaschen brauchte, stellten sie Topfpflanzen, ja, sogar in Kaffeekannen. Da es doch unten im Kaufmannsladen so schöne, weiße Plastikübertöpfe gab, verstanden die beiden Schwestern nicht so recht, warum sie den Hausrat in den Garten stellen und Blumen hineinpflanzen sollten.

Kein Wunder, daß ihnen das Wasserholen manchen Kummer bereitete. Schließlich mußten sie mittlerweile nicht nur bestimmte Zeiten einhalten, sondern darüber hinaus die Blumen besonders behutsam vom Deckel heben und diesen vorsichtig auf die Erde legen, damit die grüne Farbe keinen Schaden nahm.

Immer wenn es Zeit zum Wasserholen war, setzten Tildas Krämpfe ein: ein Stechen im linken Arm, Schwindelgefühle und sogar Übelkeit. Zwischen den Schwestern, die bisher beinahe symbiotisch zusammengelebt hatten, war eine gewisse Reizbarkeit entstanden.

Als der Sommer in der siebten Woche war, einigten sich die beiden, daß sie mit ihrem Nachbarn reden und ihm von der Vereinbarung über die Brunnennutzung erzählen müßten. Der Zeitpunkt, als das Gespräch stattfinden sollte, war ein wunderbarer Sommerabend. Die Fliegen standen in der Luft, die Tonne mit dem Regenwasser war längst ausgetrocknet, und es herrschte eine gespannte Stille, die alles wie eine Mauer umgab. Die Fliegen summten besonders eifrig am Klebestreifen, und ihr surrender Totentanz wurde vom Knistern des letzten Holzscheits für diesen Tag begleitet, das im Ofen brannte. Das große, kräftige Holzstück war vor nur zehn Minuten hineingelegt worden und würde bald in Gestalt von armseligen Rußflocken wieder herausgescharrt werden.

»Was sollen wir denn sagen?« fragte Tilda unruhig.

»Daß wir das Recht haben, aus dem Brunnen Wasser zu holen natürlich«, meinte Elida.

»Geh du«, schlug Tilda vor, »dann koche ich schon mal Abendkaffee und hole den Zwieback.«

»Du darfst dich nicht so anstrengen«, sagte Elida ironisch. »Du hattest doch vorhin dieses Stechen im linken Arm. Geh du, dann mache ich solange Kaffee.«

Ehe die Schwestern einen Entschluß gefaßt hatten, war das Surren der Fliegen am Klebestreifen verstummt. Das Ofenrohr war abgekühlt und hatte seine üblichen drei Knacklaute von sich gegeben, und normalerweise hätten die Zähne der Schwestern Svensson längst in ihren Gläsern auf dem AGA-Herd gelegen, der Kaffee wäre ausgetrunken gewesen und der Sockel des Küchensofas ausgezogen.

Um einundzwanzig Uhr verließen Tilda und Elida gemeinsam das Haus und begaben sich mit zögernden Schritten zu ihrem neuen Nachbarn. Sie hatten ihre Sonntagskleider angezogen und vorher einen Blick in den Flurspiegel geworfen.

Es stellte sich heraus, daß ihr neuer Nachbar Alvar Klemens hieß, um die sechzig Jahre alt war, aus Sundsvall kam und Ministerialdirigent war.

Als Tilda sich erkundigte, wann denn seine Frau einziehen würde, versetzte Elida ihr mit dem Korkabsatz ihrer Lederpantoletten einen Tritt vors Schienbein. Später verteidigte sie sich damit, daß er irgendwie so ausgesehen habe, als sei er verheiratet, und versicherte, keinesfalls neugierig zu sein. Elida wiederholte, was Schmiedemeister Svensson zum Thema Neugier gesagt hatte, und Tilda schämte sich ein bißchen. Allerdings sahen beide ausgesprochen zufrieden aus, als Herr Klemens erzählte, daß er Junggeselle sei.

Herr Klemens war ein stattlicher Mann, das mußten sich die Schwestern im stillen eingestehen, und außerdem war er freundlich und nett. Er bot ihnen ein Glas von einem hochprozentigen Getränk an, das um einiges stärker schmeckte als der Magenbitter und der Sherry. Dann versicherte er, daß sie so viel Wasser holen dürften, wie sie wollten und wann sie wollten.

Elida und Tilda saßen kerzengerade auf dem schönen Sofa mit Medaillonmuster und wollten gerade aufstehen, als Herr Klemens fragte:

»Darf es noch ein kleiner Schlummertrunk sein?«

Er schenkte seinen beiden Nachbarinnen, die vergeblich protestierten, noch ein Glas von dem Getränk ein. Tilda versuchte zu entziffern, was auf dem Etikett der Flasche stand, doch nirgends konnte sie das Wort »Schlummertrunk« entdecken. Auf der Flasche stand irgend etwas Ausländisches, aber vielleicht bedeutete es auf schwedisch Schlummertrunk?

»Es ist sehr nett von Ihnen, Herr Klemens, daß wir über Ihr Grundstück gehen dürfen, um Wasser zu holen.«

»Aber natürlich«, sagte Herr Klemens lachend. »Und bitte nennt mich doch Alvar, ja?«

Die beiden Schwestern verbeugten sich höflich und so tief, daß ihre eben noch so steifen Rücken zwei Flitzebögen ähnelten.

»Gibt es hier draußen eigentlich eine Altpapiersammlung?« erkundigte sich Alvar.

Die Schwestern sahen ihn verständnislos an.

»Na ja, einen Verein, der das Altpapier zur Wiederverwertung abholt. Ihr seht ja, wieviel bei mir zusammenkommt«, sagte er und zeigte auf einen Stapel Zeitungen auf dem Schreibtisch.

Es waren nicht nur Tageszeitungen, sondern auch Illustrierte. Die Schwestern Svensson wunderten sich, wieviel Alvar schon in der kurzen Zeit, seit er im Dorf war, angesammelt hatte.

»Zeitungen braucht man doch, um Feuer zu machen«, sagte Elida, die nicht verstehen konnte, wie man etwas so Nützliches wie Zeitungen verschenken konnte.

»Wenn ihr sie gebrauchen könnt, dann nehmt sie mit«, sagte Alvar vergnügt. »Ich freue mich, wenn ich sie los bin.«

Tilda und Elida war ein wenig schwindlig, und sie wußten nicht, ob es an dem großzügigen Angebot lag oder an dem hochprozentigen Getränk. Eigentlich hätten sie schon längst aufbrechen sollen, aber sie trauten sich nicht, die Gläser allzu schnell zu leeren, denn dieser Schlummertrunk aus der Flasche hatte es in sich. Er brannte in der Kehle und ließ ihre Wangen erröten. Beinahe wie damals in der Gartenlaube mit Erik, dachte Tilda und war mit einem Mal richtig aufgekratzt.

Ehe die beiden schließlich aufbrachen, sagte Alvar, er habe sich über ihren Besuch gefreut und hoffe auf ein baldiges Wiedersehen.

Die Sohlen der weichen Lederpantoletten waren ungewöhnlich wacklig und ihre Wangen noch immer gerötet, als die Schwestern auf unsicheren Beinen und mit je einem Packen Zeitungen unter dem Arm nach Hause trotteten.

Zum ersten Mal seit vierzehn Jahren gingen sie ohne Zwieback und Abendkaffee ins Bett. Es war auch das erste Mal seit langer Zeit, daß Tilda und Elida miteinander redeten, nachdem sie schlafen gegangen waren.

»Hast du die Goldringe gesehen?« fragte Elida.

»Ja, man verdient sicher gut als Ministerialdirigent«, antwortete Tilda.

»Ich frage mich, ob man als Ministerialdirigent sehr musikalisch sein muß«, bemerkte Elida.

Nein, dumm waren die beiden nicht, aber bei Berufsrichtungen wie Ministerialdirigenten und Logopädinnen kannten sie sich eben nicht so aus.

Sie schliefen gut in dieser Nacht. Wasser durften sie holen, wann immer sie wollten, und Zeitungen hatten sie so viele bekommen, daß es eine ganze Weile reichen würde. Sie waren so aufgedreht, daß sie sogar vergaßen, Wasser auf die Zähne zu geben, die in ihren Gläsern auf dem Trockenen lagen.

5

Nur selten trafen die Schwestern Svensson andere Menschen, außer wenn sie zum Kaufmannsladen oder zum Handarbeitskreis gingen. Jeden Donnerstagabend besuchten sie nämlich den kirchlichen Handarbeitskreis, wo sie schöne Dinge herstellten, die dann auf der jährlichen Auktion versteigert wurden. Früher hatten sie kunstvolle Stickereien mit winzigkleinen Stichen angefertigt, aber im Lauf der Jahre waren ihre Finger etwas zittrig und ungeschickt geworden, weshalb sie inzwischen große Kreuzstiche auf grobem Aidagewebe bevorzugten. Tilda und Elida empfanden einen gewissen Stolz angesichts des ganzen Geldes, mit dem sie durch ihre Handarbeiten die Kirchenkasse aufgestockt hatten.

Sie nähten nie etwas für sich selbst, denn sie hatten alles, was sie benötigten. Im alten Elternschlafzimmer gab es die Tagesdecke, da brauchten sie keine weiteren Textilien. In der Küche lag eine handgewebte karierte Tischdecke, die praktisch war, weil sie sich gut waschen ließ. Bisweilen ließen sie die Zwiebacke zu lange im Kaffee einweichen, so daß sie brachen und wie schwere, nasse Schwämme auf die Decke fielen. Deshalb war es unnötig, ein feineres Tischtuch aufzulegen.

Die Schwestern Svensson hatten auch ein Wohnzimmer, aber sie saßen meistens in der Küche. Natürlich gab es in der guten Stube jede Menge kleine Deckchen, unter fast jedem Schmuckgegenstand lag eines. Die meisten hatte ihre Mutter Elna hergestellt, aber die eine oder andere hatten Tilda und Elida in ihren jungen Jahren bestickt. Erst hatten sie in einem Karton bei der übrigen Mitgift gelegen, aber als ihnen aufgegangen war, daß ihre Chancen auf eine Heirat auf eine mikroskopisch kleine Größe geschrumpft waren, hatten sie einen Teil der Dinge ausgepackt und in die übrige Einrichtung integriert.

In der guten Stube stand ein schönes Sofa, das mit einem weichen, gestreiften Stoff bezogen war, und davor ein alter Tisch aus dunkler Eiche mit Löwenfüßen. Auf dem kleinen Beistelltisch drängten sich eine antike Tischlampe, zwei Messingkerzenhalter und zwei kleine Glasschwäne, die die Schwestern beim Gemeindeausflug in einer Glasbläserei gekauft hatten.

Die Ecke, wo der Schreibtisch von Schmiedemeister Svensson gestanden hatte, war leer. Der Kugelblitz hatte ziemlich gewütet, und es hätte sich nicht gelohnt, das Möbelstück zu reparieren. Auf dem Linoleum waren noch immer schwarze Spuren von dem Blitz und dem nachfolgenden Brand zu sehen, aber die waren schon so lange dort, daß die Schwestern sie nicht mehr bemerkten. Außerdem hatte ihr Sehvermögen etwas nachgelassen, doch solange sie Stachelbeeren von Himbeeren unterscheiden konnten, würde es keine neue Brille geben, wie sie scherzhaft zu sagen pflegten.

Im Grunde ihres Herzens hatten sie Humor und waren zu Scherzen aufgelegt, doch in den letzten Jahren hatten sie immer seltener gelacht. Immerhin hatte die Angst, die in Borrby Wurzeln geschlagen hatte, als die Schwestern vom Verkauf des Nachbarhauses erfuhren, allmählich nachgelassen. Ihre Lebensfreude war zurückgekehrt, aber auch eine Art Spannung, die schwer zu beschreiben war. Die beiden Schwestern hatten begonnen, einander schief anzusehen. Alles, was in der Küche zu tun war, wurde vor dem Küchenfenster erledigt, mit Aussicht auf Alvar.

Die Zeitschriften, die sie von ihm bekommen hatten, ließen sich nicht nur zum Feuermachen verwenden, sondern ersetzten bisweilen auch das teure Toilettenpapier. Tilda, die sich sehr für Königshäuser interessierte, und zwar nicht nur für das schwedische, versank in einer Art königlicher Trance, wenn sie auf dem Klo in den Illustrierten blätterte. Daher wurden ihre Toilettenbesuche immer ausgedehnter, was Elidas Mißtrauen weckte.

»Hast du etwa mit Alvar gesprochen?« erkundigte sie sich, als Tilda ins Haus kam, und obwohl diese beteuerte, nur einen Toilettenbesuch gemacht zu haben, wirkte Elida nicht ganz davon überzeugt.

Auch Tilda war klar, daß sie die Dauer ihrer Toilettenbesuche verkürzen mußte, allerdings nicht, um Elidas Mißtrauen zu besänftigen, denn das genoß Tilda insgeheim. Nein, da war die Sache mit ihren Hämorrhoiden. Sie hatten sich viele Jahre nicht mehr bemerkbar gemacht, aber die lange Zeit in der unbequemen Sitzhaltung über der allzu großen Holzöffnung des stillen Örtchens hatte ihre Spuren hinterlassen, und Tilda befürchtete, daß ihre alten Beschwerden zurückkehren würden.

Sie achtete darauf, daß Elida nichts davon mitbekam, denn das hätte sie peinlich gefunden. Wenn die Schmerzen richtig schlimm waren und Tilda Schwierigkeiten mit dem Gehen hatte, begann sie sich über ihre Lederpantoletten zu beschweren.

»Solche hätte es beim alten Schuster Andersson nie gegeben. Die Zwecke dringt durch die Sohle, es ist das reinste Elend«, klagte sie.

Eines Abends war sogar ein bißchen Blut auf der Lokalseite gelandet. Manchmal benutzten sie auf dem Klo nämlich auch ihre eigenen Zeitungen. Tilda machte sich ernsthafte Sorgen, und als Elida nach dem Mittagessen zum Wasserholen ging, verließ ihre Schwester den Aussichtsposten am Fenster und holte statt dessen den Magenbitter aus dem Eckschrank. Sie nahm das große Schnapsglas, füllte es bis zum Rand und kippte es hinunter, ohne auch nur einmal abzusetzen. Zwar hatte es früher immer geheißen, man solle mit dem Alkohol die böse Stelle behandeln, aber Tilda glaubte, man könne die Hämorrhoiden auch von innen heilen. Gerade hatte sie die hübsch bemalte Schranktür geschlossen, als ihre Schwester mit dem Wasser hereinkam.

»Irgendwie riecht es hier merkwürdig«, sagte Elida und stellte den gelben Eimer so heftig auf den Boden, daß etwas Wasser auf ihre Lederpantolette spritzte.

»Das finde ich auch«, sagte Tilda und bemühte sich, nur beim Einatmen zu sprechen, damit sich der Geruch nicht in der kleinen Küche ausbreiten konnte.

»Warum redest du so komisch?« fragte Elida erstaunt.

Tilda war kurz vor dem Platzen – vom ständigen Einatmen und weil sie nur äußerst sparsam Luft durch die Nase hinausgelassen hatte. Das Klingeln des Telefons war ihre Rettung, da Elida immer die Gespräche entgegennahm. Tilda glückte es, mit angehaltenem Atem den Weg zum Glas mit den starken Hustenbonbons zurückzulegen. Nach einer Weile fühlte sie sich wieder ganz sicher, und ihr Atem ging wie immer. Vielleicht war es Einbildung, aber Tilda fand wirklich, daß der Magenbitter wirkte. Der Druck im Unterleib ließ jedenfalls merklich nach.

Als Elida aufgelegt hatte, brauchte Tilda gar nicht zu fragen, wer es gewesen war. Nur Rutger rief manchmal bei ihnen an und die Vorsitzende des Handarbeitskreises, die einmal jährlich zur Vereinssitzung einlud, aber das war in der Vorweihnachtszeit, und da jetzt Spätsommer war, mußte es Rutger gewesen sein.

»Ich verstehe nicht, warum sich Rutger auf einmal so um uns kümmert«, meinte Elida. »Er findet, daß es hier zu unmodern ist und daß wir uns zu sehr abrackern.«

»Das hat er doch früher nie gefunden«, sagte Tilda verwundert.

»Er hat gesagt, daß wir es im Servicehaus in der Stadt viel besser haben könnten.«

»Nie und nimmer«, sagte Tilda. »Hier wohnen wir doch schon unser ganzes Leben.«

»Er könnte uns zwei Plätze besorgen, hat er gesagt, er hat nämlich Beziehungen.«

»Will er etwa das Haus verkaufen?« fragte Tilda. »Dann geht es bestimmt an irgendwelche Großstädter, die es bis zur Unkenntlichkeit verändern und Petunien in den gußeisernen Topf pflanzen, den wir für unseren Sonntagsbraten nehmen.«

»Nein, Rutger meint, er könnte uns das Haus abkaufen, damit es in der Familie bleibt. Er würde es als Ferienhäuschen nutzen, und wir dürften jeden Sommer eine Woche lang herkommen.«

Tilda wagte es, den Vorschlag ihres erfolgreichen Bruders mit einem verächtlichen Schnauben abzutun.

»Da ist irgendwas faul«, sagte sie.

Tilda verfügte über eine gute Intuition. Manche Dinge hatte sie im Gefühl, und oft lag sie damit ganz richtig.

»Er hat von deinen Schmerzen gesprochen, vom Plumpsklo und davon, daß wir das Wasser aus dem Brunnen holen müssen«, sagte Elida, und es hatte fast den Anschein, als wolle sie Rutger verteidigen.

Da erhaschten die beiden Schwestern durchs Küchenfenster einen Blick auf Alvar und sagten wie aus einem Munde: »Nein, wir ziehen nicht weg.«

Genaugenommen benahmen sich die beiden wie verrückte Hühner, seit Alvar eingezogen war. Plötzlich legten sie Wert auf ihr Aussehen beziehungsweise auf das wenige, was davon übrig war. Sie trugen ständig ihre Sonntagskleider und holten zweimal täglich Wasser, was seit dem Tod ihrer Eltern nicht vorgekommen war. Sogar das Parfüm, das Rutger ihnen vor einigen Jahren geschenkt hatte, kam zum Einsatz, und hätte Schmiedemeister Svensson seine beiden Töchter gesehen, hätte er sich bestimmt im Grabe umgedreht.

Sie sprachen nicht weiter über Rutger und seinen Vorschlag, sondern beließen es dabei. Zwischen ihnen gab es keinen Raum für Diskussionen, denn wenn die Schwestern etwas beschlossen hatten, dann war es eben so. Und damit basta.

Am Abend holte Elida den Kupferkessel und zählte ihre Scheine. Zweiunddreißigtausend hatten sich in dem schön geputzten Behältnis angesammelt, und Elida sagte zufrieden: »Vielleicht sollte man sich ja mal ein neues Sonntagskleid gönnen.«

Tilda kehrte gerade den Holzofen aus und war so überrascht über den Vorschlag ihrer Schwester, daß sie den Aschekasten zu schnell herauszog. Eine Wolke von Rußflocken stob durch die Küche.

Vor nur zwei Monaten wären die Schwestern nie auf eine solche Idee gekommen, aber mittlerweile schien nichts mehr unmöglich. Tilda war zunächst etwas verwundert, aber der Gedanke lockte sie, und da sie sich verpflichtet fühlten, Alvar eines Abends zum Kaffee einzuladen, würden die neuen Kleider sicher ihre Verwendung finden.

Schon am nächsten Tag standen die Schwestern Svensson an der Haltestelle und warteten auf den Elf-Uhr-Bus in die Stadt. Es nieselte, und der ersehnte Regen erweckte die Düfte des Sommers zu neuem Leben. Sie füllten das Wartehäuschen, liebkosten die braunen Kunststofftaschen der beiden und die hellen, nougatfarbenen Schuhe mit Lochmuster.

Schon immer hatten sie Schuhwerk in diskreten Farben getragen. Gott hatte sie nämlich mit größeren Füßen erschaffen, als sie gebraucht hätten, um das Gleichgewicht zu halten. Im übrigen waren die Schwestern ziemlich wohlproportioniert. Sie waren etwa einen Meter sechzig groß und wogen achtundfünfzig Kilo. Ihre Körper waren eigentlich ganz hübsch anzusehen, wenn da nicht die Sache mit den Füßen gewesen wäre.

Während die anderen Kinder zur Abschlußfeier vor den Sommerferien helle Schnürstiefeletten bekommen hatten, mußten Tilda und Elida braune oder schwarze tragen.

»Dann fallen eure großen Füße weniger auf«, hatte Mutter Elna immer gesagt.

Aber das war ein schwacher Trost für zwei Schulmädchen gewesen, die so aussehen wollten wie ihre Klassenkameradinnen.

»Wenn ich nur ein paar helle Stiefeletten hätte, würde es mir gar nichts ausmachen, wenn meine Füße ein bißchen auffielen«, hatte Tilda gesagt, als die Abschlußprüfung vor den Ferien näherrückte, aber es hatte nichts geholfen. Sie mußten Jahr für Jahr mit dunklen Stiefeletten und weißen Fliedersträußchen zur Feier trotten.

Auch als die Schwestern erwachsen waren und kaufen durften, was sie wollten, steckte die Meinung ihrer

Mutter noch tief in ihnen, und das Gewagteste, was sie jemals erworben hatten, waren die hellen, nougatfarbenen Schuhe, die sie seit mittlerweile acht Jahren trugen. Ihre Füße sahen beinahe noch größer aus als früher. Vielleicht lag es daran, daß ihre Beine dünner, weißer und sehniger geworden waren. Aber die Schuhe waren bequem, und die Damen erklommen ohne Schwierigkeiten die hohen Treppenstufen des Busses 572, der sie nach Simrishamn bringen würde.

Ehe sie ankamen, prüften sie, ob sie alles Nötige dabeihatten. Das Geld befand sich in den Brieftaschen, die vorsichtshalber mit einem Gummiband verschlossen waren, und im Seitenfach der Taschen lagen saubere Taschentücher, neben den Patientenkarten, falls etwas passieren sollte.

Sie waren wieder beruhigt und schlossen die goldfarbenen Bügel ihrer Taschen, während draußen die ersten hohen Häuser auftauchten. Als sie am Bahnhof aus dem Bus gestiegen waren, blieben sie eine Weile stehen, um sich zu orientieren, ehe sie auf der Järnvägsgatan zum Marktplatz gingen, wo es von kauflustigen Menschen nur so wimmelte.

In den übervollen Schaufenstern hingen so viele schöne Sachen, daß Tilda und Elida ganz verwirrt waren. In den ersten beiden Geschäften fanden sie nichts. Keiner schien Zeit für sie zu haben, und bei jedem Geschäft, das sie besuchten, sank ihr Mut weiter.

Doch dann entdeckten sie einen kleinen Laden mit ganz normalen Schaufensterpuppen, die so aussahen wie früher. In den anderen Geschäften hatten die Schaufensterpuppen nämlich so ausgesehen wie Mutter Elna damals, als der Kugelblitz im Schreibtisch ihres Vaters eingeschlagen war. Sie waren wirklich nicht schön mit ihren aufgerissenen Mündern und den abstehenden Armen und Beinen.

Der kleine Laden war ganz anders. Hier standen die Schaufensterpuppen mit beiden Beinen auf dem Boden und hatten ein Lächeln auf den Lippen. Die Arme hingen grazil an den Seiten herab, wie es sich gehörte. Die Verkäuferin hatte offenbar Interesse an den neu eingetroffenen Kundinnen, denn sie kam sofort zu ihnen und fragte, ob sie behilflich sein könne. Sie schien sich auch mit dem Geschmack der Schwestern auszukennen, denn alles, was sie ihnen zeigte, war ähnlich schön und verlockend.

Tilda probierte als erste. Doch erst als der geblümte Vorhang sie von der Verkäuferin trennte, traute sie sich, auf die Preisschilder zu schauen. Sie stöhnte laut auf, woraufhin der Vorhang rasch zur Seite geschoben wurde und die Verkäuferin sich erkundigte, ob alles in Ordnung sei. Erst als Tilda beteuert hatte, daß es ihr gut gehe, schob die Verkäuferin den Vorhang wieder zu, und Tilda konnte den mühsamen Prozeß der Anprobe beginnen.

Ihr rosafarbenes Unterkleid war an diesem Tag besonders störrisch und verhakte sich knisternd zwischen ihren mageren Beinen. Eigentlich hätte sie gar nicht alle drei Kleider anprobieren müssen, denn sie wußte gleich, daß sie das leuchtendblaue mit den Blumensträußen wollte. Man durfte sich selbst nicht schön finden, hatte ihr Vater immer gewarnt, aber Tilda fand, daß sie in dem dünnen, geblümten Kleid wirklich viel jünger aussah, und schämte sich nicht einmal dafür.

»Paßt es?« fragte die Verkäuferin und schaute in die Kabine, während Tilda gerade in ihr altes Sonntagskleid schlüpfte.

33

»Ich nehme dieses hier«, sagte sie und reichte der Verkäuferin das leuchtendblaue Kleid mit den schönen Blumensträußen.

»Jetzt bist du an der Reihe«, sagte sie zu Elida und schob sie eilig in die Anprobe. Sie wollte nämlich nicht, daß Elida erfuhr, daß sie das teuerste Kleid ausgesucht hatte.

Elida nahm vier Kleider mit in die Kabine, und Tilda zahlte währenddessen. Sie ließ sich von der Verkäuferin ein Paar dünne, helle Nylonstrümpfe geben. Gerade als sie ihr das Geld reichen wollte, entdeckte sie eine weiße Perlenkette, die neben der Kasse hing. Die Perlen waren unterschiedlich groß, schimmerten wunderschön und würden sicher ausgezeichnet zu ihrem neuen Kleid passen.

»Die nehme ich auch noch«, sagte Tilda, nachdem sie sich vergewissert hatte, daß Elida nach wie vor in der Umkleidekabine war.

»Sie haben einen guten Geschmack«, meinte die Verkäuferin freundlich, und Tilda wurde es ganz warm ums Herz.

Leichten Schrittes verließen die beiden Schwestern das Geschäft mit je einer großen Plastiktüte in der Hand.

Als sie die Storgatan zum Hafen hinuntergingen, kamen sie an einer Konditorei vorbei. Beide blieben stehen, aber keine von ihnen sagte etwas. Erst als ein Gast die Tür öffnete und der Kaffeeduft in ihre Nasen stieg, trafen sie ihre Entscheidung. Sie diskutierten nicht, sondern gingen ganz einfach hinein.

Die Schwestern Svensson hatten sich wirklich verändert. Es war bestimmt dreißig Jahre her, daß sie zuletzt eine Konditorei betreten hatten. Sie bestellten sich ein Marzipantörtchen und behielten beim Essen ihre Zähne an. Die Konditorei war luxuriös eingerichtet: rote Samttapeten, rote Plüschgardinen und große Spiegel mit Goldrahmen. Dann und wann erhaschten die Schwestern in einem der vielen Spiegel einen Blick auf sich selbst, aber es hingen ja auch so viele davon im Raum, daß es sich gar nicht vermeiden ließ.

Sie kamen mit dem letzten Bus um zehn nach fünf nach Hause, mitsamt ihren neuen Kleidern und den neuen Küchengardinen, die sie nach ihrem Konditoreibesuch im Ausverkauf gefunden hatten. Tilda traute sich nicht, die Strümpfe und die Perlenkette zu erwähnen. Dafür würde noch Zeit genug sein.

Das Feuer im Herd war an diesem Abend besonders schwer zu entfachen, aber als es endlich brannte, verbreitete sich eine angenehme Wärme in der kleinen Küche. Erst öffnete Tilda die Ofenluke, um zu prüfen, ob das Feuer wirklich brannte, und dann tat Elida dasselbe. Keine von ihnen wußte, daß die andere beim Öffnen der Ofenluke ihr Preisschild hineingeworfen hatte, um alle Beweise zu vernichten.

Die Flammen verschlangen die beiden Preisschilder, auf denen » 529 Kronen « und » 538 Kronen « stand. Es war ihre bislang größte Investition auf dem Konto der Eitelkeit, und ein weiteres Mal wäre Schmiedemeister Svensson erleichtert gewesen, daß er schon das Zeitliche gesegnet hatte.

6

An dem Tag, als Alvar zum Kaffee kommen sollte, hatten Tilda und Elida viel zu tun. Sie backten und rannten hin und her wie zwei hektische Hühner. Vorsichtshalber spülten sie die feinen Tassen noch einmal ab, da sie sie schon lange nicht mehr benutzt hatten. Sie hatten Alvar für sieben Uhr eingeladen, aber schon um sechs war in der guten Stube alles fertig vorbereitet. Die große handbestickte Tischdecke war vor lauter Keks- und Kuchenplatten kaum zu sehen. In den Henkeln der Tassen steckten hauchdünne Servietten, ja, die Kaffeetafel war die reinste Augenweide.

Nachdem die Schwestern beim Tischdecken letzte Hand angelegt hatten, gingen sie zu ihrer persönlichen Dekoration über. Zuerst wärmten sie Wasser auf dem AGA-Herd und wuschen sich sorgfältig. Dann wurden die neuen Kleider angezogen. Tilda hatte sich nach langen inneren Qualen entschieden, die neue Perlenkette anzulegen. Es ging besser als erwartet. Elida verlor kein Wort darüber, kein einziges Wort. Aber sie hatte die Kette registriert, ja, sie starrte sie richtiggehend an, sagte aber keinen Ton, und Tilda auch nicht.

Um halb sieben verschwand Tilda in der Waschküche und kam mit einer Brennschere zurück. Sie sah verlegen aus und sagte rasch, noch ehe Elida den Mund öffnen konnte: »Eigentlich ist es doch schade, daß sie so nutzlos da draußen herumliegt.«

»Ja, da magst du recht haben. Der Herd ist sicher noch heiß genug«, meinte Elida.

Es war nämlich eine Brennschere von der alten Sorte: Sie war aus Eisen und wurde direkt auf der Herdplatte gewärmt, ehe man sich damit die Haare kräuselte.

Während Elida die Brennschere erhitzte, nestelte Tilda ein paar Haarsträhnen aus ihrem Knoten. Als die Brennschere heiß war, kniff Elida damit in ein Zeitungsblatt, wie ihre Mutter es immer getan hatte, woraufhin das Blatt eine kleine verbrannte Erhöhung bekam – das Zeichen dafür, daß es jetzt an der Zeit war, das Haar um die Brennschere zu wickeln. Dann hieß es abwarten. Ein wohlbekannter Duft entfaltete sich in der Küche. Es roch nach verbranntem Haar, wie früher vor der Schulabschlußfeier. Damals hatten sie eine Münze darum geworfen, wessen Haare zuerst gekräuselt werden durften.

Die grauen Haare an Tildas Ohren wurden immer trockener und ähnelten schließlich gesponnenem Zucker, aber sie war mit dem Ergebnis zufrieden. Als sie fertig waren, tupften sie sich ein wenig Parfüm hinters Ohr. Auf dem Herd kochte schon das Kaffeewasser, aber sie wollten mit dem Aufbrühen warten, denn der Kaffee sollte möglichst frisch sein.

Die Schwestern saßen auf dem Küchensofa und waren so fein, daß sie kaum wagten, sich zu rühren. Keine von ihnen sagte einen Ton. Sonst mochten sie die Stille ja nicht besonders, aber an diesem Abend wollten sie einfach genießen – nicht nur die Stille, sondern auch den schön gedeckten Kaffeetisch, ihre eigene Pracht, die neuen Küchengardinen, die sie noch angebracht hatten, und die Tatsache, daß Alvar Klemens, Ministerialdirigent aus Sundsvall, bald über ihre Türschwelle treten würde.

Und er kam, um Punkt sieben Uhr, groß und stattlich, mit den Goldringen an den Fingern und einer Pralinenschachtel für seine Nachbarinnen in der Hand. Obwohl er schon seit sieben Wochen in Borrby wohnte, hatte er sie noch nie besucht. Tilda und Elida dagegen waren schon zweimal bei ihm gewesen: das erste Mal ohne Einladung, um die Brunnennutzung zu klären, und das zweite Mal zu einer Tasse Kaffee und einem belegten Brot, auf seine Einladung hin.

Alvar trat in die Küche, sah sich um und rief: »Hier wird wahrlich nicht an der Wärme gespart!« Man sah schon einige Schweißperlen auf seiner Stirn glänzen.

»Der Sommer neigt sich dem Ende zu, und wir wollen die Feuchtigkeit nicht hereinlassen. Außerdem haben wir ausreichend Brennholz«, sagte Tilda.

Alvar sah sich neugierig um. »Ein schönes altes Haus«, meinte er, und es war nicht zu überhören, daß er es ernst meinte.

»Vielleicht möchtest du dir das Haus ansehen?« fragte Elida und merkte, daß sie Alvar zum ersten Mal duzte.

»Ach, hier gibt es doch nicht viel zu sehen«, meinte Tilda verlegen. »Das ist die Küche, und dort ist die gute Stube.« Sie machte eine Geste in Richtung Wohnzimmertür.

Alvar zeigte auf den Eingang zum Elternschlafzimmer. »Und was ist das?«

»Den Raum nutzen wir nicht, wir haben auch so ausreichend Platz«, sagte Elida. Aber natürlich durfte er sich das Zimmer gern ansehen, wenn er wollte, dachte sie und öffnete die Tür, während Tilda den Kaffee aufbrühte.

Elida war es beinahe etwas unangenehm, was für eine Wertschätzung das Zimmer erfuhr.

»Das ist ja richtig gut und stabil«, sagte Alvar, klopfte an das Fußteil des Betts und nahm es genauer

38

in Augenschein. »Bestimmt ist es ein altes englisches Eisenbett.«

Im selben Moment entdeckte er den Waschtisch. Er hob die Waschschüssel hoch, schlug mit den Fingern gegen den Rand und drehte sie, um den Stempel auf dem Boden zu studieren.

»Ein schönes altes Waschgeschirr von Rörstrand, nicht zu verachten, dafür muß eine alte Frau lange stricken.«

Strickkleider hatten Tilda und Elida aber mehr als genug, und Elida beschloß, daß die Waschschüssel an ihrem Platz stehenbleiben sollte, zumindest solange sie am Leben waren.

Alvar Klemens war ausgesprochen interessiert. Auch im Wohnzimmer hob er viele Gegenstände hoch und lächelte Tilda und Elida zu, die stolz waren, weil er offenbar so beeindruckt von ihrer einfachen Behausung war. Zu den neuen Kleidern und zu den Küchengardinen sagte er nichts, aber er betrachtete sie aufmerksam.

Die Schwestern reichten ihm die Kuchenplatten, schenkten Kaffee ein, drängten ihm Gebäck auf und waren erst zufrieden, als er sich von allen sieben Sorten etwas genommen hatte. Alvar wirkte zwar schon vorher vollauf zufrieden, probierte aber brav alles durch. Tilda ging in die Küche, um mehr Kaffee zu kochen. Gerade als sich die letzten Tropfen durch den alten Stoffilter stahlen, kam Elida.

»Vielleicht sollten wir ein Glas Sherry anbieten?« schlug sie vor.

»Tu das«, sagte Tilda lächelnd. Der Dampf vom kochenden Kaffeewasser hatte ihre Löckchen ein wenig geglättet, aber das sah sie Gott sei Dank nicht.

Um neun Uhr waren die Keks- und Kuchenplatten beinahe leer, und es gab nur noch einen kleinen Schluck Sherry in der Flasche.

Alvar hatte von seinen Auslandsreisen und von seinen verschiedenen Arbeitsplätzen erzählt, und Tilda und Elida hatten schon lange nicht mehr so herzlich gelacht. Ja, bisweilen hatten sie so lachen müssen, daß es ihnen schwergefallen war, die Zähne am Platz zu halten. Normalerweise saßen sie ziemlich fest, aber wenn sich Kekskrümel darunter verfingen, war es nicht ganz einfach, sie am Rutschen zu hindern.

Alvar erzählte auch, daß er sich dauerhaft in Borrby niederlassen wolle, sobald er pensioniert sei, und darüber freuten sich die beiden Schwestern ganz besonders, denn im Winter war es leer und trostlos in Borrby, und die Zeit ging nur im Schneckentempo voran, wenn es keine Früchte und Beeren aus dem Garten zu verarbeiten gab.

Erst um elf Uhr brach Alvar auf. Ehe er ging, gab er seinen beiden Nachbarinnen einen Kuß auf die Wange. Es war ein Abend, den die Schwestern Svensson nie vergessen sollten.

Am folgenden Tag schliefen Tilda und Elida bis acht Uhr morgens, was noch nie vorgekommen war. Aber sie waren ja auch ungewöhnlich spät ins Bett gegangen. Nachdem Alvar weg war, hatten sie aufgeräumt, abgespült und sich noch ein Gläschen Sherry genehmigt und von den guten Pralinen probiert, die Alvar mitgebracht hatte. Vorher hatten sie natürlich die Rolläden heruntergelassen. Sie räumten das Haus stets auf, ehe sie zu Bett gingen. Das hatten sie von ihrer Mutter gelernt: »Was du heute kannst besorgen, das verschiebe nicht auf morgen.«

Als Tilda morgens hinausging, um das gebrauchte Waschwasser über den Büschen auszugießen, wie sie es immer tat, merkte sie, daß der Sommer sich langsam verflüchtigte.

Die Nacht war kalt gewesen, und der Tau lag noch immer wie eine schützende Hülle über dem Garten. Die Tränenden Herzen waren so schwer von den Tautropfen, daß die Zweige beinahe am Boden schleiften.

In ihrem Garten gab es viele schöne winterfeste Pflanzen, weshalb sie die Anschaffung von vergänglichen Sommerblumen für unnötig befanden. Trotzdem waren sie sehr beeindruckt von Alvars Petunien. Noch nie hatten sie eine solche Blütenpracht gesehen. Genauso verhielt es sich mit seinen anderen Topfpflanzen. Elida hatte einmal beobachtet, wie er irgend etwas zwischen seine Pflanzen gekippt hatte, und von da an war ihr klar, daß sie nicht vom Brunnenwasser allein so üppig gediehen.

Am Nachmittag klopfte es an die Tür, und Tilda und Elida stürmten beide hin, um zu öffnen. Ihr Lächeln erlosch, als sie eine Frau mittleren Alters mit einem kleinen, häßlichen Hut und einer abgenutzten Aktentasche auf der Treppe sahen.

»Ich komme von den Zeugen Jehovas«, sagte sie und hielt ihnen ein kleines blaues Buch hin.

»Wir brauchen nichts«, sagte Elida entschieden. »Wir haben unseren eigenen wahren Gottesglauben, und damit basta.«

»Aber dieses Buch ist Gott gewidmet, welcher allen gnädig ist, die seine lebensspendende Wahrheit suchen. Wollen Sie denn kein ewiges Leben?«

»Doch, natürlich«, sagte Tilda und bekam im nächsten Moment einen Tritt vors Schienbein. Elida schob die fremde Frau auf den Hof hinaus und schloß schnell die Tür hinter ihr.

»Warum hast du gesagt, daß wir ein ewiges Leben wollen?« fragte Elida wütend.

»Möchtest du das etwa nicht?« erwiderte Tilda verständnislos.

»Begreifst du denn nicht, daß man solchen Leuten nicht recht geben darf? Dann wird man sie nämlich nie wieder los!«

Wie magnetisch wurden die Schwestern vom Küchenfenster angezogen, denn sie wollten sehen, ob die Frau zu Alvar gehen würde. Das tat sie. Alvar lächelte ihr zu und ließ sie hinein.

»Wenn er sich mal bloß in acht nimmt«, sagte Tilda unruhig. »Man weiß ja nie bei solchen scheinheiligen Weibern.«

Die alte Uhr über dem Küchensofa tickte hartnäckig, ansonsten war es still in der Küche. Es herrschte eine angespannte Stimmung. Die beiden Damen am Fenster streckten ihre ohnehin schon langen Hälse und sahen aus wie ein Paar Schwäne. Als sie zwanzig Minuten völlig reglos dagestanden hatten, hätte man meinen können, daß sich ihre Halswirbel ausgerenkt hätten, doch plötzlich sank Tildas Kopf hinab, und zwar noch tiefer als zuvor.

»So einer kann er aber nicht sein, oder?«

»Was meinst du mit ›so einer‹?« fragte Elida irritiert.

»So ein Zeuge Jehovas. Er trinkt doch Schnaps und raucht manchmal Zigarren.«

»Ein Weibsbild hält er sich aber nicht.«

»Und was ist mit der da?« meinte Tilda erschöpft und zeigte auf Alvars Haus.

Elida schnaubte so stark, daß die neuen Küchengardinen vom Luftzug aufwirbelten.

»Du glaubst doch nicht etwa, daß er ... mit ihr ...?«

»Wir sollten uns vielleicht draußen auf die Bank setzen. Der Sommer ist ja bald vorbei, und wir haben sie bisher kaum genutzt«, schlug Elida vor.

Tilda und Elida zogen ihre selbstgestrickten Jacken über und setzten sich draußen auf die Gartenbank.

»Dies Jahr gibt es viele Augustbirnen«, sagte Elida.

»Ja«, erwiderte Tilda einsilbig. »Mehr als letztes Jahr.«

»Aber die Erdbeeren waren dies Jahr nicht so gut«, fuhr Elida fort.

»Nein, die waren letztes Jahr besser«, antwortete Tilda mit derselben eintönigen Stimme.

Das Gespräch ging schleppend voran. Vielleicht lag es daran, daß die Bank in die falsche Richtung zeigte. Sie saßen mit dem Rücken schräg zu Alvars Haus und waren deshalb gezwungen, ihre Köpfe in einem unbequemen Winkel nach links zu drehen, um den Überblick zu haben, wann das Weibsbild Alvar verließ.

Hätte Schmiedemeister Svensson nicht ein paar Meter unter der Erde gelegen, hätte er sie bestimmt gescholten, daß sie sich benähmen wie zwei Schafsköpfe. Das hatte er immer gesagt, wenn jemand etwas tat, was ihm nicht behagte. Nur einziges Mal hatte er seine Frau Elna so betitelt. »Du blöder Schafskopf!« hatte er sie angefahren, aber das war auch kein Wunder, denn sie hatte dasselbe Hosenbein zweimal abgeschnitten, als sie seine neue Sonntagshose kürzen wollte. Drei Zentimeter mußten weg, das hatte sie ausgemessen. Zuerst am linken Hosenbein, aber als sie drei Zentimeter auf der rechten Seite abschneiden wollte, hatte sie die Hosenbeine verwechselt und das linke Bein um weitere drei Zentimeter gekürzt. Sie hatte den Streifen zwar wieder angenäht, aber Schmiedemeister Svensson hatte sich in seiner Hose nie gut angezogen gefühlt.

»Siehst du Molins großen Kater drüben zwischen Alvars Topfpflanzen?« fragte Tilda plötzlich entsetzt.

»Und er frißt auch noch von der Erde«, seufzte Elida. Dann fiel ihr ein, was sie letztens gesehen hatte, und erzählte ihrer Schwester davon.

»Vermutlich war das Düngemittel«, meinte Tilda. »Hab ich mir doch gedacht, daß er irgendwas mit seinen Pflanzen anstellt.«

Ihr Gespräch verstummte jäh. Benahm sich der Kater nicht reichlich merkwürdig, seit er vom Inhalt des Blumentopfes gegessen hatte? Er rieb sich an der Wasserpumpe, machte einen Buckel und maunzte wie eine Märzkatze.

»Er ist doch wohl nicht krank?« fragte Tilda. Im selben Moment machte der Kater einen Satz und schnellte ins Gras, wo Erlandssons Katze Majsan lag. Die konnte gar nicht so schnell reagieren, wie Molins großer Kater sich auf sie stürzte. Was er dann tat, genierte die beiden Schwestern Svensson so, daß ihre Ohrläppchen glühten. Dennoch verfolgten sie den gesamten Liebesakt mit großen Augen. Nachdem der Kater Majsan ihrem Schicksal überlassen hatte, blieb sie verwirrt auf dem Rasen stehen, als könne sie gar nicht fassen, was da geschehen war. Während sie sich verwundert in die

Hecke schlich, öffnete sich Alvars Tür, und die Zeugin Jehovas kam heraus.

Obwohl sich die Ohren der beiden Schwestern zu kleinen Trichtern zu formen schienen, konnten sie nicht hören, was gesagt wurde. Als die Frau verschwunden war, sah Alvar seine Nachbarinnen, winkte ihnen fröhlich zu und kam zur Hecke, um sie zu begrüßen.

»Danke für den netten Abend neulich«, rief er und warf ihnen eine Kußhand zu.

»Gern geschehen«, erwiderten die Schwestern wie aus einem Munde.

»Kaum zu glauben, daß Leute wie die frei herumlaufen dürfen«, sagte Alvar lachend und zeigte in die Richtung, in die die Frau soeben verschwunden war.

»Ach, die«, meinte Elida erleichtert.

»Aber es macht mir Spaß, mit solchen Leuten zu diskutieren, sie in ihre Schranken zu weisen und ihnen Erklärungen abzufordern. Das ewige Leben, was für ein Quatsch.«

»Ganz genau«, sagte Tilda, spürte aber Elidas scharfen Seitenblick.

Von den Blumen und den Katzen erwähnten sie nichts, denn ihr Puls war immer noch etwas höher als normal.

»Was das wohl für ein Dünger sein mag, den Alvar in die Blumen gekippt hat?« fragte Elida, während sie im Dunkeln vor dem stillen Örtchen auf Tilda wartete. Bei der letzten abendlichen Runde gingen sie immer zu zweit. Im Dunkeln fühlten sie sich nicht so sicher, gerade im Sommer, wenn es so viele komische Leute in Borrby gab.

»Keine Ahnung«, meinte Tilda mit gepreßter Stimme. Die Hämorrhoiden heilten zwar gerade ab, aber an diesem Abend schmerzten sie ein wenig.

Als sie beide ihre Bedürfnisse verrichtet hatten, trabten sie Seit an Seit in die warme Küche. Sie falteten ihre selbstgestrickten Jacken ordentlich zusammen, packten sie in ihre Plastiktüten und legten sie in den kleinen Verschlag in der Küche.

Die Plastiktüten hatten sie in erster Linie wegen der Motten. Zwar hatten sie in den letzten dreißig Jahren keine einzige davon zu Gesicht bekommen, aber die Schwestern Svensson waren vorsichtig und achteten auf ihre Besitztümer.

An diesem Abend schliefen sie spät ein, aber der Tag war ja auch ereignisreich genug gewesen – von der Zeugin Jehovas bis zum liebestollen Kater.

Draußen neigte sich der Sommer seinem Ende zu. Der Wind rüttelte an den letzten blühenden Büschen, und die Augustbirnen schwollen an den Ästen. Die Klotür quietschte in ihren Angeln. Drinnen in der Küche kühlte das Ofenrohr allmählich ab und gab seine drei Knacklaute von sich. Unter den Wolldecken lagen Tilda und Elida in ihren knöchellangen geblümten Flanellnachthemden und verzogen im Schlaf ihre Münder zu einem zahnlosen Lächeln.

7

Am folgenden Morgen rief Rutger an und ließ sich darüber aus, daß jetzt Herbst geworden sei. Er erinnerte sie an das Schneeräumen, das bald bevorstehe, an die Schwierigkeiten, das Haus warm zu bekommen, und an das tägliche Wasserholen am Brunnen. All das, was er früher so charmant gefunden hatte, betrachtete er jetzt als unüberwindbare Hindernisse, zumindest für seine Schwestern.

Elida konnte nichts entgegnen, sondern wartete, bis er seine Galle über das Häuschen ausgeschüttet hatte. Als er fertig war und Elida noch immer schwieg, rief er: »Hallo, bist du noch dran, Elida?«

»Ja, ich bin dran und habe vor, bis zu meinem Lebensende hier zu bleiben, nur damit du das weißt.«

»Aber ...«

»Wenn du einzig und allein wegen so einem Quatsch anrufst, kannst du es ebensogut bleiben lassen.«

»Aber es ist doch nur zu eurem Besten.«

»Wir wissen selbst, was zu unserem Besten ist, und deshalb bleiben wir.«

Rutger war zum ersten Mal ein wenig verdutzt. Hatte seine Schwester auf ihre alten Tage nicht einen spitzeren Ton bekommen? Weitaus schlimmer war jedoch, daß er seiner Frau versprochen hatte, sie könnten schon nächsten Sommer in ihr neues Ferienhäuschen ziehen. Er hatte immer eine magische Macht über seine Schwestern gehabt. Sie hatten sich auf ihn verlassen und getan, was er sagte. Plötzlich war er verunsichert, und ihm war klar, daß es keinen Sinn hatte, weiter zu diskutieren.

»Wie geht es denn Tilda mit ihren Schmerzen?« erkundigte er sich.

»Ach, sie beklagt sich nicht, es kann also kaum schlimmer geworden sein«, antwortete Elida.

Rutger hatte das Gefühl, über etwas Alltäglicheres reden zu müssen, um die Unstimmigkeiten auszugleichen.

»Und was macht das Obst?«

»O ja, die Augustbirnen sind dies Jahr reichlich, die Erdbeeren dagegen waren eher durchwachsen. Aber wir beschweren uns nicht, wir haben genug zum Leben.«

»Dann grüß mal Tilda von mir«, sagte Rutger und beendete das Gespräch.

Als er den Hörer aufgelegt hatte, ließ er sich in seinen wippenden Ledersessel im Redaktionsbüro sinken. Vor ihm auf dem glänzenden Mahagonischreibtisch lagen schon die Pläne für den Umbau seines alten Elternhauses. Skizzen, die zeigten, welche Wände verschoben werden sollten und wo der Kamin stehen würde, Pläne für eine Sauna und eine moderne Waschküche.

Er seufzte schwer, denn ihm war klar, daß sein Einfluß über seine Schwestern im Schwinden begriffen war. Aber er verstand nicht, weshalb. War seine Stimme vielleicht alt und unsicher geworden, oder wurden die Schwestern allmählich senil und konnten nicht mehr begreifen, was er sagte? Im nächsten Sommer würde es jedenfalls kein Häuschen geben, zumindest das war ihm klar.

Rutgers Anruf hatte die Schwestern beunruhigt, und sie verwendeten einen Großteil des Tages darauf zu diskutieren, inwieweit Rutger über juristische Mittel verfügte, sich das Häuschen unter den Nagel zu reißen. Erst nachdem sie die vergilbten Dokumente mit dem Grundbucheintrag gefunden hatten, beruhigten sie sich. Schließlich gerieten sie in eine Art Kampfstimmung, denn jetzt konnten sie auf ihrem Recht beharren und hatten es sogar schwarz auf weiß.

Am Nachmittag gingen Tilda und Elida zum Kaufmannsladen. Sie brauchten nicht viel für ihren kleinen Haushalt, aber sie gingen trotzdem jeden Tag einkaufen.

Gerade als sie mit ihren langen, schmalen Fingern die abgepackten Brote betasteten, um festzustellen, welches am frischesten war, betrat Alvar den Laden. Er sah seine beiden Nachbarinnen gar nicht, sondern wandte sich an die Verkäuferin.

»Könnte ich bitte für Samstag achtzig Krebse bestellen, und zwar schwedische?«

Elida war so verblüfft, daß sie versehentlich den Zeigefinger durch die Plastikfolie stieß und ihn in das weiche Brot bohrte.

»Achtzig Stück«, flüsterte Tilda Elida zu. »Da erwartet er sicher Gäste.«

»Pst«, versuchte Elida ihre Schwester zum Schweigen zu bringen. Tilda hatte Schwierigkeiten mit dem Flüstern, seit sie ihre dritten Zähne hatte. Dabei entstand nämlich eine Art pfeifendes Geräusch, weshalb man ganz besonders deutlich hörte, was sie sagte.

»Und zehn Baguettes, könnten Sie die auch besorgen?« fragte Alvar freundlich, und die Verkäuferin nickte und notierte sich die Bestellung.

Da entdeckte Alvar seine beiden Nachbarinnen.

»Was erblickt mein Auge da, sind das nicht meine beiden reizenden Nachbarinnen auf Shoppingtour? Was für ein Glück, daß wir uns begegnet sind, ich wollte euch nämlich fragen, ob ich euch am Samstagabend um sieben zu einem kleinen, schlichten Krebsessen in meinem Garten einladen dürfte?«

»Oh«, sagten Tilda und Elida wie aus einem Munde. »Gern!«

49

Als sie mit ihren Einkaufskörben auf der Dorfstraße nach Hause gingen, fühlten sie sich, als seien sie um einige Zentimeter gewachsen.

»Hast du Karna Bengtssons Gesicht gesehen«, meinte Tilda, »als wir von Ministerialdirigent Alvar Klemens zum Krebsessen eingeladen wurden?«

»Das geschieht ihr nur recht«, sagte Elida. »Karna Bengtsson ist immer so eingebildet, aber jetzt haben wir es ihr gezeigt, und zwar ordentlich.«

Durch und durch fröhlich waren die Schwestern Svensson allerdings nicht, denn ein kleiner Anflug von Unruhe hatte sich in ihre aufgekratzten Gemüter geschlichen.

»Wer kommt denn noch, glaubst du?« fragte Tilda.

»Achtzig Krebse, das sind ganz schön viele.«

»Und wir wissen nicht mal, wie man die ißt.«

Wenn nicht der unselige Anruf von Rutger gewesen wäre, hätten sie ihn fragen können, aber sie beschlossen, diese Angelegenheit allein zu meistern, dumm waren sie ja nicht, und sie konnten ja heimlich zuschauen, wie die anderen Gäste mit den Krebsen fertigwurden.

»Vielleicht sollten wir uns für das Fest neue Kleider kaufen«, schlug Elida später am Abend vor.

»Bist du verrückt geworden?« rief Tilda bestürzt aus. »Wir haben uns doch gerade erst neue gekauft.«

Nun ja, vermutlich hatte Tilda recht, dachte Elida. Aber es war schon ein gutes Gefühl, so viel Geld zu haben, daß sie es sich hätten leisten können.

Noch etwas beunruhigte die Schwestern angesichts des bevorstehenden Festes: die zweite Bestellung, die Alvar aufgegeben hatte, das, wovon er zehn Stück haben wollte. Pakett oder wie auch immer es heißen mochte. Sie sahen im alten Lexikon ihres Vaters nach, aber entdeckten nichts Passendes.

»Wir müssen es nehmen, wie es kommt«, beruhigte Tilda ihre Schwester.

Die beiden fanden, daß sie in der letzten Zeit eine ganz neue Wertschätzung erfuhren. Alvar fragte sie in vielen Angelegenheiten um Rat. Wie er mit den Beeren und den Büschen verfahren sollte, oder wie man die Obstbäume zum Herbst beschnitt. Sie antworteten rasch und kundig und waren stolz darauf, etwas zu können, was Alvar nicht beherrschte.

Als sie an diesem Abend mit ihren Nachtvorbereitungen beschäftigt waren, sahen sie, wie Alvar auf ihr Haus zusteuerte. Die Schwestern stürzten zum Herd und setzten schnell ihre Gebisse ein. Alvar war in den vergangenen Wochen mehrmals zu ihnen gekommen, und mittlerweile klopfte er nur noch dreimal an, ehe er eintrat, denn er fand es unnötig, daß sie alles stehen und liegen ließen, um ihm die Tür zu öffnen.

Er legte eine feine Hose auf die karierte Küchentischdecke und zeigte auf einen großen Fleck am Hosenbein.

»Ich habe alles versucht, aber der Fleck sitzt wie angenietet.«

Die Schwestern musterten die Stelle und kratzten vorsichtig daran.

»Und da habe ich mir gedacht, ihr kriegt doch das allermeiste hin«, meinte er.

»Wir haben schon unsere ganz besonderen Tricks«, sagte Elida, »aber der da sieht hartnäckig aus.«

»Vielleicht mache ich euch zuviel Umstände?« fragte Alvar, und seiner Stimme war anzumerken, daß er es aufrichtig meinte.

»Ach, überhaupt nicht, ganz im Gegenteil«, sagte Tilda. »Es ist immer nett, wenn Besuch kommt.«

»Ja, aber ich bringe euch doch zusätzliche Arbeit«, meinte Alvar.

»Ach, das machen wir doch gern«, antwortete Elida. Ihre Schwester setzte Kaffeewasser auf, und Alvar beobachtete, wie Elida an der Spüle eine Masse in einer kleinen Schüssel zusammenrührte.

»Das hat uns Mutter beigebracht«, sagte Elida, »und bis auf wenige Ausnahmen sind alle Flecken nach einer gewissen Einwirkzeit verschwunden.«

»Zahnpasta!« rief Alvar bestürzt.

»Allerdings«, antwortete Elida stolz. »Zahnpasta, ein Teelöffel Salz und ein bißchen Kernseife, das wirkt wahre Wunder.« Vorsichtig behandelte sie den Fleck mit der Mischung. »So, jetzt muß das Mittel nur noch einwirken und den Fleck auflösen.«

Währenddessen hatte Tilda Kaffeetassen und Zwieback auf den Tisch gestellt. Der Kaffee duftete köstlich.

»Das Haus hat nicht viel zu bieten, du mußt mit dem vorlieb nehmen, was da ist«, sagte Tilda.

»Abendkaffee gibt es auch noch! Kaum zu fassen, wie ihr mich verwöhnt. Ich weiß gar nicht, wie ich zurechtkommen soll, wenn ich wieder in der Stadt bin.«

Tilda und Elida lächelten geschmeichelt. Sie spürten, daß sie gebraucht wurden, und das war ein ganz neues Gefühl.

»Tauch den Zwieback ruhig ein, wenn du magst«, sagte Elida, und bald saßen sie alle drei da, tunkten ihren Zwieback in den Kaffee und schlürften das aufgeweichte Gebäck.

Alvar mochte den unkomplizierte Umgang, der zwischen ihnen herrschte. Er liebte die Ruhe im Dorf, und daß es ihm bei den Schwestern Svensson gefiel, war nicht zu übersehen.

»Das sind aber ungewöhnliche Tassen«, bemerkte Alvar. »Sind die alt?«

»Bestimmt über fünfzig Jahre«, sagte Elida, »und sie haben ihre eigene Geschichte.«

Sie blickte amüsiert zu Tilda, die errötend auf ihre Knie sah.

»Wie spannend«, meinte Alvar und hörte auf zu kauen.

Die beiden Schwestern begannen zu kichern wie zwei Schulmädchen. Auch Alvar begann zu lachen, obwohl er nicht einmal wußte, worum es ging. »So erzähl doch«, sagte er ungeduldig.

»Es ist mir aber peinlich«, meinte Tilda und zierte sich ein wenig.

»Aber es ist doch schon so lange her«, ermutigte Elida ihre Schwester.

»Also, es war so, daß ...«, fing Tilda zögernd an. »Ach, ich schäme mich so.«

»Wer A sagt, muß auch B sagen«, meinte Elida, und dann erzählte Tilda die Geschichte von den Tassen.

»Früher, wenn ich als Köchin bei den Festen im Dorf aushalf, bekam ich manchmal ein bißchen Geld. Ich war um die Zwanzig und hatte angefangen, auf meine Mitgift zu sparen. Im Dorf gab es damals ein exklusives Einrichtungsgeschäft, wo es diese englischen Tassen zu kaufen gab. Sie waren sehr teuer, und man konnte sich nur dann und wann eine davon leisten. Die Besitzerin des Geschäfts war eine richtige Tratschtante. Sie wußte alles über jeden, aber im

Geschäft war sie die Freundlichkeit in Person. Nur ich und noch ein Mädchen im Dorf sammelten diese teuren Tassen. Nach einer der großen Weihnachtsfeiern im Dorf, als ich ein bißchen Geld verdient hatte, ging ich zum Einrichtungsgeschäft, um meine sechste Tasse zu kaufen. ›Bald haben Sie das Dutzend voll‹, sagte Frau Björk, die Besitzerin. Das sagte sie jedes Mal, seit ich die dritte Tasse gekauft hatte. ›Na ja‹, sagte ich wie immer. ›Das dauert schon noch eine Weile, sie sind ja nicht gerade billig.‹ Und dann ging ich mit meiner Tasse, die in eine kleine Schachtel verpackt war, nach Hause.«

Alvar sah Tilda gespannt an und wartete auf die Fortsetzung.

»Erst zu Neujahr öffnete ich die Schachtel, um die Tasse in den Schrank zu den anderen zu stellen. Da entdeckte ich das schreckliche Versehen. Frau Björk hatte nicht bemerkt, daß in der Schachtel eine Untertasse zuviel lag. Ich weiß noch, daß ich mich wie eine Diebin fühlte. Bestimmt vermißte Frau Björk die Untertasse und hatte vielleicht schon im Dorf herumposaunt, daß ich eine Diebin war, dachte ich. Ich beschloß, gleich am nächsten Tag in das Geschäft zu gehen und die Untertasse zurückzugeben, aber dann kamen meine Cousinen zu Besuch, und das Ganze geriet in Vergessenheit. Erst einen Monat später fiel mir die Untertasse wieder ein, und da hatte ich das Gefühl, es sei zu spät. Ich traute mich einfach nicht hinzugehen. Aber der Gedanke ließ mich nicht los. Manchmal wachte ich nachts auf, weil ich geträumt hatte, daß die Polizei mich abholte. Ich wußte auch nicht, wie ich das Dutzend voll kriegen sollte, denn die Tassen gab es nirgendwo anders zu kaufen. Mir war nur klar, daß ich es nie wieder wagen würde, meinen Fuß in das Einrichtungsgeschäft zu setzen.«

»Und wie ging es weiter?« wollte Alvar wissen. Elida konnte sich vor Lachen kaum halten.

»Zu Ostern und zu Pfingsten arbeitete ich wieder, und auch an Mittsommer, aber kein einziges Mal traute ich mich zum Geschäft, um für den Arbeitslohn eine weitere Tasse zu kaufen. Doch als Weihnachten nahte, befürchtete ich, daß die Tassen ausgehen könnten und Frau Björk womöglich keine neuen nachbestellen würde. Da beschloß ich hinzugehen, koste es, was es wolle. Ich zitterte am ganzen Körper, als ich die Tür öffnete, und dann stand ich da, mitten im Laden, und wartete, bis ich an der Reihe war. Plötzlich hörte ich Frau Björks flüsternde Stimme an meinem Ohr. Jetzt, dachte ich, jetzt sagt sie es. Aber dann spürte ich, wie sie mir etwas Kaltes zusteckte. ›Wissen Sie, Fräulein Svensson‹, flüsterte sie. ›Bei der Lieferung aus England muß ein Versehen passiert sein. Ich habe nämlich bemerkt, daß ich eine Tasse ohne Untertasse bekommen habe, und da habe ich mir gedacht, die könnten Sie doch bekommen, statt daß sie hier herumsteht.‹ Ich antwortete nicht, denn ich hatte das Gefühl, als schaukelte der ganze Fußboden unter mir. ›So eine Reservetasse kann praktisch sein, falls eine der anderen kaputtgehen sollte.‹ Da stand ich nun mit einer nagelneuen Tasse. Die passende Untertasse befand sich ja schon zu Hause im Schrank, und ich brachte keinen einzigen Ton heraus.«

Alvar lachte so, daß Tilda und Elida fast um seine Gesundheit fürchteten. Die beiden Schwestern lachten auch, bis ihnen die Tränen über das Gesicht liefen.

»So was Lustiges habe ich ja noch nie gehört!« rief Alvar, wischte sich die Schweißperlen von der Stirn und betrachtete die Tasse. »Und schön sind sie wirklich!«

»Das Dutzend habe ich schließlich auch voll bekommen«, sagte Tilda. Allerdings sind sie nie über Borrby hinausgekommen, denn einen Mann habe ich ja nicht gefunden. Doch das sagte sie natürlich nicht laut.

»Jetzt schauen wir uns mal die Hose an«, sagte Elida.

Sie holte eine Nagelbürste und entfernte behutsam die getrocknete Mischung, und siehe da, der Fleck war weg.

»Unglaublich«, sagte Alvar erstaunt. »Er ist verschwunden.«

»Diese Mischung ist eben effektiv«, sagte Tilda, und dann mußten sie schon wieder lachen.

Elida nahm etwas lauwarmes Wasser aus dem Kessel auf dem Herd, tauchte den Zipfel eines Handtuchs hinein und rubbelte vorsichtig die letzten Spuren des Wundermittels von der Hose.

»Hab ich es nicht gesagt«, meinte Alvar. »Ich weiß nicht, wie ich ohne euch klarkommen soll, wenn ich wieder in die Stadt ziehe.«

Als Alvar gegangen war, blieben die Schwestern eine ganze Weile am Küchentisch sitzen. Sie sprachen davon, wie leer es werden würde, wenn Alvar nach Hause fuhr, aber es waren ja noch zehn Tage bis dahin, und deshalb beschlossen sie, sich davon nicht bekümmern zu lassen. Danach würden sie weitersehen.

Beide spürten sie nämlich irgendwo tief drinnen, daß dieser Winter dennoch anders werden würde als in den Jahren zuvor, aber vielleicht war es auch ganz gut, daß sie noch nicht wußten, *wie* anders ...

8

Der Samstag brachte strahlenden Sonnenschein, und auch die Wärme war vorübergehend zurückgekehrt. Der Sommer war zwar unwiederbringlich vorbei, aber heute abend waren ihnen die Wettermächte gewogen. Am Nachmittag rief Rutger seine Schwestern an, um zu hören, wie es ihnen ging.

»Danke, gut«, sagte Elida, »aber wir sind ein wenig in Eile, weil wir bei Ministerialdirigent Alvar Klemens zum Krebsessen eingeladen sind.«

»Was seid ihr?«

Elida mußte wiederholen, was sie gesagt hatte, aber Rutger schien es trotzdem nicht zu verstehen.

»Darf ich bitte mal mit Tilda sprechen? Ist ja eine Weile her, daß ich zuletzt mit ihr geredet habe.«

Genaugenommen war das nicht der wahre Grund, weshalb er mit Tilda sprechen wollte, sondern weil er befürchtete, daß Elida etwas verwirrt war. Und es konnten ja schlecht beide Schwestern auf einmal übergeschnappt sein, dachte er.

»Sie ist beschäftigt, sie macht sich gerade Locken«, antwortete Elida.

Jetzt sind sie völlig durchgedreht, dachte Rutger. Ich muß mal rausfahren und nach dem Rechten sehen.

»Wir rufen morgen zurück«, sagte Elida und legte auf.

Rutger saß eine ganze Weile mit dem Telefonhörer in der Hand da.

»Schatz, was ist denn los?« fragte Marianne, während sie ihre langen Nägel mit aggressiv rotem Nagellack bemalte.

»Jetzt sind Tilda und Elida komplett verrückt geworden.«

»Wieso?«

»Sie wollen auf ein Krebsfest zu einem Ministerialdirigenten namens Klemens, und Tilda macht sich gerade Locken. Daher hatte keine von ihnen Zeit zum Reden.«

»Ja, dann«, sagte Marianne erleichtert. »Wenn sie verrückt sind, können wir sie entmündigen lassen, und dann gehört das Häuschen uns.«

»Wie denn das?« fragte Rutger matt.

»Wenn wir beweisen können, daß sie geistig nicht mehr ganz zurechnungsfähig sind, das heißt so senil, daß sie nicht dazu in der Lage sind, sich um sich selbst zu kümmern, kann ein Arzt ein psychiatrisches Gutachten erstellen lassen. Du wirst ihr Vormund, und dann ... Du verstehst schon, Schatz, oder?«

Marianne hatte eine Ausbildung im sozialen Bereich und wußte, wovon sie sprach. Sie ging zu Rutger und pflügte mit ihren langen Nägeln durch sein dünnes Haar.

»Ich hoffe, sie sind verrückt, aber ich glaube es nicht. Es ist irgendwas anderes«, sagte Rutger.

»Was denn?«

»Keine Ahnung, aber irgendwas stimmt da nicht. Das muß man sich mal vorstellen, Tilda und Locken drehen.« Rutger schnaubte. »In früheren Jahren sind die beiden wahrlich nie eitel gewesen. Und jetzt so was.«

»Du bist abgearbeitet, Rutger«, meinte Marianne mit samtweicher Stimme. »Du bist abgearbeitet, und das weißt du. Wir könnten an die Côte d'Azur fahren, nur du und ich.«

»Ich kann mir jetzt nicht freinehmen, Marianne, das weißt du«, sagte Rutger irritiert und schenkte sich einen großen Whisky Soda ein.

»Denk noch mal drüber nach. Die Côte d'Azur – Sonne, Baden, Genießen! Rutger, kannst du dir wirklich nicht freinehmen? Es würde dir und auch deinem Körper guttun.«

»*Mit meinem Körper ist nichts!*« brüllte Rutger und stellte das Glas so heftig auf den Rauchglastisch, daß der Whisky überschwappte.

Rutgers Körper hatte sich in der letzten Zeit zu einem empfindlichen Gesprächsthema entwickelt. Marianne hatte sich zwar nicht über seine Leistungen in dem breiten Komfortbett beschwert, aber sie hatte sich mehrfach erkundigt, was mit ihm los sei und ob er womöglich eine Geliebte hätte. Er war froh, daß er ihr in die Augen schauen und beteuern konnte, daß es neben ihr keine andere gab. Die Sache mit der schwindenden Manneskraft beunruhigte ihn sehr, und außerdem war er im Moment müde und ungewöhnlich empfindlich.

»So habe ich es doch nicht gemeint«, erklärte Marianne reumütig, als ihr klar war, daß sie wieder einmal ins Fettnäpfchen getreten war. »Mir macht es wirklich nichts aus, daß du allmählich älter wirst.«

»*Ich bin nicht alt!*« schrie Rutger und knallte das Whiskyglas noch einmal auf die Tischplatte.

»Aber Rutger!«

»Ich bin nicht alt, ich bin nicht impotent, und ich habe nicht vor, an die Côte d'Azur zu fahren.«

Rutger nahm den Whisky, ging in sein Arbeitszimmer und warf die Tür hinter sich zu. Dann schloß er sie ab, was er schon seit Jahren nicht mehr getan hatte.

Nicht seit er damals diese Geschichte mit seiner Sekretärin gehabt hatte. Und das war mindestens fünfzehn Jahre her. Da hatte er sich manchmal eingeschlossen, um Ruhe zum Nachdenken zu haben oder einfach nur dazusitzen und zu träumen.

Damals hatte Marianne geglaubt, er habe sich Arbeit mit nach Hause genommen, und sie und die Kinder waren mucksmäuschenstill gewesen, um ihn nicht zu stören. Nun saß er wieder da, allein mit seinem Whisky, aber diesmal mit reinem Gewissen, da er seit der kurzen, aber intensiven Geschichte mit der Sekretärin, keine andere Frau als Marianne gehabt hatte.

Früher hatte er durchaus Kapazitäten gehabt, sowohl zu Hause im Ehebett als auch anderswo, das heißt in anderen Betten. Damals hatte er sich wie ein junger Stier gefühlt, doch jetzt kam er sich eher wie eine alte Kuh vor, deren Milch versiegt war. Auch die Côte d'Azur würde sein Problem nicht lösen können, und zu einer anderen Frau fühlte er sich nicht hingezogen. So etwas brachte ja ansonsten die Gefühle in Wallung. Irgendwas mußte passieren, denn sein Selbstvertrauen begann zu bröckeln, und das war für ihn das Allerschlimmste.

Er kippte den Whisky in einem Zug hinunter. Nicht nur die Sache mit der Potenz beunruhigte ihn. Er hatte selbst bemerkt, daß er neuerdings regelmäßig an die Hausbar ging. Das hatte er zwar immer schon getan, aber früher hatte er seinen Whisky langsam getrunken, daran genippt und den Geschmack genossen. Im letzten halben Jahr hatte er ihn wie jetzt einfach hinuntergekippt und nicht einmal den Geschmack wahrgenommen, sondern nur nach dem angenehmen Gefühl gestrebt, wenn die Glieder schwer wurden und er sich entspannte.

Rutger versuchte alle düsteren Gedanken beiseite zu schieben. Er sah durch das riesige Panoramafenster in den Garten hinaus. Der Herbst war im Anmarsch, auch wenn heute ein strahlender Spätsommertag war. Abends wurde es früh dunkel, die Tage wurden immer kürzer, und der Augustmond stand groß und rund am Himmel.

Er verbreitete seinen Schein über Rutger und Marianne in Örebro – und über der kleinen Ortschaft Borrby. An diesem Augustabend leuchtete nicht nur der Mond, sondern auch die Augen der Schwestern Svensson vor Spannung und Vorfreude. Die bunten Lampions in Alvars Garten funkelten, und der Abend war wie verzaubert.

Um vier Minuten vor sieben steuerten zwei Paar helle, nougatfarbene Schuhe mit Lochmuster auf das Haus von Alvar Klemens zu. Die Schritte waren zögerlicher als sonst, als wollten die Schuhe immer wieder umkehren, aber schließlich siegte die Vernunft. Der größte Teil der Schwestern Svensson wollte ja zum Krebsessen gehen, und daher sandte das Gehirn kleine Impulse aus, die durch den Körper weitergeleitet wurden, mit dem Ergebnis, daß die Füße das Nachbarhaus um Punkt neunzehn Uhr erreichten.

Einige Gäste waren bereits gekommen, das hatten Tilda und Elida von ihrem Küchenfenster aus gesehen, aber es war niemand dabei, den sie kannten. Das bedeutete, daß außer ihnen keine Leute aus Borrby da waren, denn dort kannte jeder jeden.

Alvar stürmte seinen Nachbarinnen entgegen, ja, er umarmte sie sogar, und Tilda und Elida wurde ganz schwindlig. Sie wurden den anderen Gästen vorgestellt: Es waren ein Paar mittleren Alters aus Ystad, Leute, die Alvar auf einer seiner Auslandsreisen getroffen hatte, ein jüngeres Paar, eine Nichte von Alvar mit Ehemann, und schließlich Alvars Bruder, ein etwas älterer, flotter Herr mit grauem Bart. Nach der Vorstellungsrunde lief Alvar ins Haus, während die Gäste auf dem Rasen stehenblieben und sich unterhielten.

»Es ist wirklich gut, daß Sie hier draußen wohnen und nach ihm sehen«, sagte Alvars Bruder zu Tilda und Elida. Er hieß Ove und hatte ebenso freundliche Augen wie Alvar. »Er ist so unpraktisch und linkisch, deshalb ist es ein gutes Gefühl zu wissen, daß es Sie gibt.«

Tilda und Elida war klar, daß Alvar gut von ihnen gesprochen hatte, und ihnen wurde ganz warm ums Herz.

»Was stehst du hier herum und schmeichelst dich bei meinen Nachbarinnen ein«, sagte Alvar und gab Ove einen scherzhaften Knuff. »Hier ist ein kleiner Drink für euch, der den Weg bahnt für das, was euch noch erwartet.«

Er hielt ihnen ein kleines Messingtablett mit Gläsern hin.

Ob das wohl auch so ein Schlummertrunk war, den Alvar ihnen schon einmal angeboten hatte, als sie zu Besuch waren, fragte sich Tilda.

»Prosit und herzlich willkommen, meine Freunde«, sagte Alvar. »Inga und Gösta kommen später wie immer, aber die Krebse werden eh nicht kalt, daher macht es nichts.«

Alle prosteten sich zu und lachten, und Elida sah immer wieder zur Straße hinüber, in der Hoffnung, daß Karna Bengtsson oder jemand anders vorbeikäme und sie sähe. Aber leider wirkte Borrby an diesem Abend wie ausgestorben. Plötzlich wurde die Stille von einem dreimaligen Autohupen zerrissen.

»Jetzt sind sie da«, rief Alvar, stellte sein Glas ab und ging seinen Gästen entgegen.

Ingas und Göstas Auftritt war wirkungsvoll. Inga hatte schulterlange, rotbraune Haare und trug eine enge, weiße Hose, hochhackige Schuhe und eine Bluse, die so weit ausgeschnitten war, daß Tilda gleich beschloß, Inga nicht zu mögen. Gösta hatte ebenfalls eine weiße Hose an, und er rauchte eine große, fette Zigarre.

Als der Aperitif ausgetrunken war, setzte man sich an den schön gedeckten Tisch. Alvar hatte niedliche Partyhütchen neben die Teller gelegt und sie mit den Namen der Gäste beschriftet.

Elida durfte neben Alvar sitzen, was sie mit Freude und Stolz erfüllte. Ihre Schwester wirkte etwas beleidigt, aber schließlich hatte nicht Elida die Sitzordnung beschlossen und brauchte daher auch kein schlechtes Gewissen zu haben. Dafür hatte Tilda Gösta als Tischherrn, über fehlende männliche Gesellschaft konnte sie sich also nicht beschweren.

Inga saß gegenüber von Tilda, die die Gelegenheit nutzte, sie genauer in Augenschein zu nehmen. Ihr Gesicht sah aus wie ein Tuschkasten: blaue Augenlider, rote Rougeflecken auf den Wangen und blaßrosa Lippen. Die Nägel waren rot und spitz, und an den Fingern steckten allerlei Ringe in unterschiedlichsten Formen. Am Handgelenk trug sie Goldarmbänder, die dicht an dicht saßen, doch nichts davon beeindruckte Tilda.

Ein loses Weibsbild, hätte Schmiedemeister Svensson gesagt, wenn er noch gelebt hätte. Tilda schloß sich ihm an. Außerdem wollte sich Inga kein Hütchen aufsetzen wie alle anderen. Das rotbraune Haar umgab ihren Kopf wie ein Heiligenschein, und natürlich hätte das spitze Partyhütchen kaum über ihr dichtes Wuschelhaar gepaßt. Aber sie hätte es ja wenigstens versuchen können, fand Tilda, wo Alvar doch so schöne Hüte gekauft hatte.

Während sie am Tisch Platz nahmen, hatte Alvar ihnen Schnaps eingeschenkt. Tilda spürte noch immer ihre Hämorrhoiden und war daher der Meinung, daß sie sich sehr wohl ein Glas gönnen könne – aus medizinischen Gründen sozusagen.

Elida protestierte heftig, aber Alvar meinte, es sei gefährlich, Krebse zu essen, wenn man sie nicht mit etwas Hochprozentigem hinunterspüle, und da mußte Elida klein beigeben. Jetzt sollte Rutger uns sehen, dachte sie triumphierend, während sie die Krebsscheren aussaugte. Tilda und Elida hatten die anderen Gäste bereits eingehend beim Krebsessen studiert, und ihre Befürchtungen, es nicht zu können, waren völlig unbegründet gewesen.

Die Schwestern waren beim Essen recht schweigsam. Die anderen erzählen von ihren Auslandsreisen, ihren Sommerhäuschen und ihren Enkelkindern, aber Tilda und Elida litten nicht, ganz im Gegenteil, sie genossen die Gesellschaft und das Essen. Lecker waren die Krebse zwar nicht gerade, aber es war schon etwas Besonderes, keine Frage. Tilda ließ sich noch einen Schnaps einschenken, für alle Fälle sozusagen, und Elida lehnte ab, bekam aber trotzdem einen. Inga trank viele Schnäpse, und ihre Haare wurden immer wuschliger.

Als sie die Platten beinahe geleert hatten, war es dunkel geworden. Die bunten Lampions leuchteten prächtig in der Dunkelheit, während Motten und anderes Getier gegen das Papier flogen, um dem Licht so nahe wie möglich zu sein. Die Feuchtigkeit kam angekrochen, aber solange man auf seinem Platz sitzenblieb und sich nicht erhob, merkte man nichts davon.

Doch schon bald war es so feucht, daß sie hineingehen mußten. Tilda, Elida und die anderen halfen beim Hineintragen, nur Inga segelte direkt ins Warme. Durchs Fenster sahen die Schwestern, wie Alvar drinnen Kaffee aufsetzte. Inga kam ebenfalls in die Küche und stolzierte vor ihm wie ein Pfau umher. In der Wärme waren ihre Haare in sich zusammengesunken und sahen struppig und strähnig aus. Die ehemals blaßrosa Lippen hatten eine normale Farbe angenommen.

Gerade als Tilda und Elida die letzten Sachen vom Tisch räumten, sahen sie drei Kaninchen auf dem Rasen. An und für sich nichts Ungewöhnliches, aber eines von ihnen fraß etwas aus Alvars Petunientopf … Und siehe da, es geschah dasselbe wie neulich bei Molins Kater. Das Kaninchen blieb zunächst reglos sitzen, dann schüttelte es sich und machte einen Satz.

Tilda und Elida standen wie versteinert da, denn sie wußten, was folgen würde. Das Kaninchen machte sich über die beiden anderen her und begann nach dem Liebesakt gleich noch mal von vorn.

Die Schwestern Svensson sagten kein Wort. Tilda hatte einige Papierteller mit Krebsresten in der Hand, und in der Aufregung hielt sie die Teller so schief, daß Krebssaft an ihrem Arm entlang in den Ärmel des Kleides lief.

»Hast du das gesehen?« fragte Tilda.

»Irgendwas muß mit den Blumen sein«, sagte Elida. Es fiel ihr schwer, die Zähne am Platz zu halten. Das war schon voriges Mal so gewesen, als sie von Alvars Hochprozentigem getrunken hatten. Dabei entspannte sich nicht nur der Körper, sondern auch der Gaumen schrumpfte, so daß die Zähne zu groß wurden.

»Steht ihr hier draußen im Dunkeln?« fragte Alvar plötzlich mit lauter Stimme direkt neben Tilda.

Vor Schreck kippte sie den Teller so sehr, daß sich beinahe ein Krebskopf in ihren Ärmel verlaufen hätte.

»Ich habe mir fast schon Sorgen gemacht«, fuhr Alvar fort.

Sie waren etwas peinlich berührt, obwohl ihnen klar war, daß Alvar nicht gesehen hatte, was sie gesehen hatten.

»Wir wollten gerade hineingehen«, erklärte Elida lispelnd, und dann machten sich alle drei auf den Weg in Alvars Haus.

Erst um halb zwei gingen die Schwestern Svensson nach Hause. Sie waren aufgekratzt und fröhlich, aber sehr müde. Keine von ihnen konnte sich daran erinnern, jemals so lange wach gewesen zu sein.

Es war kühl in der Küche. Das Feuer im Herd war längst verglüht, aber die beiden spürten weder Kälte noch Feuchtigkeit. Sie sagten nicht viel, zogen schweigend das Küchensofa aus und legten sich schlafen. Zum erstenmal in ihrem Leben vergaßen sie, die Rollläden herunterzuziehen. Der Augustmond schickte seinen zauberhaften Schein durchs Fenster hinein. Auf der Wäscheleine, die die Schwestern über den AGA-Herd gespannt hatten, hingen zwei große, rosafarbene Unterhosen neben dem Abwaschlappen und dem Kaffeefilter, den sie jeden Samstag auswuschen. Ein milder Geruch von Krebssaft stieg aus Tildas Kleiderärmel in die dünne Küchenluft empor, und aus den weitoffenen Mündern der schlafenden Schwestern ringelten sich die Alkoholfahnen und vereinten sich mit den übrigen Düften.

9

Schließlich kam der Tag, der Tilda und Elida schon so lange bevorgestanden hatte – der Tag, an dem Alvar in die Stadt zurückfahren sollte.

Das Frühstück deckten sie auf, weil sie es immer taten. Aber sie sagten nichts, sondern saßen nur da und starrten das Glas mit der Stachelbeermarmelade und das frisch eingekaufte Käsestück an, während die Fliegen um das Essen surrten. Tilda erdreistete sich schließlich, eine Scheibe Käse abzuschneiden, sie zu einer dünnen Rolle zu drehen und sie sich in den Mund zu stecken. Sie wußte, daß Elida das nicht leiden konnte, denn in ihren Augen war es Verschwendung, Aufschnitt ohne Brot zu essen, und Tilda hatte schon oft Ärger mit ihr bekommen, wenn sie sich heimlich ein Käsestück genommen hatte. Aber heute sagte Elida nichts dazu. Tilda spürte auch nichts vom Reiz des Verbotenen, sondern nur, wie das Käsestück im Mund aufquoll.

Elida sah mit großen Augen in die Luft. Dann schnitt sie sich mit dem Käsehobel zwei Scheiben Käse ab, die sie zusammenrollte und sich in den Mund schob.

Als die obligatorische Frühstückszeit vorüber war, stellten sie schweigend das Essen wieder weg. So gut wie nichts hatten sie angerührt, bis auf die drei Käsescheiben. Sogar die Tageszeitung lag unangetastet auf dem Küchentisch. Sie wußten daher weder, ob ein Atomkrieg ausgebrochen oder jemand in Borrby gestorben war. Im Grunde war es egal. Ein Atomkrieg konnte auch nicht schlimmer sein – eher noch besser, denn dann würde Alvar vielleicht in Borrby bleiben und dort zusammen mit ihnen sterben.

Am Nachmittag kam Alvar, um sich von seinen Nachbarinnen zu verabschieden. Elida lag auf dem Küchensofa und starrte an die Decke. Tilda saß am Küchentisch und legte eine Patience. Sie hörten Alvars Klopfen nicht und zuckten zusammen, als er plötzlich in der Küche stand.

»Es schmerzt mein Herz, euch im Winter hier draußen zurücklassen zu müssen«, sagte er scherzhaft, »aber zwei Haushälterinnen in der Stadt kann ich mir nicht leisten.«

Tilda und Elida standen beinahe in Habachtstellung da, denn sie schämten sich, daß Alvar sie müßig gesehen hatte, am hellichten Tage, mitten in der Woche.

»Ach, wir haben hier doch genug zu tun«, preßte Tilda lächelnd hervor.

Dann wurde Alvar plötzlich ernst. »Es war ein schöner Sommer, und es wird leer werden ohne euch«, sagte er.

»Ein bißchen Kaffee?« beeilte sich Elida zu sagen, um den Abschied ein wenig hinauszuzögern.

»Nein danke. Abschiede soll man kurz machen«, sagte Alvar. »Hier habt ihr was für den Winter.« Er legte einen großen Packen Zeitungen auf den Küchentisch. »Und hier ist der Schlüssel, falls ihr mal im Haus nach dem Rechten schauen wollt. Das Wasser ist abgestellt, aber man weiß ja nie. Ich habe ein gutes Gefühl, wenn ihr meine Schlüssel verwaltet.«

Die beiden Schwestern waren unendlich stolz auf sein Vertrauen.

»Ja, man weiß nie, was im Winter hier draußen passiert«, sagte Elida.

»Und hier ist meine Telefonnummer, falls etwas sein sollte«, fügte Alvar hinzu und reichte ihnen einen Zettel.

Tilda, die am Küchenfenster gestanden hatte, sagte plötzlich: »Sollen die Petunien draußen stehenbleiben?«

»Ja, ich fand es schade, sie wegzutun. Ihr könnt sie ja einfach in den Holzschuppen stellen, wenn sie verblüht sind.«

»Sie sind wirklich schön«, bemerkte Elida.

Die Schwestern hatten nämlich beschlossen, noch vor Alvars Abreise das Geheimnis seiner Blumenerde in Erfahrung zu bringen.

»Allerdings, sie haben dies Jahr besonders üppig geblüht«, meinte Alvar.

»Nimmst du gekaufte Blumenerde?« erkundigte sich Tilda.

»Gekaufte Erde mit etwas Spezialdünger«, erwiderte Alvar lachend.

Dann ging er zu Tilda und umarmte sie.

»Paßt gut auf euch auf.«

»Und du auf dich«, sagte Tilda und spürte einen Kloß im Hals.

Weil es die letzte Gelegenheit war, hakte Elida noch einmal nach: »Was ist es denn für Dünger?«

»Das ist zwar eigentlich ein Geheimnis, aber euch kann ich es ja verraten.« Und dann erzählte Alvar, daß er in den vergangenen Jahren Schwierigkeiten beim

Einschlafen gehabt habe. Um kein Schlafmittel nehmen zu müssen, habe er sich statt dessen einen Kaffee mit Schuß genehmigt, ehe er ins Bett gegangen sei. Er habe ziemlich herumexperimentieren müssen, ehe er die beste Mischung herausgefunden habe.

»Sagt es aber nicht weiter, ja?« meinte Alvar verschwörerisch. »Ich gebe ein bißchen Wodka und einen Spritzer Angostura zusammen mit dem Wasser in die Kaffeemaschine. Dann fülle ich wie immer Kaffeepulver ein und lasse das Ganze durch den Kaffeefilter laufen.«

»Aber was hat das mit den Petunien zu tun?« fragte Tilda verwundert.

»Nun ja«, flüsterte Alvar. »Den Kaffeesatz aus dem Filter gebe ich in die Blumentöpfe.« Dann sah er auf die Uhr. »Ich möchte zu Hause sein, ehe es dunkel wird.«

Er ging zu Elida und umarmte auch sie.

»Erzählt aber niemandem was von dem Dünger, ja? Vielleicht kann ich ihn mir patentieren lassen und Millionär werden. Dann hole ich euch in die Stadt, und wir gehen zusammen nach Florida.«

Tilda und Elida lachten, aber ihr Lächeln erlosch, als Alvar zur Tür ging.

»Ich melde mich, ja?« sagte er, und dann war er weg.

Den Schwestern kam es so vor, als habe das Leben auf einmal all seine Farbe verloren. Sie drängten sich am Küchenfenster und erhaschten einen letzten Blick auf Alvar, ehe er in seinem großen, dunkelblauen Auto verschwand.

Dann ging Tilda aufs Häuschen, wo sie lange sitzenblieb und weinte, zum ersten Mal seit langem und mit richtigen Tränen. Der Herbstwind zog durch die breiten Ritzen der Holzwände, doch sie spürte nichts davon, sondern empfand nur eine schmerzende Leere in der Brust und den salzigen Geschmack der Tränen, die nicht versiegen wollten.

Als sie wieder in die Küche kam, stand die Tür zum Elternschlafzimmer offen. Elida lag bäuchlings auf der gehäkelten Tagesdecke, mit einem zerknüllten Taschentuch in der Faust. Tilda legte sich neben sie. Den ganzen Abend lagen sie schweigend nebeneinander, nur dann und wann knurrten ihre leeren Mägen. Als sich die Nacht herabsenkte, lagen sie immer noch da.

»Stell dir vor, Kaffee mit Schuß«, sagte Tilda und lächelte.

»Dem Alvar fallen ja Sachen ein, das muß ich schon sagen«, meinte Elida, und dann lachten sie lange und herzlich. Die Wehmut war zwar noch da, aber der Humor gewann die Oberhand.

Bald schliefen die beiden Schwestern ein, Seite an Seite in den Betten ihrer Eltern. Von diesem Tag an wurde nie wieder das Küchensofa ausgezogen. Sie hatten einen neuen Teil des Hauses in Besitz genommen, ohne jede Diskussion. Es sollte ihr künftiges Schlafgemach werden, in dem sie sogar ihre Tage beschließen würden – in demselben Bett, wo ihre Mutter sie einst unter Schmerzen geboren hatte. Doch bis dahin hatten die beiden Schwestern noch viel vor sich.

10

Die Augustbirnen verfaulten an ihren Ästen, und die Dahlienzwiebeln lagen noch in der gefrorenen Erde. Aber die Schwestern schämten sich nicht. Es kam ihnen so vor, als habe all das in diesem Herbst keinerlei Bedeutung.

»Vielleicht hat Rutger ja recht«, sagte Tilda eines Abends zu Elida.

»Nie im Leben«, meinte Elida entrüstet. »Ich ziehe nicht weg.«

»Nein, ich meine, daß es hier unmodern ist. Vielleicht sollten wir für etwas mehr Komfort sorgen?«

»Es ist doch wohl komfortabel genug, so, wie es ist«, sagte Elida, klang aber nicht besonders überzeugt.

»Schon, aber es wäre doch praktisch, wenn wir die Toilette im Haus hätten.«

»Und was ist mit dem Geruch?«

»Ich meine ein Wasserklosett«, erwiderte Tilda und sah ihre Schwester verlegen an, als wären ihre Gedanken zu kühn.

»Bist du verrückt?« sagte Elida, aber eigentlich nur, weil sie meinte, das sagen zu müssen, denn insgeheim fand sie den Gedanken durchaus verlockend.

Die Angelegenheit wurde an diesem Abend nicht weiter erwähnt, weder das Wasserklosett noch andere Neuerungen, aber ein kleiner Samen war dennoch gesät.

In dieser Nacht kam der erste Herbststurm. Die verfaulten Birnen fielen auf die Erde, die Klotür quietschte in ihren Angeln, doch das Surren der Fliegen am Klebestreifen war längst verstummt. Der Fliegenfänger an der Decke erinnerte sie jedoch an den Sommer, der so ganz anders gewesen war als alle bisherigen und der in den Köpfen der alten Schwestern so vieles in Gang gesetzt hatte.

»Glaubst du nicht, daß es teuer wird?« fragte Elida am folgenden Morgen.

»Was denn?« meinte Tilda abwesend, während sie die Tagesdecke auf dem schwarzen Eisenbett glattstrich.

»Die Toilette hineinzuverlegen.«

»Wir haben ja ein bißchen Geld in unseren Geheimverstecken«, sagte Tilda lächelnd.

»Kommt gar nicht in Frage«, meinte Elida. »Davon können wir auf gar keinen Fall etwas nehmen. Wer weiß, ob wir das nicht vielleicht für wichtigere Dinge brauchen?«

»Aber wir haben schon seit Jahren nicht mehr außerhalb des Hauses gearbeitet. Da würden die Leute sich fragen, woher wir das viele Geld haben.«

»Hast du eigentlich mal die Kleinanzeigen gesehen?«

»Was denn für Kleinanzeigen?« fragte Tilda erstaunt.

»Ach, vergiß es«, sagte Elida, als hätte sie es sich anders überlegt, und ging in die Küche, um die täglichen Arbeiten in Angriff zu nehmen.

Am Nachmittag beschlossen die beiden Schwestern, in Alvars Haus nach dem Rechten zu sehen. Draußen waren die Äcker gepflügt worden, und da kamen immer die Mäuse. Elida nahm eine Käserinde für die Mausefallen mit, die Alvar auf die Spüle stellen wollte.

Andächtig steckte Tilda den Schlüssel in Alvar Klemens' Tür. Sie stellten ihre Lederpantoletten ordentlich vor die Tür und spazierten in das kühle Haus, wo die Heizung auf der niedrigsten Stufe lief.

»Stell dir vor«, sagte Tilda. »Die Heizung ist an, dabei ist er schon seit vierzehn Tagen nicht mehr hier.«

»Das ist schon etwas anderes als unsere Öfen zu Hause.«

»Na ja«, sagte Tilda. »Wir sind ja immer da, dann macht es doch gar nicht soviel Mühe.«

»Aber es wäre schon besser, wenn die Toilette im Haus wäre«, bemerkte Elida.

Es war nicht zu überhören, daß sie seit ihrem Gespräch eine ganze Menge nachgedacht hatten. Tilda hatte sich vor allem über die Sache mit der Anzeige einige Gedanken gemacht. Was hatte Elida wohl damit gemeint? Aber es widerstrebte ihr, genauer nachzufragen.

Als sie die Fallen aufgestellt hatten, drehten sie eine kleine Runde durchs Haus. Neugierig waren sie natürlich nicht, aber es ergab sich einfach so.

Elida öffnete vorsichtig die Tür zur Toilette.

»Sieh mal, Elida. Hell und warm ist es hier, und was für ein weicher und schöner Teppich.«

Auf dem Fußboden lag ein flauschiger, kleiner Badvorleger. Die beiden Schwestern vergruben ihre langen, schmalen Füße in dem weichen Material und standen so dicht nebeneinander, daß sie sich beinahe umarmen mußten, um nicht das Gleichgewicht zu verlieren. Eine ganze Weile blieben sie dort stehen und genossen es einfach. Die Toilette hatte einen Bezug aus demselben weichen Stoff, und Tilda setzte sich auf den Deckel und sah träumerisch vor sich hin. Keine von beiden sagte etwas, aber in ihren Köpfen kreiste derselbe Gedanke.

Noch mehr Glück war den Schwestern beschieden, als sie Alvars Haus verließen, denn in diesem Moment kam Karna Bengtsson vorbei. Tilda und Elida grüßten höflich und spürten, wie ihnen ganz heiß wurde. Elida rasselte ein bißchen mit den Schlüsseln, und die Töchter von Schmiedemeister Svensson gingen ungewöhnlich aufrecht in ihr kleines Haus zurück.

»Hast du ihre Miene gesehen?« fragte Tilda zufrieden.

»Ach«, sagte Elida und tat so, als berühre sie das nicht weiter, obwohl ihre Wangen glühten.

Die Tage waren lang und dunkel, und die Zeit bewegte sich im Schneckentempo voran. Sie stickten ein wenig, putzten das Silber, obwohl es eigentlich nicht nötig war. Die neuen Sonntagskleider hingen schon seit Wochen im Schrank, und die Brennschere lag nutzlos und störend auf dem Herd.

»Wir könnten doch fragen, was es kosten würde, die Toilette hereinzuverlegen«, schlug Tilda eines Abends vor.

»Fragen kostet ja nichts«, sagte Elida, und schon bald saßen die beiden Schwestern da und planten, wo das WC hinkommen und wie es aussehen sollte.

Elida hatte das Gefühl, die alten Familienporträts im Schlafzimmer lächelten ihr zu, als wollten die Ahnen ihre Zustimmung zu den geplanten Veränderungen erteilen. Sie schliefen in dieser Nacht besonders gut, und ihre zahnlos lächelnden Münder ähnelten dunklen Waldseen. Sie lagen nahe beieinander, wie in ihrer Kindheit, als Schmiedemeister Svensson ihnen gruselige Gute-Nacht-Geschichten über die Herkunft der Garnreste in der gehäkelten Tagesdecke erzählt hatte.

11

Am nächsten Morgen lag Spannung in der Luft. Schon eine Stunde früher als sonst waren die beiden Damen auf den Beinen, und als der Landbriefträger über die Schwelle trat, waren sie mit ihren Vormittagsverrichtungen bereits fertig.

Wie immer legte der Briefträger den Poststapel auf den Küchentisch. »Wie es hier duftet!« sagte er und drehte seine Nase zum AGA-Herd, wo die Kohlsuppe vor sich hinköchelte.

»Vielleicht mögen Sie einen Teller? Sie ist bald fertig.«

»Danke für Ihr freundliches Angebot, aber die Pflicht ruft.«

Sowohl Tilda als auch Elida hatten einen Blick auf die farbenfrohe Ansichtskarte erhascht. Sie versuchten, ihre Neugier zu verbergen, aber sobald der Briefträger zum Abschied seine Mütze geschwenkt und die Tür hinter sich geschlossen hatte, stürzten sie sich auf den Tisch, um die Karte an sich zu reißen. Tildas schmerzgeplagten, ungeschickten Hände unterlagen im Kampf.

»Ist sie von Alvar?« fragte sie.

Elida antwortete nicht, sondern bewunderte ausgiebig die Ansichtskarte.

»Oder ist sie von Rutger, der gerade auf Reisen ist?« setzte Tilda nach und erwartete gespannt die Antwort.

»Sie ist von Alvar. Er bedankt sich für den Sommer und schreibt, daß er vielleicht zu Weihnachten herkommt.«

»Zu Weihnachten!« sagte Tilda und lächelte.

Immer wieder lasen die Schwestern die wenigen Zeilen. Gegen Abend befestigten sie die Karte neben der von Rutger am Flurspiegel. Als sie sich zum Abendkaffee an den Küchentisch setzten, ließen sie das Licht brennen, um von dort aus die Ansichtskarten sehen zu können. Dieser Tag war ein ganz besonderer gewesen – mit der Karte und Alvars halbem Versprechen, über Weihnachten zu kommen. Vielleicht war das auch der Grund, weshalb Tilda einen Napfkuchen zum Abendkaffee gebacken hatte, was sonst nur selten vorkam, wenn sie zu zweit waren.

»Ich glaube, ich lege eine andere Tischdecke auf«, sagte Elida und kroch zum untersten Regal in der Vorratskammer, wo ein großer, brauner, mit Paketschnur verschlossener Karton lag, auf dem in Schönschrift Elidas Name stand. In diesem Karton hatte sie Teile ihrer Mitgift gesammelt, von der sie nach und nach einiges ausgepackt hatte, um den Wäschevorrat zu erneuern.

»Die ist doch schön, oder?« meinte Elida, als sie sich mit Müh und Not wieder auf ihre dünnen Beine gestellt hatte.

»Ach«, sagte Tilda. »An die erinnere ich mich noch gut. Aber Elida, du sollst doch nicht ...«

»Ach, die kann ebensogut auf dem Tisch liegen wie im Karton!«

Und dann legte Elida eine wunderschön bestickte Decke auf den Küchentisch. Tilda räumte den Teller mit dem Napfkuchen ab, der auf dem kunstvollen Tischtuch ein bißchen armselig wirkte. Statt dessen holte sie Mutter Elnas schöne Glasplatte, die sie bisher nur zu festlichen Anlässen benutzt hatten, aber sie hatte den Eindruck, als sei gerade dieser Abend ein solcher Anlaß.

Dann saßen die beiden an dem schön gedeckten Tisch und warfen dann und wann einen Blick in den

77

Flur zu Alvars Ansichtskarte. Beide hatten ihre Zähne noch drin, das erschien ihnen an diesem Abend irgendwie passender.

»Ja«, sagte Tilda nach einer langen Schweigepause. »Ich habe über diese Sache mit der Toilette nachgedacht. Vielleicht ist die Kälte nicht so gut für meine Hämorrhoiden.«

»Stimmt, da hast du ganz recht«, sagte Elida plötzlich, als sei sie erleichtert darüber, daß es einen triftigen Grund für eine Innentoilette gab. »Hast du Schmerzen?«

»Na ja, spüren tue ich sie schon ein wenig, aber ...«

»Vielleicht würde ein kleiner Magenbitter helfen? Ich habe ja keine solchen Beschwerden, wie du weißt, aber ich könnte dir trotzdem Gesellschaft leisten.«

Es war schon ein merkwürdiger Abend mit Napfkuchen, Ansichtskarte und Magenbitter. Genaugenommen wurden zwei daraus. Erst als der zweite die Kehle hinuntergelaufen war, traute sich Tilda, noch einmal wegen der Anzeige nachzufragen.

»Ach«, sagte Elida kichernd.

»Sag es mir doch«, meinte Tilda beinahe flüsternd.

Elida antwortete nicht, sondern nahm die Taschenlampe vom Regal über dem Herd und begab sich hinaus in die Dunkelheit. Sobald Elida verschwunden war, genehmigte sich Tilda einen weiteren Magenbitter, nicht unbedingt wegen der Hämorrhoiden, sondern weil er so angenehm wärmte, und eine Fahne hatten sie ja beide, weshalb Elida nichts merken würde.

Der Herbstwind zog durch die offene Tür herein, und Tilda wickelte die Wollstrickjacke enger um sich. Dann stand Elida plötzlich in der Tür, mit windzerzaustem Haar und einem Bündel Zeitschriften im Arm. Sie setzte sich an den Küchentisch, blätterte in einer Illustrierten und legte sie dann aufgeschlagen vor Tilda hin. Tilda starrte lange mit großen Augen auf die Anzeige, ohne sie zu verstehen.

»Ich habe mir nur gedacht ...«, meinte Elida zögernd.

»Was denn?« fragte Tilda neugierig.

Elida sah verlegen aus. Sie erhob sich vom Tisch und ging zum Herd, wo immer ein Topf heißes Wasser stand. Sie goß etwas davon in einen Plastikbottich und begann den Kaffeefilter auszuwaschen, obwohl gar nicht Samstag war. Als sie mit dem Rücken zu ihrer Schwester stand, schien ihr Mut plötzlich zurückzukehren.

»Weißt du, in so einer Zeitschrift gibt es doch jede Woche massenhaft Kleinanzeigen, und da habe ich mir gedacht, da müßten große Summen zu verdienen sein.«

Tilda ähnelte beinahe der Schaufensterpuppe in der Stadt. Ihr Mund war aufgesperrt, und die Augen weitoffen. Elida war klar, daß sie es noch nicht begriffen hatte.

»Was sollten wir denn schon verkaufen?«

Elida antwortete nicht, sondern zeigte auf eine der Anzeigen. Tilda las sie laut vor: »Potenzsteigerndes Mittel. Erhöht die Potenz garantiert um mindestens 50 Prozent. Nur 350 Kronen pro Flasche.«

Als Tilda fertig war, sah sie ebenso verständnislos aus wie zuvor.

»Und wenn wir nur 250 Kronen pro Flasche nehmen würden?« meinte Elida.

»So was haben wir doch gar nicht«, sagte Tilda und zeigte auf die Anzeige.

79

»Erinnerst du dich nicht an die Kaninchen in Alvars Garten und an Molins Kater? Sie sind doch geradezu verrückt geworden. Dieser Spezialdünger von Alvar scheint genau den Effekt zu haben.«

Tilda schnappte nach Luft. »Du meinst doch nicht etwa ...?«

»Was heißt schon meinen?« sagte Elida, während sie weiter den Kaffeefilter auswusch, der längst sauber war.

»Alvar wollte sich das doch selber patentieren lassen.«

»Aber nur als Dünger, nicht als Potenzmittel.«

In der Küche entspann sich ein merkwürdiges Gespräch. Die Damen sprachen von potenzsteigernden Mitteln, als seien sie Spezialistinnen auf diesem Gebiet. Dabei hatte keine von ihnen jemals das Privileg gehabt, nähere Bekanntschaft mit der männlichen Potenz zu machen, höchstens Tilda damals in der Gartenlaube mit dem Nachbarssohn, aber da war er in der Blüte seiner Jahre gewesen, weshalb ein Potenzmittel kaum vonnöten gewesen wie.

Die Zähne in Tildas Oberkiefer waren heruntergerutscht, was unfreiwillig komisch aussah.

»Aber was würden die Leute sagen?« meinte Tilda und drückte ihre Zähne wieder an ihren Platz zurück.

»Sie müssen gar nichts davon erfahren. Wir können ein Postfach in der Stadt eröffnen.«

Elida war nicht dumm. Wenn du kein Mädchen wärest, müßtest du Kaufmann werden, hatte ihr Vater immer gesagt, wenn er sah, wie flink sie auf dem Kirchenbasar Lose und andere Dinge verkaufte.

»Glaubst du denn, wir trauen uns das?« fragte Tilda, nicht ohne Interesse und Enthusiasmus.

»Klar trauen wir uns«, erwiderte Elida und hängte den Kaffeefilter zum Trocknen auf.

Damit waren die erlösenden Worte gesprochen. Aber es standen noch viel Arbeit und viele Vorbereitungen an, ehe die beiden Schwestern ihren Versandhandel mit potenzsteigernden Mitteln eröffnen konnten.

»Du, Tilda«, flüsterte Elida, als sie schließlich in ihre Betten gekrochen waren. »Es ist nur wegen dem Plumpsklo und deinen Hämorrhoiden, sonst würden wir das doch nie tun, oder?«

»Nein, niemals«, sagte Tilda und kuschelte sich zufrieden zusammen. »Das würden wir sonst niemals tun, Elida.«

Zum ersten Mal seit langem freuten sie sich auf den nächsten Tag.

Es wurde eine hektische Woche bei den Schwestern in Borrby. Sie analysierten, kontrollierten und diskutierten, aber achteten die ganze Zeit darauf, daß es ein gut gehütetes Geheimnis blieb. Nichts durfte nach außen dringen, denn sie wollten eines Tages ohne Ehrverlust ins Grab sinken.

»Eigentlich ist es nichts Ungesetzliches oder Unanständiges«, meinte Tilda eines Abends, um sich gewissermaßen selbst zu überzeugen.

»Nein, ganz im Gegenteil, wir können den Leuten ja sogar helfen«, sagte Elida, und Tilda sah zufrieden aus.

»Ganz genau, das Mittel kann helfen. Allerdings nur, wenn es wirkt.«

»Natürlich wirkt es«, sagte Elida. »Das haben wir doch mit eigenen Augen gesehen!«

Pünktlich am ersten Dezember war alles fertig, und schon in der darauffolgenden Woche sollte die erste Kleinanzeige erscheinen. Sie hatten noch nie irgendwo inseriert, und die Kosten für die Anzeige waren so hoch, daß sie beinahe das ganze Projekt aufgegeben hätten.

»Jetzt, wo wir soviel Arbeit investiert haben und schon soweit gekommen sind, müssen wir es auch versuchen«, sagte Elida.

Tilda machte sich allmählich Sorgen wegen der ganzen Ausgaben. Zu Beginn der Woche hatten sie eine Kaffeemaschine gekauft, und heute wollten sie in die Stadt fahren, um die hochprozentigen Getränke zu beschaffen, die durchgefiltert werden mußten. Außerdem würden die Kosten für das Postfach hinzukommen, das Elida per Telefon bei der Post in der Stadt angemeldet hatte. Sie müßten nur hinfahren und ein Formular unterschreiben, hieß es, dann würde alles in Ordnung gehen.

»Stell dir vor, es antwortet keiner auf die Anzeige«, meinte Tilda unruhig.

»Man muß sich was trauen im Leben«, erwiderte ihre Schwester keß.

Elida war mit ihren Aufgaben gewachsen: Sie war es, die den Kontakt mit der Illustrierten und der Post aufgenommen und sogar die Anzeige formuliert hatte. Tilda war wirklich stolz auf sie, aber das sagte sie natürlich nicht laut. Als Ausgleich hatte sie in der letzten Zeit die Hauptverantwortung für den Haushalt übernommen.

Gegen Nachmittag war es dann soweit, und sie fuhren in die Stadt, um die letzten Details zu klären. Tilda nahm ihre große Shoppingtasche aus Leder mit, die sie vor einigen Jahren von Rutger zu Weihnachten bekommen hatte.

»Was willst du denn mit der?« wollte Elida wissen, als sie fertig angezogen an der Tür standen.

»Ich dachte, wir könnten die Plastiktüten vom Alkoholladen hineinstecken. Die Tasche läßt sich besser tragen, und außerdem sieht man nicht, was wir alles eingekauft haben.«

»Da hast du recht«, sagte Elida lobend, und Tilda streckte sich ein bißchen, ehe sie zur Bushaltestelle spazierten, um ihre erste Geschäftsreise zu unternehmen.

In der Stadt waren am vergangenen Wochenende die Weihnachtsdekorationen angebracht worden. Über der Storgatan hingen elektrisch beleuchtete Weihnachtssterne und Tannenzweige. Es dämmerte, und die ersten Schneeflocken wirbelten langsam zu Boden. Weihnachtlich gestreßte Menschen eilten umher, während die Damen Svensson mit Tildas großer Shoppingtasche gemächlich die Straße entlanggingen.

In der Post war der Teufel los: Unzählige Menschen wollten Pakete aufgeben und Weihnachtskarten verschicken. Elida ging zum Schreibpult und griff sich eine Handvoll Nachnahmeformulare. Tilda sah sich verlegen um und befürchtete, daß jemand sehen könnte, wie viele Formulare Elida mitgenommen hatte. Aber alle waren so mit ihren eigenen Dingen beschäftigt, daß ihre Angst völlig unbegründet war. Dann stellte sich Elida hinter einen älteren Herrn, der am Schalter bedient wurde.

Als er fertig war, sagte Elida zur Postangestellten: »Es geht um das Postfach.«

»Haben Sie denn die Nummer 97?« wollte die freundliche Dame wissen.

83

»Die Nummer für das Postfach habe ich doch noch gar nicht bekommen«, meinte Elida verständnislos.

Die Postangestellte lachte freundlich über das Mißverständnis und erklärte Elida das Nummernsystem der schwedischen Post. Elida sah verlegen aus, trabte dann aber zum Automaten und zog die 129.

»Noch zweiunddreißig Nummern vor uns«, seufzte Tilda, die immer gut im Kopfrechnen gewesen war.

Die beiden Damen setzten sich auf eine Bank und warteten, bis sie an der Reihe waren. Ihre Nasen begannen in der Wärme zu tropfen, und sie schneuzten sich laut. Die Zahlen auf der Anzeige wechselten schnell, und schließlich stupste Tilda ihre Schwester an: »Nur noch zwei Nummern!«

Vorne am Schalter sagte Elida: »Also, es geht um das Postfach für Rutger Svensson.« Sie konnte Tildas Miene nicht sehen, und das war auch gut so. »Er wohnt nämlich manchmal hier draußen und meinte, daß so ein Postfach ganz praktisch sein könnte.«

»Eigentlich muß er den Vertrag selbst unterschreiben«, sagte die Angestellte.

»Er ist zur Zeit im Ausland«, meinte Elida mit entschlossener Stimme. »Ich bin seine Schwester, wissen Sie, und ich habe ihm versprochen, in seiner Abwesenheit die Sache mit dem Postfach zu regeln.«

Die Angestellte lehnte sich vor und zeigte auf das Formular: »Hier müssen Sie unterschreiben.«

Elida unterschrieb mit fester Hand. Dann bekam sie den Schlüssel für das Postfach 108. Auf dem Weg nach draußen probierte Elida den Schlüssel aus – nicht ohne Stolz, schließlich hatten sie jetzt ein eigenes Postfach in der Stadt.

Als sie ins Menschengewimmel traten, sagte Tilda vorwurfsvoll: »Warum hast du es auf Rutgers Namen eröffnet? Jetzt erfährt er vielleicht davon.«

»Das tut er gar nicht. Wir zahlen schließlich die Gebühr, die Rechnung geht an sein Postfach, und das gehört ja uns.«

Tilda wirkte nicht völlig überzeugt. Fast bereute sie das Ganze. Sie hatte sogar ein wenig Angst. Ihre Stimmung stieg nicht gerade, als ihr einfiel, daß sie auch noch zum staatlichen Alkoholladen mußten. Es kam ihr beinahe wie eine Sünde vor. Vielleicht lag es daran, daß sie so selten hingingen, oder aber daran, daß dort in erster Linie Männer einkauften.

Aber sie hatten keine Wahl. Wenn sie ihre Pläne weiterverfolgen wollten, würden sie sogar noch öfter hingehen müssen. Alles war sorgfältig durchgeplant. Sie hatten beschlossen, abwechselnd zu den Filialen in den umliegenden Ortschaften zu fahren, damit sich die Leute nicht wunderten.

Unter Alvars Zeitungen hatten sie eine Preisliste vom Alkoholhandel gefunden, und das war ein Glück, denn dieser Angostura hatte sie doch ein wenig verunsichert. Da Alvar seine Mischung als Einschlafhilfe verwendet hatte, wußten sie nicht, ob es diese Zutat in der Apotheke gab. Als sie ihn auf der Preisliste entdeckten, waren sie erleichtert und fühlten sich gut vorbereitet, als sie den Laden betraten.

Elida zog eine Wartenummer, und Tilda setzte sich auf einen Stuhl. Dummerweise hatte dieses Stechen im linken Arm wieder angefangen. Elida durchschaute allmählich, wann diese Symptome bei ihrer Schwester auftraten. Sie schnaubte verärgert und warf Tilda einen wütenden Blick zu.

Auf dem Heimweg im Bus saßen sie schweigend da. Elida hielt die Tasche mit den Flaschen vorsichtig auf dem Schoß. Sie hatten so viel in der Stadt zu erledigen gehabt, daß sie keine Zeit für einen Nachmittagskaffee gehabt hatten. Als sie ihre schneenassen Wollmäntel im Flur aufgehängt hatten, beschlossen sie, die neue Kaffeemaschine einzuweihen.

»Falls die Firma nicht so gut laufen sollte, haben wir ja trotz allem Verwendung für die Kaffeemaschine«, sagte Tilda vorsichtig.

Elida antwortete nicht, sondern packte den Alkohol aus und stellte die Flaschen in den Eckschrank neben den Magenbitter und den Sherry. Als sie die Kaffeemaschine angestellt hatten, verfolgten sie das Geschehen mit großem Interesse.

»Die lassen sich schon Sachen einfallen, was?« sagte Elida.

»Und wir auch«, gab Tilda zurück.

Dann lachten sie lange und herzlich. Es war ein befreiendes Lachen nach einem Tag voller Spannung und Unsicherheit. Aber hier zu Hause, weit weg von der Stadt, fühlten sie sich sicher. Der Kaffee schmeckte besonders gut. Ob es nun an der neuen Kaffeemaschine lag oder daran, daß sie den Nachmittagskaffee übersprungen hatten, wußten sie nicht. Aber das war letztlich auch egal.

Noch lange nachdem sich die Dunkelheit über das kleine Dorf gelegt hatte, leuchtete es im Küchenfenster der Schwestern Svensson. Aber nicht einmal in seinen wildesten Phantasien hätte jemand in Borrby erraten können, was für Gespräche sich in der Küche entspannen. Womöglich gab es in der kleinen Gemeinde sogar einen Mann, der wegen seiner zunehmenden Impotenz schlaflos im Bett lag und einer ihrer ersten Kunden werden würde?

Auch bei Marianne und Rutger in Örebro hatte der Winter Einzug gehalten. Nicht nur draußen, sondern auch zwischen ihnen war das Klima immer eisiger geworden. Marianne war enttäuscht, weil sie nicht an die Côte d'Azur gefahren waren und weil es mit dem Kauf von Rutgers Elternhaus nicht geklappt hatte, obwohl er es ihr versprochen hatte. Je tiefer Mariannes Stimmung sank, desto tiefer sank auch der Pegel in Rutgers Hausbar. An diesem sternklaren Dezemberabend wälzte Rutger sich besonders unruhig in seinem Bett hin und her.

»Kannst du nicht schlafen?« fragte Marianne mit samtweicher Stimme.

»Nein, kann ich nicht«, antwortete er gereizt.

»Du bist anders als früher, Rutger«, meinte Marianne so freundlich wie eben.

»Was heißt schon früher? Jetzt ist nicht früher, jetzt ist jetzt«, erwiderte Rutger, stand mit einem Ruck auf und zog sich den eleganten Hausmantel über.

»Immer mit der Ruhe«, versuchte Marianne ihn zu beschwichtigen. »Männer in diesem Alter haben es manchmal schwer.«

»Ich bin nicht in diesem Alter!« schrie Rutger.

»Nicht?«

»*In welchem Alter denn?*« brüllte Rutger.

»Na, in deinem Alter natürlich«, antwortete Marianne.

»Mit meinem Alter ist alles in Ordnung, und mit mir auch«, sagte Rutger und verließ das Zimmer. Er ging mit entschlossenen Schritten zur Hausbar, öffnete die

87

Tür, warf sie jedoch gleich darauf mit einem Knall wieder zu. Dann stand er eine Weile da, atmete schwer und stürmte ins Schlafzimmer zurück. Er legte den Hausmantel auf den Stuhl und stürzte sich auf Marianne.

»Jetzt machen wir Liebe«, zischte er.

»*Liebe machen?* Jetzt? Aber Rutger, Schatz, es ist schon spät.«

»Du wolltest es so haben wie früher, und da hast du nie an die Uhrzeit gedacht.«

Marianne wand sich unter seinem Gewicht, das sich so plötzlich und vehement auf sie gewälzt hatte.

»Aber Rutger ...«, keuchte sie.

»Jetzt machen wir Liebe, verstanden?« stöhnte Rutger, während ihm der Schweiß auf die Stirn trat.

»Aber ...«

»Glaubst du etwa, ich kann nicht?« brüllte er.

»Natürlich kannst du ...« Mariannes Worte wurden in einem tiefen Kuß ertränkt.

»Du bist ja nicht ganz bei Trost!« schrie sie. »Du tust mir weh!«

»Aha, ich tue dir also weh! Früher fandest du das gut.«

Mit ungeschickten Fingern schob Rutger Mariannes Nachthemd hoch und versuchte in sie einzudringen. Sein ehemaliger Stolz hing jedoch wie ein kleiner Angelwurm zwischen seinen Beinen und machte den geplanten Liebesakt unmöglich.

Marianne sprang auf und zog den Morgenmantel an.

»Du hast sie ja nicht mehr alle!« stöhnte sie.

Rutger lag noch einen kurzen Moment schnaufend auf dem Bett. Dann stand er auf und marschierte ins

Wohnzimmer, diesmal ohne Hausmantel. Er ging zur Hausbar und mixte sich einen großen Whisky Soda, den er in einem Zug hinunterkippte. Marianne trat zögernd ins Zimmer.

»Du machst mir angst, Rutger«, sagte sie.

Dann entdeckte sie den kleinen Angelwurm, der von dem gepolsterten Stuhlsitz herunterhing, und brach in Gelächter aus, erst vorsichtig und dann hysterisch, bis ihr die Tränen kamen.

In dieser Nacht schlief Rutger im Gästezimmer, und er weinte still vor sich hin wie ein kleines Kind, zum ersten Mal in seinem Erwachsenenleben.

12

An dem Tag, als die Anzeige in der Illustrierten abgedruckt werden sollte, waren Tilda und Elida extra früh beim Kaufmannsladen.

»Und, funktioniert es auch?« fragte der Kaufmann freundlich.

Die beiden Schwestern zuckten zusammen. War das Ganze etwa herausgekommen?

»Mit dem Kaffeekochen«, fügte er hinzu, als er sah, daß sie ihn nicht verstanden.

»Danke der Nachfrage, die Maschine funktioniert ganz prima.«

Dann kauften sie das Übliche: Brot, Milch, ein kleines Stück Käse und ein Päckchen Zündhölzer, um Feuer im Ofen zu machen.

Während der Kaufmann die Preise zusammenrechnete, sagte Elida beiläufig: »Vielleicht sollten wir uns eine Zeitschrift kaufen, Tilda?«

»Ja, warum nicht?«

Elida nahm eine Illustrierte aus dem Regal.

»Aha«, sagte der Kaufmann ein wenig verwundert, da sie sich noch nie eine Zeitschrift gekauft hatten. »Sie wollen über Weihnachten ein bißchen zusätzlichen Lesestoff, vermute ich?«

»Ja, die Abende werden lang, und einen Fernseher haben wir ja nicht«, meinte Elida.

Der Kaufmann nahm ihr die Illustrierte aus der Hand und zeigte ihr eine andere.

»Und wie wäre es mit dieser hier? Da kriegen Sie noch mehr fürs Geld, und es gibt sogar eine Sonderbeilage zu Weihnachten.«

Tilda zog die andere Zeitschrift aus dem Regal.

»Nein! Wir wollen die hier!« sagte sie eifrig.

Der Kaufmann sah bestürzt aus. »Natürlich, ich dachte nur, wegen der Sonderbeilage ...«

Elida gab ihrer Schwester einen Tritt vors Schienbein, und Tilda sah beschämt zu Boden.

Auf dem Heimweg bekam sie Schelte: »Du mußt die Ruhe bewahren, Tilda. Du darfst nicht die Fassung verlieren, sonst merken sie vielleicht etwas ...«

Tilda antwortete nicht. Das tat sie nie, wenn sie der Meinung war, daß ihre Schwester recht hatte.

Zu Hause rissen sie schnell die Zeitung aus dem Einkaufskorb. Dann setzten sie sich nebeneinander an den Küchentisch, und Elida las laut vor: »›Potenzsteigerndes Mittel, ungefährliche Wirkstoffe mit kraftvollem Effekt. Wohlerprobt und zum niedrigsten Preis auf dem Markt: 250 Kronen pro Glas. Bitte senden Sie Ihre Bestellung auf folgendem Bestellschein an Postfach 108 in Simrishamn. Zustellung per Nachnahme‹. Klingt doch gut, oder?« meinte Elida zufrieden.

»Stimmt«, erwiderte Tilda mit Nachdruck.

Sie blieben noch eine ganze Weile sitzen und sahen sich einfach nur die Anzeige an, während die Einkäufe vor ihnen auf dem Tisch standen.

»Stell dir vor«, sagte Elida. »Jetzt haben wir ein eigenes Unternehmen. Weißt du noch, was Vater immer gesagt hat? Daß ich Kaufmann werden müßte, wenn ich kein Mädchen wäre.«

»Still. Sag nicht so was. Vater hätte es niemals gutgeheißen, wenn ...«

»Aber vielleicht helfen wir ja jemandem, Tilda.«

»Mag sein, aber Vater hätte trotzdem nie ...«

Elida wechselte das Gesprächsthema, denn sie spürte selbst einen Anflug von schlechtem Gewissen.

»Worin sollen wir das Zeug eigentlich liefern?«

»Wir haben doch massenhaft Pillengläser, die wir nie benutzen. Vielleicht könnten wir die Tabletten einfach wegwerfen und die Gläser verwenden?«

»Die sind zu unterschiedlich«, sagte Elida. »Wir brauchen etwas Einheitliches.«

»Und was ist mit Mutters kleinen Weckgläsern für Gelee, die in der Waschküche stehen?«

»Da hast du recht, die wären was«, sagte Elida. »Zumindest für den Anfang. Dann sehen wir weiter.«

Tilda nahm ihre Shoppingtasche mit in die Waschküche und kam bald wieder. Ihre Tasche war gefüllt mit hübschen kleinen Gläsern.

»Das wird gut«, sagte Elida anerkennend.

Tilda wusch alle Gläser ab und stellte sie ins Abtropfgestell.

An diesem Abend wurde das Licht in dem kleinen Haus schon früh gelöscht. Alle Vorbereitungen waren getroffen, jetzt mußte man nur noch abwarten.

Neben dem AGA-Herd stand eine Reihe fein säuberlich ausgespülter Gläser. Sie trugen noch keine Etiketten, eine Tatsache, die kurz vor dem Zubettgehen zu einer lebhaften Diskussion geführt hatte. In einem Punkt waren sich die beiden einig: Irgendeine Art von Etikett mußten die Gläser bekommen, damit man wußte, was sie enthielten. Tilda war der Meinung gewesen, man könne zu diesem Zweck die kleinen Schildchen mit den Johannisbeerranken benutzen, die sie sonst für ihre Marmeladengläser und Sirupflaschen nahmen.

Elida hatte diese Idee nicht so gut gefunden. Sie wollte, daß es etwas professioneller aussah, aber da sie keinen besseren Vorschlag hatte, mußte sie letzten Endes klein beigeben. Auf einen Namen hatten sie sich ziemlich bald geeinigt: »Potenzspender« sollte auf den Etiketten stehen. Tilda beschriftete ein Schildchen und wollte es gerade anfeuchten, als Elida aufschrie: »Nein! Noch nicht!«

Beinahe wäre das Etikett auf Tildas Zunge klebengeblieben.

»Stell dir vor, wir sterben plötzlich«, fuhr Elida fort.

»Wieso sterben?« wollte Tilda wissen, während sie das Etikett ausspuckte.

»Gesetzt den Fall, wir bekommen heute nacht beide einen Herzinfarkt, und der Landbriefträger, Rutger oder sonst jemand sieht die Gläser mit den beschrifteten Etiketten?«

»Ja, da hast du recht«, sagte Tilda entsetzt.

»Wir beschriften sie nach und nach«, schlug Elida vor, und so machten sie es.

In der Küche sah es aus wie bei den Vorbereitungen zum Marmeladekochen und Einwecken. Nur daß gerade keine Beerensaison war, daran hatte keine von ihnen gedacht.

13

Am Sonntag gingen die beiden Schwestern in die Kirche. Im Lauf der Woche war ihnen plötzlich eingefallen, daß am vergangenen Sonntag der erste Advent gewesen war. Die Schamesröte war ihnen ins Gesicht gestiegen. Nicht ein einziges Mal in all diesen Jahren hatten sie es vergessen. Seit ihrer Kindheit waren sie an diesem Tag in die Kirche gegangen. Früher zusammen mit den Eltern und später, nach deren Hinscheiden, zu zweit, aber am ersten Advent hatten sie immer im Gottesdienst gesessen, außer in diesem Jahr.

Jetzt gingen sie statt dessen am darauffolgenden Sonntag in die Kirche. Die neuen Sonntagskleider wurden anzogen, zum ersten Mal seit Alvars Abreise. Die nougatfarbenen Schuhe wurden der Jahreszeit entsprechend durch gefütterte Stiefel ersetzt.

Es war hell und schön in der Kirche. Es herrschte kein Gedränge, doch es hatten sich recht zahlreiche Besucher eingefunden, wie es vor einem großen kirchlichen Feiertag üblich war. Sie falteten die Hände und beugten ihre Köpfe, wie es sich gehört, wenn man das Haus Gottes betritt. Ein wunderschönes Lied erklang. Die Töne der Orgel füllten nicht nur die Kirche, sondern auch das Innere der Schwestern.

Tilda wischte sich verstohlen eine Träne aus dem Augenwinkel. Sie war immer so gerührt, wenn sie in die Kirche ging. Das lag nicht nur an der Orgelmusik, sondern auch daran, daß sie dann immer an ihre

Jugend denken mußte und an ihre Eltern. Jetzt waren sie alle drei dahin – ihre beiden Eltern und ihre Jugend. An diesem Sonntag weinte sie auch ein wenig wegen Alvar, denn sie vermißte ihn. Er hatte ihrem Leben einen neuen Inhalt gegeben und indirekt dazu beigetragen, daß sie jetzt einen eigenen Versandhandel hatten. Tilda nutzte die Gelegenheit zu einem Gebet und bat den Herrgott, mit ihnen Nachsicht zu üben.

»Wir können ja auch anderen damit helfen«, sagte Tilda ein wenig zu laut.

»Sch«, machte Elida und versetzte ihrer Schwester einen kleinen Hieb in die Seite.

Der Gottesdienst endete damit, daß Christer, der Sohn von Volksschullehrer Borg, sein siebtes Kind taufen ließ. Der wird bestimmt kein Kunde bei uns, dachte Tilda und lächelte, während sie den siebenarmigen Leuchter drüben am Taufbecken betrachtete.

Hinterher wurde wie immer vor der Kirche noch ein wenig geplaudert. Karna Bengtsson, die mitten in der Menge stand, wandte sich an die Schwestern: »Ist schon ein stattlicher Mann, unser neuer Pastor, nicht wahr?«

»Das kann man wohl sagen«, meinte Elida. Ihre Schwester schwieg und dachte im stillen, daß diese Karna ganz schön mannstoll sei.

Der Frost hielt die Natur in eisigem Griff, und es knirschte unter den Stiefeln der Schwestern, als sie zum Grab ihrer Eltern gingen. Der Mooskranz, den sie zu Allerheiligen hingelegt hatten, war völlig verschneit. Tilda streckte sich, hob den Kranz hoch und schüttelte den Schnee weg.

»Es ist lange her, daß Rutger zuletzt hier war«, sagte Elida und konnte ihre Enttäuschung nicht verbergen.

»Vielleicht sollten wir ihn anrufen, wenn wir zu Hause sind. Schließlich sind wir an der Reihe, und außerdem ist bald Weihnachten.«

Zu Hause legte Tilda ein paar Holzscheite in den Ofen. Das Holz war ungewöhnlich trocken und verglühte schnell.

»Den Adventsleuchter haben wir auch noch nicht hervorgeholt. Ich glaube, wir sind ganz verrückt geworden, Tilda.«

Sie lachten aus vollem Herzen. Dann zog Elida den Küchenschemel an den Schrank und stieg vorsichtig hinauf. Sie wühlte im obersten Fach und brachte schließlich den alten Adventsleuchter aus Holz zum Vorschein, den Rutger einmal im Werkunterricht hergestellt hatte. Dann warf sie Tilda eine Papiertüte in die Arme. Gemeinsam packten sie die getrocknete Rentierflechte und die Holzpilze aus und dekorierten den Leuchter genauso schön wie sonst auch. Allerdings hatten sie vergessen, weiße Kerzen zu kaufen.

»Dann müssen es eben vorläufig die hellblauen tun«, sagte Tilda und holte ein paar Kerzen aus der guten Stube. Die Kälte aus dem unbenutzten Raum zog über den Küchenfußboden, und sie fröstelten.

»Jetzt ist es aber wirklich kalt geworden«, sagte Elida. »Dann müssen wir uns einen Kirchenkaffee kochen.«

»Das würde jetzt richtig gut schmecken«, meinte Tilda, während sie die beiden Kerzen anzündete. »Zwei Kerzen auf einmal, ist das verrückt.« Sie lachte.

»Das ist wirklich noch nie vorgekommen. Du, Tilda, am Montag fahren wir in die Stadt und sehen im Postfach nach. Mir ist eingefallen, wir haben ja noch gar nicht …«

»Was denn?« unterbrach Tilda sie.

»Wir haben das Zeug, das wir verkaufen wollen, doch noch gar nicht hergestellt.«

»Stimmt. Und kalt ist es. Wir könnten uns doch jeder so einen kochen, du weißt schon.«

Den Ausdruck »Kaffe mit Schuß« wollte sie nicht in den Mund nehmen, insbesondere nicht im Zusammenhang mit Kirchenkaffee und Advent.

»Stimmt, man kann den Alkohol ja nicht einfach wegkippen, wenn man ihn durchgefiltert hat.«

»Nein, das kann man wirklich nicht«, stimmte Tilda ihr zu und war ganz erstaunt, daß sie in ihrer Planung diesen Punkt übersehen hatten.

»Aber sicher kann man ihn mehr als einmal durchfiltern. Die Wirkung hält doch sicher eine ganze Weile?«

»Das sollten wir ausprobieren«, meinte sie. »Aber jetzt kochen wir uns eine gute Tasse mit diesem du weißt schon.«

Als sie schließlich vor den Flaschen standen, waren sie mit einem weiteren Problem konfrontiert.

»Wieviel von dem Wodka soll denn in die Kaffeemaschine, was meinst du?« fragte Tilda.

»Ein paar Spritzer Angostura, hat er gesagt, das habe ich ganz deutlich gehört. Aber wieviel von dem Wodka ... das weiß ich wirklich nicht.«

»Eine Tasse?« schlug Tilda vor.

»Er wird ja mit Wasser verdünnt, das kommt hin«, sagte Elida, während sie den Rolladen herunterzog.

»Warum ziehst du den Rolladen herunter?« wollte Tilda erstaunt wissen.

»Es ist ja schließlich noch hell draußen, und das Kerzenlicht sieht festlicher aus, wenn es hier drinnen dunkel ist.«

Ehrlich gesagt hatte sie Angst, daß jemand sehen könnte, wie sie Wodka in die Kaffeemaschine goß. Zwar bekamen sie nie Besuch, seit Alvar abgereist war, aber man konnte nicht vorsichtig genug sein.

Als der gesamte Inhalt des Wassertanks durchgelaufen war, hielt Elida die Kaffeekanne hoch und sah sie träumerisch an: »Stell dir vor, Tilda, darin befindet sich das potenzspendende Mittel.«

»Das uns Geld für eine Innentoilette bescheren wird«, setzte Tilda hinzu.

Vorsichtig stellte Elida die Glaskanne auf die Spüle, und dann setzten sie sich an den Tisch, um Kirchenkaffee zu trinken. Beim ersten Schluck mußte Tilda husten.

»Ist er nicht gut?« erkundigte sich Elida.

»Doch, er wärmt richtig durch, ich habe mich nur verschluckt.«

Sie beobachtete, wie ihre Schwester vom Kaffee probierte. Elida schauderte zwar ein wenig, aber husten mußte sie nicht. Sie nahmen sich eine zweite Tasse und redeten ein bißchen über den neuen Pastor.

»Angeblich ist er ledig«, sagte Elida.

»Wirklich?«

»Zumindest erzählt man sich das.«

»Im Pfarrhaus wohnt aber eine Frau, das habe ich beim Kaufmann gehört.«

»Deshalb braucht er aber noch lange nicht verheiratet zu sein«, fuhr Elida ihre Schwester an.

»Stimmt, aber gehört es sich denn für einen Pastor, so zu leben?«

»Er darf doch wohl so leben, wie er will«, meinte Elida und ging zur Kaffeemaschine, um die Kanne zu holen. Beim Aufstehen schienen ihr die Beine nicht zu gehorchen.

»Was ist denn?« fragte Tilda beunruhigt, als sie den Zustand ihrer Schwester sah.

»Ach, alles in Ordnung«, sagte Elida und kicherte.

Als Tilda sich erhob, um Elida zu helfen, erging es ihr genauso. Der Boden kam ihr ganz weich vor und gab unter ihr nach.

»Vielleicht sollten wir doch keine dritte Tasse trinken«, meinte Elida.

»Hier landet nichts im Abfluß«, sagte Tilda, und dann lachten sie, während Elida noch eine Runde Kirchenkaffee ausschenkte.

»Was für ein Glück, daß wir nicht noch zum Kirchenkaffee ins Gemeindehaus gegangen sind«, sagte Tilda.

»Na ja, höchstens, um den neuen Pastor genauer in Augenschein zu nehmen.«

Gerade als sie die Tassen abgestellt hatten, klingelte das Telefon. Das unerwartete Geräusch ließ sie zusammenfahren. Elida ging mit wackligen Schritten in den Flur. Sie nahm den Hörer so heftig von der Gabel, daß das ganze Gerät auf den Boden fiel. Tilda kicherte, während Elida sich bemühte, die Kommunikation in den Griff zu bekommen.

»Hier ist der Anschluß 13587. Hallo, Rutger!« sagte Elida munter. »Weißt du was, gerade wollten wir dich anrufen. Ganz genau, hier ist alles bestens. Einen neuen Pastor haben wir, und eine neue Kaffeemaschine auch.« Sie kicherte. »Klar geht es mir gut, Rutger, alles in Butter, und bald kommt das Klo ins Haus, du brauchst dir also keine Sorgen zu machen.«

Tilda mußte so lachen, daß sie die Hände vors Gesicht hielt, um das Geräusch zu ersticken.

»Genau, das Klo! Es soll ins Haus verlegt werden, und einen flauschigen Teppich wollen wir, in Rosa ...«

»Grün«, flüsterte Tilda.

»Oder in Grün«, fügte Elida hinzu. »Welche Birnen denn? Ach so, die da draußen meinst du. Um die haben wir uns dies Jahr nicht weiter gekümmert. Piepegal, nächstes Jahr wachsen wieder neue. Ja! Mir geht es gut, und Tilda auch. So, dann wünsche ich dir noch eine schöne Vorweihnachtszeit. Schöne Grüße an Marianne. Tschüs, Rutger, mach's gut. Auch von Tilda viele Grüße.«

Elida knallte den Hörer auf die Gabel, und die beiden Schwestern lachten, bis sie zu ersticken drohten.

In dieser Nacht brannte das Licht bis zum Morgen. Zum Glück schafften es die Damen gerade noch, die hellblauen Kerzen zu löschen, ehe sie ihre grauen Häupter auf den Küchentisch sinken ließen und einschlummerten.

In Örebro dagegen brachte nicht einmal der Abendwhisky den ersehnten Schlaf. Als das große Pendel im Eßzimmer dreimal schlug, war noch immer Rutgers dunkle Silhouette zu sehen, die auf den weichen Teppichböden durch die Zimmer wanderte.

Auch Marianne schlief unruhig.

In letzter Zeit hatte sie es kaum gewagt, Rutger anzusprechen, denn er verdrehte ihr die Worte im Mund. Sie war zwar selbst ein wenig labil gewesen, aus Enttäuschung und Verbitterung darüber, daß Rutger den Kauf des Hauses in Borrby nicht durchgesetzt hatte. Aber sie fand, daß sie sich zumindest Mühe gegeben hatte, verständnisvoll zu sein und alternative Lösungen vorzuschlagen.

Erst um fünf Uhr morgens übermannte Rutger der Schlaf. Er lag auf dem gepolsterten Kanapee und hatte den Hausmantel um seinen immer runderen Körper gewickelt. Auf dem dunklen Mahagonitisch stand ein leeres Whiskyglas. Die weißen, fleischigen Hände ruhten schwer auf seinem Bauch, der hin und wieder ein wenig zuckte, um sich gewisser körperlicher Spannungen zu entledigen.

»Sie müssen getrunken haben«, sagte Rutger plötzlich beim Frühstück am nächsten Morgen.

»Wen meinst du?« antwortete Marianne, während sie mit graziösen Bewegungen die dunklen Kanten des Toastbrotes abkratzte.

»Tilda und Elida, ich bin mir vollkommen sicher. Elida war jedenfalls nicht mehr nüchtern, das ist ganz klar, und im Hintergrund habe ich Tilda kichern gehört.«

»Was du nicht sagst«, meinte Marianne. »Tilda und Elida haben jedenfalls noch nie einen Hang zu Hochprozentigem gehabt, oder?«

»Wieso *jedenfalls?*« zischte Rutger und ging in Verteidigungshaltung über. »Was meinst du damit?«

»Daß sie sich noch nie etwas aus Alkohol gemacht haben«, fuhr Marianne mit kühler Stimme fort.

»Aber warum hast du jedenfalls gesagt? Meinst du etwa, daß ich trinke? *Jedenfalls?*«

»Das tust du doch«, meinte Marianne und sah ihm in die Augen.

»Ich trinke soviel ich will, und zwar, ohne dich zu fragen!« fuhr Rutger sie an und stand mit einem Ruck auf.

»Mein Gott, Rutger, ich habe doch nicht gesagt, daß du damit aufhören sollst, oder? Rutger!«

»Nicht direkt, aber die kleinen Hinweise habe ich schon begriffen.«

»Ich fahre übrigens an die Côte d'Azur«, sagte Marianne und versteckte ihren Kopf vorsichtshalber hinter der Tageszeitung.

»Tu das, Marianne«, erwiderte Rutger säuerlich. »Tu das. Fahr an die Côte d'Azur. Dort gibt es sicher willige Männer, die es können.«

»Die was können?« fragte Marianne verständnislos.

»Ficken«, sagte Rutger und war selbst erstaunt über das Wort, das nie zuvor über seine Lippen gekommen war.

Marianne sah ihn bestürzt an und stand auf.

»Du bist ja nicht ganz dicht, Rutger, hörst du? Nicht ganz dicht!« Die Tür zum Flur wurde zugeknallt, daß die bleigefaßten Scheiben nur so schepperten. Rutger fluchte, doch bald sank er in sich zusammen, und seine graublauen Augen starrten leer in den kalten Morgenhimmel.

Im Schlafzimmer stand Marianne und sah in denselben Himmel. Sie biß sich auf die Unterlippe, um nicht weinen zu müssen. Dann richtete sie die tadellosen Gardinen und schmiß ihren Morgenmantel aufs Bett.

In der Dusche kamen schließlich die Tränen und flossen zusammen mit dem Duschwasser über ihren Körper. Sie schwelgte in Duschgel und verteilte es auf ihrem nackten Körper, lockerte aber ihren Griff, als sie die noch festen Brüste einseifte. Sie befürchtete stets, ein Knötchen zu entdecken. Obwohl sie wußte, daß Frauen ihre Brüste untersuchen und auf Veränderungen achten sollten, hatte sie panische Angst davor. Sie schämte sich, so auf diese Krankheit fixiert zu sein. Sogar beim Sex, früher, als Rutger noch konnte, war sie manchmal vor Schreck erstarrt, wenn er beim Streicheln ihrer Brüste innegehalten hatte. »Ist da etwas?« hatte sie ihn gefragt. »Spürst du einen Knoten?«

Als sie einmal mit dem Zeigefinger nachgespürt hatte, ob die Spirale noch richtig saß, hatte es sich irgendwie anders angefühlt als sonst. Schnell hatte sie den Finger herausgezogen und versucht, alles zu verdrängen. Abends beim Sex hatte sie plötzlich gefragt: »Fühlt es sich so an wie immer?«

»Was, wie immer?« hatte Rutger gestöhnt.

»Du spürst dort unten doch nichts, oder?«

Von einer Sekunde auf die nächste war er in ihr geschrumpft und in sein Bett hinübergerollt, desillusioniert und enttäuscht. Es hatte lange gedauert, bis er sich wieder seiner Frau genähert hatte.

Mariannes Wangen glühten. Vielleicht war es auch für Rutger nicht immer ganz einfach gewesen. Möglicherweise war sogar sie die Ursache für seine schwindende Potenz.

Sie drehte den Warmwasserhahn aus und ließ das Wasser abkühlen, bis es wie ein kalter Gletscherbach an ihrem Körper entlanglief und ihre Brustwarzen steif wurden.

Als sie aus der Dusche trat, hatte Rutger sich schon auf den Weg zur Arbeit gemacht. Marianne legte sich nackt auf das weinrote Kanapee und meinte darin noch Rutgers Wärme zu spüren. Sie sah wieder hinaus in den kalten Morgenhimmel. Dann lächelte sie, und in ihren Augen leuchtete eine schwache Hoffnung auf.

14

In der dritten Dezemberwoche bekamen Tilda und Elida einen Anruf von Alvar. Er wollte wissen, ob sie die Heizung in seinem Haus andrehen könnten, da er vorhabe, am zweiundzwanzigsten nach Borrby zu kommen. Die beiden Schwestern freuten sich, denn sie brauchten Aufmunterung. In der letzten Zeit hatte es sie ständig beunruhigt, daß im Postfach 108 noch keine Bestellungen eingegangen waren.

»Vor Weihnachten haben alle soviel um die Ohren«, versuchte Tilda ihre Schwester zu trösten.

»Aber stell dir vor, keiner will unser Mittel kaufen? Dabei haben wir doch in eine Kaffeemaschine und in Alkohol investiert, ganz zu schweigen von der teuren und nutzlosen Anzeige und dem Postfach.«

»Aber es ist doch gerade mal vierzehn Tage her, daß die Anzeige erschienen ist. Immer mit der Ruhe«, sagte Tilda beschwichtigend. Zwar begann auch ihr allmählich der Mut zu sinken, aber es freute sie, daß Alvar schon bald wiederkommen würde.

Schon am Zwanzigsten begannen die Schwestern, ihren Weihnachtsschmuck auszupacken. In den vergangenen Jahren war es immer weniger geworden. Der Adventsleuchter und das Engelsgeläute und natürlich die Krippe, aber alles andere hatten sie in den Kartons gelassen.

»Wir sind ja ohnehin nur zu zweit«, pflegte Elida zu sagen. »Es lohnt sich nicht, noch mehr hervorzukramen.« In diesem Jahr war es jedoch ganz anders. Kugeln, Girlanden, der Weihnachtsbock aus Stroh – alles wurde ausgepackt. Tilda und Elida glichen zwei erwartungsvollen Kindern.

»Vielleicht sollten wir uns auch einen Weihnachtsbaum besorgen?« schlug Tilda vor.

»Quatsch«, sagte Elida. »Irgendwelche Grenzen muß es geben. Aber wir könnten ein paar Wacholderzweige mit Weihnachtsschmuck in die Ecke stellen.«

Am Einundzwanzigsten waren die Weihnachtsvorbereitungen abgeschlossen. Das kleine Haus glitzerte nur so. Das Weißkraut war gekocht, der gepökelte Weihnachtsschinken überbacken, und die frischgewaschenen Flickenteppiche in der Küche dufteten nach Kernseife. An diesem Abend fielen sie regelrecht ins Bett. So kräftezehrend waren die Weihnachtsvorbereitungen schon seit Jahren nicht mehr gewesen.

Draußen im Garten fielen große Schneeflocken, und in Alvars Haus knackten die Heizkörper in ihren Bemühungen, die kühlen Räume aufzuwärmen. Obgleich die Schwestern mittlerweile in ihrem Schlafzimmer heizten, wurde es nachts kalt, wenn das Feuer im Ofen erloschen war und der Wind sich langsam seinen Weg durch die undichten Fenster bahnte. Daher waren ihre Füße im Winterhalbjahr in selbstgestrickte Wollsocken verpackt.

»Gute Nacht«, murmelte Tilda, ehe der Schlaf sie übermannte.

»Morgen kommt Alvar«, nuschelte Elida.

In stillem Einverständnis krochen die beiden Schwestern näher zusammen, schwer atmend vor Müdigkeit und Freude.

Am nächsten Morgen war es glitzernd weiß. Der frisch gefallene Schnee knirschte unter den Schuhen, als die beiden Schwestern zum stillen Örtchen gingen, um ihre morgendlichen Bedürfnisse zu verrichten. Tilda hatte es noch eiliger, weshalb sie als erste gehen durfte, während Elida geduldig draußen wartete. In der kühlen Morgenluft drang der Atem beim Sprechen wie eine weiße Wolke aus ihrem Mund.

»Er ist noch immer nicht da«, meinte sie im Flüsterton durch die Ritzen der Bretterwand.

»Aber es ist ja auch noch früh am Tag«, beruhigte Tilda sie.

Wenig später stand sie selbst wartend in der Kälte und betrachtete die winterlich schöne Landschaft. Am meisten aber sah sie natürlich zu Alvars Haus hinüber, das still und verlassen dalag.

Im Haus deckten sie den Frühstückstisch. Tilda nahm sich die Freiheit, eine kleine Melodie anzustimmen.

»Geh aus, mein Herz, und suche Freud in dieser lieben Sommerzeit …«, sang sie mit krächzender Stimme, aber voller Enthusiasmus.

»Quatsch«, meinte Elida lachend. »Jetzt ist Winter und nicht Sommerzeit.«

Tilda ging zu »Jingle bells, jingle bells« über, doch sie kannte den Text nicht genau und trällerte nur die Melodie. Elida fiel ein, und schon bald lachten die Schwestern aus ganzem Herzen. Sie hatten auf diesen Tag hingefiebert, das war nicht zu übersehen.

»Vielleicht sollten wir ein Stück von dem Schinken probieren«, schlug Tilda vor.

Elida zögerte, doch dann holte sie das große Küchenmesser und schnitt zwei prächtige Scheiben ab, die sie sich auf ihre Butterbrote legten.

Erst gegen Nachmittag traf Alvar ein. Er hatte zwei große, schwere Koffer mitgebracht, und die Schwestern Svensson hofften, er würde lange bleiben.

Tilda und Elida waren rastlos, und sie beschlossen, Rosettenwaffeln zu backen, was sie traditionell immer am Zweiundzwanzigsten taten. Es war eine umständliche Prozedur, denn das flüssige Fett mußte die ganze Zeit die richtige Temperatur haben. Aber sie kannten sich aus und wußten genau, wann sie den Topf vom Herd ziehen mußten. Elida tauchte das Rosetteneisen in den Teig und dann in das beinahe kochende Fett. Es zischte auf, und ein wunderbarer Duft entfaltete sich in der Küche. Als die Rosetten sich vom Eisen lösten, streute Tilda Puderzucker über das schöne Backwerk. Die Prozedur dauerte eine ganze Weile, aber sie unterhielten sich dabei, und der Berg wuchs schnell.

Sie redeten über vergangene Zeiten – von Mutter Elnas Weihnachtsvorbereitungen und vom großen Schlachttag, wenn das Haus vor Leben gesprüht hatte. Am sogenannten Schlachtabend, wenn das Fleisch gemahlen, die Würste gestopft und die Sülze gepreßt war, hatte Schmiedemeister Svensson stets eine »ordentliche Schmalzstulle« gegessen: dunkles Brot, auf das er Schmalz mit Zwiebeln und Thymian strich. Er hatte richtig feierlich ausgesehen, wenn er sein Brot salzte, den ersten Bissen nahm und ein zufriedenes Grunzen von sich gab. Zu seinem Schmalzbrot hatte er sich einen Magenbitter genehmigt, und Mutter Elna hatte immer so stolz ausgesehen, wenn der Schmiedemeister sein Lob über seine Ehefrau und ihre Kochkünste ausschüttete. Das war nicht allzuoft vorgekommen, aber am Schlachtabend hatte er es getan, ebenso wie an Mittsommer, wenn er Mutter Elnas eingelegte Heringe probiert hatte, die er mit einem Glas Branntwein hinunterspülte.

Diese Feierstunden hatten die beiden Schwestern für immer in ihrem Gedächtnis bewahrt. Der Schmiedemeister war an solchen Tagen freigebiger als sonst gewesen und hatte eine Tüte mit Brustkaramellen hervorgezogen, die er seinen Kindern angeboten hatte. Lange und ausgiebig hatten sie daran gesaugt und sie in regelmäßigen Abständen aus dem Mund genommen, um zu vergleichen, wer noch am meisten übrig hatte.

»Ab in den Rüssel mit dem klebrigen Zeug«, hatte der Vater in gespielt barschem Ton gesagt, und dann hatten alle gelacht.

Die Weihnachtsfeste waren nicht mehr so wie früher, aber der heutige Tag kam ihnen trotzdem wie etwas ganz Besonderes vor.

Plötzlich ertönten die drei bekannten Klopfer an der Tür, und da stand Alvar in seiner ganzen Pracht.

»Fröhliche Weihnachten«, sagte er und umarmte die beiden Schwestern. Dann überreichte er ihnen einen Korb mit wunderschönen Blumen. »Als Dankeschön, daß ihr einen Blick auf mein Haus geworfen habt.«

»Ach, i wo«, sagten Tilda und Elida wie aus einem Munde. »Dafür wollen wir nichts.«

»Das ist doch wohl das Mindeste«, sagte Alvar und sog hörbar die lieblichen Düfte von den frischgebackenen Rosettenwaffeln ein.

»Was für himmlische Düfte steigen da in meine abgasgeschädigte Nase?« fragte er lachend.

»Rosettenwaffeln«, sagte Tilda stolz. »Und Elida hat schon Kaffee aufgesetzt. Du darfst gleich welche probieren.«

Bald saßen sie zu dritt am Küchentisch, tranken Kaffee und genossen das frische Schmalzgebäck.

»Was ihr alles könnt«, sagte Alvar und biß in eine Waffel.

»Ach, die backen wir schon seit Jahren.«

»Hier ist es so ruhig und anheimelnd«, sagte Alvar mit einem Seufzer. »Weit entfernt vom Streß und den vielen Autos in der Stadt.«

Die beiden Schwestern schämten sich ein bißchen, als sie daran dachten, was für eine Aufregung sie in letzter Zeit mit ihrer neueröffneten Firma gehabt hatten. Die Gläser und das Zubehör hatten sie vorsichtshalber draußen in der Waschküche versteckt.

Die Schwestern erzählten von alten Weihnachtssitten in dieser Gegend, und Alvar wollte immer mehr hören. Erst um acht Uhr abends brach er auf, und da hatten sie vereinbart, daß er mit ihnen Heiligabend feiern würde. Natürlich hatte Alvar Weihnachtsessen aus der Stadt mitgebracht, weshalb sie beschlossen hatten, ihre Tüten zusammenzutragen und auf den Tisch zu stellen, was sie eingekauft hatten.

Das Ganze fühlte sich unwirklich an, und wenn nicht die Blumen und der Hyazinthenduft geblieben wären, nachdem Alvar gegangen war, hätten sie seinen Besuch für einen Traum gehalten.

»Stell dir vor«, sagte Elida. »Weihnachten mit Ministerialdirigent Klemens, wenn Rutger das wüßte!«

In dieser Nacht wurde nicht viel geschlafen. Im alten Eisenbett ging das Gespräch weiter.

»Glaubst du, unser Essen reicht?« meinte Tilda unruhig.

»Natürlich«, antwortete Elida überzeugt. »Aber wir sollten etwas Milchreis kochen.«

»Und vielleicht noch Stockfisch kaufen«, bemerkte Tilda.

Sie hatten schon beschlossen, am Tag vor Heiligabend nach Simrishamn zu fahren, um einen Blick ins

Postfach zu werfen. Und wenn sie ohnehin schon in der Stadt waren, konnten sie auch dort die letzten Dinge besorgen.

Erst als Tilda eingeschlafen war, merkte Elida, daß sie vergessen hatten, ihre Gebisse herauszunehmen. Vorsichtig zog sie ihre dritten Zähne aus dem Mund und legte sie auf den Nachttisch. Sie wollte Tilda nicht wecken, die schon schlief. Außerdem war ihr gerade richtig warm geworden im Bett, weshalb sie ungern aufstehen wollte. Sie schmatzte ein paarmal, ehe auch sie einschlief.

15

Schon um neun Uhr morgens standen die Schwestern an der Straße und warteten auf den Bus. In diesem Moment fuhr Alvar in seinem großen, glänzenden Wagen vorbei. Als er sie sah, blieb er stehen und kurbelte das Fenster herunter.

»Darf ich den Damen eine Mitfahrgelegenheit in die Stadt anbieten?« fragte er freundlich.

Wenig später saßen sie kerzengerade und feierlich auf der Rückbank in Alvars Auto und waren auf dem Weg in die Stadt. Karna Bengtsson stand unten am Kaufmannsladen, und die Schwestern streckten sich noch ein bißchen mehr, damit sie auch gesehen wurden.

Als sie sich der Stadt näherten, meinte Alvar: »Ich hatte vor, zum Alkoholladen zu gehen und ein bißchen Weihnachtsschnaps einzukaufen.«

»Wir müssen zur Post«, sagte Tilda.

»Und ein Päckchen aufgeben«, fügte Elida hinzu, damit Tilda sich nicht verplapperte.

109

»Gut«, sagte Alvar. »Dann lasse ich euch an der Post raus, und wir treffen uns in einer Stunde am Markt. Ist das ein guter Vorschlag?«

»Sehr gut«, sagte Tilda.

Bald standen sie vor der Post. Sie vergewisserten sich, daß Alvar gefahren war, ehe sie durch den Seiteneingang zu den Postfächern gingen und vorsichtig den Schüssel in Fach 108 steckten. Als Elida die Tür einen Spaltbreit öffnete, quollen Briefe heraus. Vor Schreck knallte sie das Fach wieder zu. Sie sahen sich entsetzt um, denn sie befürchteten, jemand könnte sie gesehen haben. Die Menschen strömten ins Postamt und wieder hinaus, aber niemand schien etwas bemerkt zu haben. Die beiden Schwestern standen wie gelähmt da.

»So öffne doch«, sagte Tilda.

»Hast du das denn nicht gesehen?« meinte Elida. »Es war ganz voll von ...«

Elida öffnete die Tür erneut, und Tilda hielt die Tasche auf, während Elida die Bestellungen hineinschob.

»Schau mal, Mama, soviel Post!« schrie ein kleines Kind.

Schuldbewußt knallte Elida das Türchen wieder zu, ohne zu bemerken, daß Tildas Finger im Weg war.

»Aua!« schrie Tilda, woraufhin Elida die Luke so schnell öffnete, daß ein Teil der Bestellscheine auf den Boden fiel. Die Schwestern bückten sich rasch und stopften die letzten Briefe in die Tasche.

Dann standen sie da, die beiden Töchter von Schmiedemeister Svensson, mit einer Tasche voller Bestellungen für potenzsteigernde Mittel. Ihre Herzen klopften, und sie hatten vor Aufregung rote Flecken auf den Wangen.

Im Supermarkt waren sie noch viel zu durcheinander, um gut durchdachte Einkäufe zu tätigen. Sie zogen etwas planlos das eine oder andere aus dem Regal, aber zumindest den Stockfisch packten sie ein.

Als sie eine Stunde später in Alvars Auto stiegen, fühlten sie sich müde wie nach einem ganzen Tag Schufterei.

»Die Leute in der Stadt sind völlig verrückt«, sagte Alvar.

»Ja«, antwortete Elida ermattet.

»Habt ihr das Paket gut auf den Weg gebracht?« erkundigte sich Alvar.

»Welches Paket?« fragte Tilda, und Elida stieß sie heftig in die Seite.

»Doch, unser Paket haben wir losgeschickt«, sagte Elida mit fester Stimme. »Es war ein Weihnachtsgeschenk für unseren Bruder in Örebro.« Dann erst fiel ihnen ein, daß sie ganz und gar vergessen hatten, einen Weihnachtsgruß an Rutger und Marianne zu schicken.

Zu Hause erwähnte keine von ihnen die Briefe. In stillem Einverständnis gingen sie hinaus in die Waschküche und stellten die Tasche neben die Gläser.

Sie räumten gemeinsam die Einkäufe in die Speisekammer und sanken dann müde auf die Küchenstühle. Es war alles etwas zuviel gewesen: zuerst das geplante Weihnachtsfest mit Alvar und dann die ganzen Briefe. Erstaunlicherweise sprachen sie gar nicht von den vielen Bestellungen. Da war die Unruhe, sich mit der ganzen Sache womöglich übernommen zu haben, und auch ein bißchen Scham.

»Wir sollten Rutger anrufen und ihm frohe Weihnachten wünschen«, sagte Tilda.

»Ja«, seufzte Elida und schämte sich darüber, daß sie zum erstenmal in all den Jahren vergessen hatten, einen Weihnachtsgruß an ihren Bruder und seine Familie zu schicken.

»Wir müssen schon ein bißchen nett zu ihm sein«, sagte Tilda. »Die letzten Male war es ja nicht soweit her damit.«

Elida ging in den Flur und wählte Rutgers Nummer.

»Hallo Rutger, hier ist Elida. Tilda und ich wollten euch nur fröhliche Weihnachten wünschen. Wir haben dies Jahr einfach nicht geschafft, Weihnachtskarten zu schreiben. Doch, uns geht es gut, wirklich.«

Tilda nickte zustimmend.

»Aber es war soviel los. O ja, zu tun gibt es schließlich immer.«

Tilda war aufgestanden und stand jetzt flüsternd neben ihrer Schwester.

»Sag, daß wir zu Weihnachten Besuch bekommen«, wisperte sie.

»Sch«, machte Elida. »Ach, das war nur Tilda. Sie wollte erzählen, daß wir an Heiligabend Besuch erwarten. An Heiligabend, genau. Rutger, bist du noch dran? Es war auf einmal so still in der Leitung. Ministerialdirigent Klemens. Ja, er wäre sonst ganz allein, und wir sind ja ohnehin hier, und da haben wir uns gedacht … An unser Geld? Geld hat er mehr als genug. Das war aber gar nicht nett, Rutger. Alvar würde nie … Was hast du gesagt? Marianne fährt an die Côte d'Azur? Ihr habt doch wohl keine Probleme, ihr beiden, Rutger? Ich meine nur, weil sie allein verreist?«

Rutger brüllte, daß seine Stimme durchs ganze Haus schallte: »*Ich habe kein Problem!* Fangt ihr jetzt auch schon damit an?«

112

»Ist ja gut«, meinte Elida beschwichtigend. Sie war ganz erschrocken über den Ausbruch ihres Bruders. »Ich habe mich nur gefragt ... Es geht dir doch gut, Rutger?«

»*Mir geht es gut!*« brüllte Rutger erneut. »*Und ich habe kein Problem! Fröhliche Weihnachten!*«

Dann klickte es in der Leitung.

»Er hat aufgelegt«, sagte Elida erstaunt.

»So aufbrausend ist er doch sonst nie«, meinte Tilda beunruhigt. »Wann reist Marianne ab?«

»Am Siebenundzwanzigsten.«

»Dann müssen wir Rutger wohl ein paar Tage hierher einladen, das heißt, wenn er sich freinehmen kann«, sagte Tilda.

»Aber was ist mit unserer Firma und den ganzen Bestellungen?«

Tilda zuckte zusammen und griff sich ans Herz. »Es sticht im linken Arm«, sagte sie verwundert. »Und zwar *wirklich*.«

Sie hatte schon lange nicht mehr zu ihrem Trick greifen müssen. Diesmal jedoch verspürte sie tatsächlich einen stechenden Schmerz, was ihr richtig angst machte.

Auch Elida war erstaunt, daß Tildas Beschwerden wiederauferstanden waren, und half ihrer Schwester vorsichtig zum Küchenstuhl.

»So, jetzt setzt du dich hin, und ich brühe eine Tasse richtig guten Kaffee auf.«

Tilda fand, daß es schon besser wurde, aber in letzter Zeit war ihr Leben einfach chaotisch. Früher war höchstens eine Sache im halben Jahr passiert, jetzt dagegen häuften sich die Probleme nur so an, und das an ein und demselben Tag.

Nachdem sie Kaffee getrunken und ein Mittags-schläfchen gehalten hatten, fühlten sie sich besser. Sie beschlossen, die Bestellungen bis nach Weihnachten in der Waschküche liegen zu lassen. Zwar war da immer noch die Sache mit Rutger, aber die würde sich schon irgendwie lösen, vielleicht war er nur vorübergehend aus dem Gleichgewicht geraten.

»Vielleicht sollten wir Alvar etwas zu Weihnachten schenken?« schlug Tilda vor, als es Abend wurde.

»Damit sollte man gar nicht erst anfangen«, meinte Elida. »Weihnachten ist doch nichts als eine einzige Geschenkbörse. Am besten kauft sich jeder selbst, was er braucht.«

Plötzlich war ihr, als stünde Schmiedemeister Svens-son bei ihnen in der Küche. Das waren seine Worte gewesen. Weihnachtsgeschenke – nichts als Unsinn und herausgeworfenes Geld, hatte er immer ge-brummt.

Aber es war nicht zu übersehen, daß Elida über Til-das Vorschlag nachdachte, und ihr Vater war ja schließ-lich tot. Deshalb meinte sie vorsichtig: »Was könnten wir Alvar schon schenken? Er hat doch alles.«

Sie dachten lange nach. Dann ging Tilda zur Vor-ratskammer, holte den großen, braunen Karton, und wenig später begutachteten sie den Inhalt.

»Sieh mal«, sagte Tilda. »Da sind diese roten Topf-lappen mit den Herzen.«

»Die sehen richtig weihnachtlich aus«, meinte Elida lachend.

Die Topflappen waren beinahe das einzige im Kar-ton, was niemand aus ihrer Familie hergestellt hatte.

»Die hat Mutter doch damals beim Weihnachtsba-sar des Roten Kreuzes gewonnen.«

»Und sie sind völlig unbenutzt«, sagte Tilda, während sie den Karton wieder zurückstellte.

Beide fanden, daß die Topflappen ein passendes Weihnachtsgeschenk für Alvar abgeben würden.

»Vielleicht sollten wir erst mal abwarten, ob wir etwas von ihm bekommen.«

Tilda schnaubte. »Als ob wir nicht schon jede Menge von ihm bekommen hätten! Schokolade, Blumen und die ganzen Zeitungen.«

»Du hast ja recht«, beruhigte Elida sie.

Tilda hörte nicht, was sie sagte, denn sie wühlte schon im Schrank herum, wo sie altes Geschenkpapier aufbewahrten, in das die Weihnachts- und Geburtstagsgaben von ihrem Bruder eingepackt gewesen waren. Tilda war froh, daß sie das schöne Geschenkpapier aufgehoben hatten. Sie hatten aufgehört, Rutger und seiner Familie etwas zu schenken, seit die Kinder von zu Hause ausgezogen waren. Aber eine Weihnachtskarte hatten sie eigentlich immer verschickt, und Tilda schämte sich erneut, als sie an ihr Versäumnis in diesem Jahr dachte.

»Ist das nicht schön?« meinte sie schließlich und zeigte ihrer Schwester ein glänzendes, rotes Geschenkpapier mit weißen Schnörkelchen, die Eiskristallen ähnelten. Elida betrachtete das Papier kritisch und strich mit der Hand darüber, um eine Falte zu glätten.

»Die Falte sieht man nicht, wenn das Geschenk verpackt ist«, meinte Tilda.

Sie wickelte die Topflappen erst in feines Seidenpapier und packte sie dann in das glänzende Geschenkpapier.

Elida war in die gute Stube verschwunden. Tilda hörte eine Schublade knarren, und wenig später stand ihre Schwester stolz in der Tür und hielt ein rotes Seidenband in der Hand.

Das Geschenk wurde wunderschön. Sie legten es oben auf den Eckschrank, wohin ihre Blicke an diesem Abend immer wieder wanderten.

16

Am Morgen des Heiligen Abends schien die Sonne, und der frisch gefallene Schnee lag schwer auf den Ästen. Die Vorfreude und die verheißungsvollen Düfte erinnerten die Schwestern an längst vergangene Zeiten. Tilda holte die hohen Stiefel aus dem Schrank. Der Schnee war tief, und am stillen Örtchen pflegte sich immer eine kleine Schneewehe anzuhäufen.

Am Nachmittag war alles fertig. Der Wacholder im alten Krug aus Steingut duftete, der Küchentisch bog sich vor Leckereien, und die kleinen Fenster waren beschlagen vom Kochen und Braten. Alvar hatte aufgezählt, was er alles eingekauft hatte, damit sie nichts doppelt hätten. Zwar hatte das, was er mitbringen würde, ohnehin nie auf den Einkaufszetteln der beiden Schwestern gestanden, aber das konnte Alvar ja nicht wissen.

Die letzte Stunde verging im Schneckentempo. Sie rückten das Geschirr auf dem Tisch zurecht, schoben Gläser hin und her und warfen dann und wann einen Blick in den Spiegel. Vom Kochen hatten die Schwestern ganz rote Bäckchen, und Tilda suchte in ihrer alten Handtasche nach Puder, um die Röte etwas zu dämpfen. Doch als sie das Puderdöschen in der Hand hielt, fiel ihr plötzlich wieder ein, wie sie vor vielen Jahren ihre Handtasche über Nacht vor dem stillen Örtchen vergessen hatte. Dann hatte es geregnet, und am nächsten Morgen war sie völlig durchgeweicht gewesen. Die Tasche hatte Mutter Elna gehört, und sie war aus echtem Leder. Daher wollte Tilda sie nicht wegtun, obwohl sie durch den Regen hart geworden war und einen weißen Wasserrand hatte. Das Puder war ebenfalls feucht geworden und dann zu einem harten Keks erstarrt. Nun ja, dachte Tilda, dann muß es eben so gehen.

Alvar war pünktlich wie immer. Um sechs Uhr hörten sie, wie er sich draußen auf der Vortreppe den Schnee von den Schuhen trat. Tilda öffnete, noch bevor er angeklopft hatte, denn sie wußte, daß er bepackt sein würde.

»Fröhliche Weihnachten allerseits«, sagte Alvar mit einem Lächeln, das hinter den ganzen Tüten und Taschen kaum zu sehen war.

Tilda und Elida drängelten sich am Spültisch, während Alvar auszupacken begann.

»Räucheraal, Graved Lachs, Lammkeule, geräucherte Putenbrust und Glögg. Da ich nicht so häuslich bin, muß ich die einfacheren Gerichte beisteuern«, bemerkte er lachend, verstummte aber, als er den gedeckten Tisch sah.

Eine ganze Weile stand er schweigend da und bewunderte die Herrlichkeit. Tilda und Elida waren beunruhigt. Ob sie wohl irgendwas vergessen hatten?

»Was für ein Überfluß! So etwas habe ich ja noch nie gesehen. Ihr solltet euch doch nicht soviel Arbeit machen«, sagte er beeindruckt.

Die beiden Schwestern platzten beinahe vor Stolz.

»Ach«, meinte Tilda. »Das ist doch nur völlig normales schwedisches Weihnachtsessen.«

Sie traute sich nicht, Elida dabei anzusehen, denn das stimmte nicht so ganz. Soviel Weihnachtsessen hatte nicht mehr auf dem Tisch gestanden, seit in ihrer Kindheit die gesamte Verwandtschaft zu Besuch gewesen war. Alvar ging zum Herd und lupfte den Deckel.

»Mmm, hausgemachtes Weißkraut. Ihr wißt schon, was ein armer Junggeselle braucht.«

Tilda und Elida hatten einen Blick auf zwei Geschenke erhascht, die ganz unten in der einen Tüte lagen, und das machte sie natürlich noch neugieriger.

»Habt ihr einen kleinen Topf?« fragte Alvar und öffnete die Glögg-Flasche.

Die beiden Schwestern sahen erstaunt aus.

»Ich dachte, wir könnten erst mal etwas heißen Glögg trinken.«

Während Tilda einen kleinen Emailletopf holte, packte Alvar eine Tüte mit Rosinen und Mandeln aus.

»Ah ja, Glögg«, sagte Elida, als würden sie den jedes Jahr zu Weihnachten trinken.

Doch dann erinnerte sie sich, diesen leckeren Glühwein schon einmal probiert zu haben, vor vielen Jahren bei Rutger und Marianne.

Ein herrlicher Gewürzduft verbreitete sich in der kleinen Küche, und bald saßen sie auf dem Küchensofa, mit Gläsern voller Glögg in den Händen. Traditionelle Glögg-Becher gaben ihre Küchenschränke nicht her, aber Alvar hatte beteuert, daß die kleinen Trinkgläser ebenso taugten.

»Fröhliche Weihnachten«, sagte Alvar und hob sein Glas.

»Fröhliche Weihnachten«, erwiderten die Schwestern Svensson und nahmen einen ordentlichen Schluck.

Tilda blieb kurz die Luft weg, wie neulich beim Kirchenkaffee. Der Glögg wärmte gut durch, und die beiden Schwestern verspürten in ihren klapprigen Körpern wahre Glücksgefühle. Alvar schenkte ihnen nach, und sie wehrten sich nicht einmal.

Dann begannen sie zu essen. Alvar war begeistert und sparte nicht mit Lob. Auch Tilda und Elida aßen mit Appetit, denn in Gesellschaft schmeckte es ihnen noch besser als sonst. Der Räucheraal schmolz nur so im Mund, und Graved Lachs war für sie etwas Neues. Auch die Lammkeule schmeckte ihnen, war aber schwieriger zu essen. Der Glögg und die obligatorischen Schnäpse zum eingelegten Hering hatten nämlich wie immer ihre Gaumen entspannt und sie schrumpfen lassen, weshalb die Zähne nicht an ihrem Platz saßen.

Sie aßen lange, lachten und redeten, und erst knapp zwei Stunden später vereinte sich der letzte Löffel Milchreis mit dem übrigen Inhalt ihrer gefüllten Mägen. Sie räumten gemeinsam den Tisch ab, ja, auch Alvar. Rutger hatte sich nie um solche Dinge geschert. Das ist Weibersache, hatte er gesagt und statt dessen in der Rückenlage auf dem Sofa gewartet, bis alles in der Küche fertig war.

Dieses Jahr feierten Rutger und Marianne zum erstenmal allein Weihnachten. Ihre Kinder waren bei ihren jeweiligen Schwiegereltern, weshalb es bei ihnen leer und einsam war. Rutger hatte verlangt, daß nichts vom traditionellen Weihnachtsessen fehlen dürfe, während Marianne gemeint hatte, daß sie durchaus ein paar Abstriche machen könnten, jetzt wo sie nur zu zweit seien. Wie immer hatte Rutger gesiegt, und auf dem Tisch standen die üblichen Leckereien.

»Ministerialdirigent Klemens«, schnaubte Rutger. »Ich frage mich, was für einem Heiratsschwindler sie da aufgesessen sind.«

»Nimm dir doch noch ein bißchen Schinken, Rutger«, sagte Marianne zuvorkommend. »Er ist ganz mager und fein.«

»Wieso *mager?*« fragte Rutger mit erhobener Stimme.

»Mager, nun ja, ich meine, nicht so fett.«

»Sogar an Heiligabend mußt du so reden. Glaubst du etwa, ich verstehe den Seitenhieb nicht? *Mager*, als ob ich zu fett sei und auf Diät gesetzt werden müßte. Das hast du doch gemeint, oder nicht? *Oder etwa nicht?*« brüllte Rutger.

Marianne biß sich auf die Unterlippe, um nicht in Tränen auszubrechen. Unter Schweigen aßen sie weiter.

»Gib mir den Käse«, sagte Rutger schnippisch. »Hoffe, der ist nicht genauso fett wie ich. Na, ist der so fett, Marianne? *Antworte mir, verdammt noch mal!* Ist der Käse so fett, alt und eklig wie ich?« Er machte eine ausladende Geste mit den Armen.

Marianne antwortete nicht. Mit einem Ruck setzte sich Rutger wieder hin und sah vorsichtig zu Marianne hinüber.

»Und jetzt genehmigen wir uns ein Schnäpschen, meine Liebe«, sagte er aufgesetzt munter.

Genau das fand Marianne so schwierig an ihrem Mann. Sie wußte manchmal nicht, was er ironisch meinte und was einfach nur nett sein sollte. Steif hob sie das Glas und warf ihm einen Blick zu. Seine Augen hatten wieder ihre übliche Wärme, aber sie beschloß, sich lieber abwartend zu verhalten.

In Borrby dagegen herrschte wirklich eine ausgelassene Stimmung. Alvar hatte die Wacholderzweige mitten ins Zimmer gestellt und darauf bestanden, daß sie um sie herumtanzten wie um den Weihnachtsbaum.

»Der Fuchs läuft übers Eis, der Fuchs läuft übers Eis«, sangen sie.

»Nein, jetzt kann ich nicht mehr«, meinte Tilda lachend und schlug sich auf die Knie.

»Lieber Himmel«, sagte Elida. »Jetzt brauchen wir aber Kaffee und Kuchen.«

Alvar wurde plötzlich ernst. »Soviel Spaß habe ich schon seit vielen Jahren nicht mehr gehabt«, sagte er. »Und das ist euer Verdienst.« Er zog die beiden Geschenke aus der mitgebrachten Tüte und überreichte sie.

»Aber nicht doch ...«

»Das ist doch wohl das mindeste, was ich für euch tun kann. Es ist nur eine Kleinigkeit, damit sich das richtige Weihnachtsgefühl einstellt.«

Tilda und Elida befühlten die Päckchen, als hätten sie Angst, das schöne Geschenkpapier und das Goldband abzunehmen.

»Packt doch aus«, sagte Alvar ungeduldig, und dann begannen sie ganz behutsam, die Geschenke aus dem feinen Papier zu wickeln. Der flache Karton, der zum Vorschein kam, war mit Tesafilm zugeklebt, und es dauerte eine Weile, ehe der Inhalt sich offenbarte.

Den Schwestern blieb fast die Luft weg: Sie hatten beide einen bunten Seidenschal und ein Paar Handschuhe aus echtem Leder bekommen.

»Vielen Dank, aber das wäre doch nicht nötig gewesen.«

»O doch, ihr seid nämlich Gold wert, aber ihr müßt euch mit dem hier begnügen«, meinte Alvar lachend.

»Wir nehmen die Tassen aus der guten Stube«, sagte Tilda zu ihrer Schwester.

»Die Tassen?« meinte Elida verwundert. »Die haben wir doch schon in die Küche gebracht.«

»Die anderen«, sagte Tilda und zog ihre Schwester ins Wohnzimmer.

»Was ist denn mit dir los?« fragte Elida. »Wir haben doch schon ...«

»Verstehst du denn nicht? Wir können Alvar doch nicht nur ein Paar Topflappen aus Baumwolle schenken«, flüsterte Tilda.

Jetzt hatte Elida begriffen und lächelte ihre Schwester warmherzig an.

»Können wir ihm nicht Vaters vier Whiskygläser mit Gravur schenken? Die benutzen wir doch ohnehin nicht.«

»Klar«, sagte Elida. »Aber die sind nicht eingepackt.«

»Wo bleibt ihr denn?« rief Alvar aus der Küche.

Die beiden Schwestern stürmten wieder hinaus. Elida nahm das Geschenk vom Eckschrank und überreichte es.

»Mehr aus Spaß«, sagte sie. »Nur damit sich das richtige Weihnachtsgefühl einstellt.« Und dann lachten alle.

Während Alvar sein Geschenk auspackte, schlich Tilda in die gute Stube und holte die Whiskygläser.

»Sieh an«, sagte Alvar begeistert. »Topflappen. Wie konntet ihr wissen, daß ich mich immer verbrenne?« Er zeigte seinen Handrücken, auf dem sich ein kleines

Brandmal abzeichnete. »Und schön sind sie auch, vielen Dank.«

»Die hier haben wir nicht eingepackt, aber sie sind für dich«, sagte Tilda und stellte die vier Whiskygläser auf den Tisch.

»Das geht doch nicht«, protestierte Alvar.

»Sie haben Vater gehört«, sagte Elida stolz. »Aber wir benutzen sie nie.«

Alvar fuhr vorsichtig mit dem Finger über die Gravuren.

»Sind die schön.« Er stand auf und umarmte seine beiden Nachbarinnen.

Bald saßen alle am gedeckten Kaffeetisch mit Pfefferkuchen, Hasenohren und Rosettenwaffeln.

»Dieses Weihnachtsfest werde ich nie vergessen«, sagte Alvar. »Genau wie in meiner Kindheit – mit viel Essen, mit Kerzen, Engelsgeläute und dem häßlichen Strohbock in der Ecke.«

Erst gegen elf ging Alvar nach Hause. Tilda und Elida saßen noch eine Weile wach und genossen den Abend. Sie wickelten sich die neuen Seidenschals um den Hals und riskierten einen Blick in den Spiegel. Dann legten sie ihre Weihnachtsgeschenke auf ihre Nachttischchen, und ehe sie das Licht ausschalteten, sagte Elida: »Das war ein richtig schöner Heiligabend, Tilda.«

Draußen knackte die Kälte in den Zweigen, und die Eiskristalle glitzerten an den Scheiben, doch in den Räumen lagen noch immer die Düfte und die Wärme des Abends.

Auch in Örebro bei Rutger und Marianne war der Heilige Abend vorüber. Rutger war nach dem Zwischenfall zwar nett und freundlich gewesen, aber eine richtige Weihnachtsstimmung wollte nicht aufkommen. Rutger schlief tief, während Marianne dalag und an die Decke starrte. Sie sehnte sich nach den Kindern, nach ihrer Jugend und den Weihnachtsfesten früherer Zeiten. Dann rollte sie sich zu einem kleinen Ball zusammen und fühlte sich unerhört einsam.

17

Der Tag vor Alvars Abreise löste bei den Schwestern ein ebenso wehmütiges Gefühl aus wie damals, als ihr Nachbar am Ende des Sommers aufgebrochen war. Dennoch lag eine gewisse Spannung in der Luft. In der Waschküche stand eine ganze Reihe von Gläsern, die nur darauf warteten, mit potenzsteigerndem Mittel gefüllt zu werden. Die Shoppingtasche war voller Bestellungen, über Langeweile würden sich die Schwestern in der nächsten Zeit also nicht beklagen können.

Während der Feiertage war Alvar mehrmals bei Tilda und Elida gewesen, und sie hatten gemeinsam die Reste des Weihnachtsessens verzehrt. Wie immer war er voll des Lobes gewesen, und die beiden Schwestern hatten das Gefühl genossen, plötzlich wichtig geworden zu sein.

Alvar war noch nicht einmal bis zur nächsten Wegkreuzung gekommen, als die beiden schon durch den tiefen Schnee zur Waschküche stapften, um die Bestellungen und die funkelnden Geleegläser zu holen, die auf Schmiedemeister Svenssons alter Hobelbank standen. Daneben befanden sich ein Tretschlitten mit rostigen Kufen und Rutgers schwarzes Riesengerät, mit dem er seinerzeit Wein hergestellt hatte – ein Monument aus vergangenen Zeiten.

Tilda und Elida sahen sich vorsichtig um, als wollten sie sich vergewissern, daß sie allein waren. Doch es war genauso leer und verlassen wie immer. Die Spinnweben schaukelten in der Zugluft hin und her, und der eingeschlossene Geruch vermischte sich mit dem Duft der Äpfel. Sie hatten keine Zeit gehabt, sich um die Ernte zu kümmern und die Früchte zu verarbeiten, aber einige Kilo Äpfel von der besten Sorte hatten sie aufbewahrt und auf Zeitungen ausgelegt, um dann und wann einige ins Haus zu holen.

Auf der Vortreppe traten sie sich den Schnee von den Stiefeln und stellten sie auf ein paar Zeitungen ab, die sie an der Tür ausgebreitet hatten. Zeitungen verwendeten sie für viele Zwecke: um Äpfel darauf zu verteilen, zum Feuermachen, auf dem stillen Örtchen und für ihre nasse Fußbekleidung.

In den kleinen Fenstern des Vorflurs hingen dünne Tüllgardinen, und auf den Fensterbrettern standen bunte Plastikblumen. Kurz vor Weihnachten hatte Elida zwischen die doppelten Fenster Watte gelegt und sie mit kleinen roten Pilzen und Tannenzapfen dekoriert.

Tilda stellte die kleinen Geleegläser auf die Spüle, während Elida die Bestellungen auf den Küchentisch kippte. Sie setzten sich hin, doch dann geschah erst mal gar nichts. Etwas halbherzig wühlten sie zwischen den Bestellzetteln herum. Diese Situation war völlig neu für sie, und sie wußten nicht so recht, wie sie das Ganze anpacken sollten.

»Wollen wir sie zählen?« schlug Tilda vor, aber eigentlich nur, weil sie das Gefühl hatte, etwas sagen zu müssen.

»Ach, es sind doch so viele«, fertigte Elida sie ungehalten ab.

Das hatte sie von ihrer Mutter. Auch Elna war immer frustriert gewesen, wenn sie eine Situation nicht so ganz im Griff hatte. Wie damals, als sie der Vorsitzenden des kirchlichen Handarbeitskreises helfen sollte, ein Verzeichnis über die Lotteriegewinne zu erstellen. Elna hatte das Gefühl gehabt, alles verkehrt zu machen, und war unzufrieden mit sich selbst gewesen. Als ihr Mann wissen wollte, wo denn seine Hosenträger seien, hatte sie ihn angefahren: »Siehst du denn nicht, daß ich gerade schreibe?« »Ich sehe es nicht nur, ich höre und fühle es auch. Meine Güte, das Verzeichnis der Gewinne ist doch nicht der Hauptgewinn, oder? Kommt, Kinder, wir gehen in den Garten, bis wieder Ruhe eingekehrt ist. Vielleicht hast du meine Hosenträger ja der Gemeindelotterie vermacht«, hatte Schmiedemeister Svensson gesagt, ehe er sich mit seinen beiden Mädchen davonschlich. Ja, er war gutmütig gewesen und hatte Humor gehabt, selbst wenn sein Tonfall bisweilen etwas barsch gewesen war.

»Sieh mal«, sagte Tilda. »Hier ist eine Bestellung aus Stockholm.«

»Gib mal her«, meinte Elida mißtrauisch. »Nicht zu glauben. Da schreibt der an uns, um Hilfe zu bekommen.«

»Stell dir vor, es funktioniert nicht«, sagte Tilda beunruhigt.

»Natürlich funktioniert es«, entgegnete Elida und gab sich Mühe, selbstsicher zu wirken. »Wir müssen das Ganze gut organisieren. Am besten legen wir die Bestellungen mit dem Text nach oben auf kleine Stapel.«

»Warum?« fragte Tilda unsicher.

Elida wußte selbst nicht so genau, warum, aber sie hatte das Gefühl, sie müßten irgendwie in Gang kommen.

Als Elida einen hübschen Stapel zusammenhatte, rief Tilda plötzlich: »Sieh mal, Elida!«

Elida beugte sich vor und schaute. Dann ließ sie sich auf den Stuhl zurückfallen und atmete tief durch. »Kann ich das noch mal sehen?« fragte sie schließlich und riß ihrer Schwester die Bestellung beinahe aus der Hand.

Marianne stand am Flughafen und checkte ein. Rutger tigerte unruhig auf und ab. »Und du vergißt auch nicht, die Topfpflanzen zu gießen, Rutger?« meinte Marianne.

»Nein, nein, ich werde *gar nichts* vergessen. Mach dir keine Sorgen. Ich komme schon klar. Hoffe, du hast ein paar nette Tage da unten. Kümmere dich nicht um mich, genieße und entspann dich einfach.«

Jetzt war er wieder da, dieser ironische Tonfall. Doch wenn er ihr ein schlechtes Gewissen machen wollte, hatte er sich gehörig geschnitten. Sie hatte das Gefühl, sich einen Urlaub verdient zu haben.

Ihr Flug wurde aufgerufen. Marianne gab Rutger einen Kuß auf die Wange.

»Mach's gut, ich ruf an.«

Ein wenig hilflos legte Rutger seinen Arm um Marianne.

»Paß gut auf dich auf, ja?«

Die letzten Worte hörte Marianne nicht, weil sie schon in der Menge verschwunden war.

Warte nur, bis du nach Hause kommst, dachte Rutger, dann wirst du schon sehen, was in mir steckt. Er machte sich nämlich sehr wohl Gedanken um seine Ehe und hatte Angst vor seiner Unzulänglichkeit im Bett.

Was er jedoch nicht wissen konnte, war, daß genau in diesem Moment seine beiden Schwestern seine Bestellung studierten. Schmiedemeister Svensson war wirklich zur rechten Zeit gestorben, so daß es ihm erspart geblieben war, all das mitzuerleben.

»Aber wir können *ihm* doch nichts von dem Mittel schicken ...«, sagte Elida entsetzt. »Stell dir vor, er erkennt Mutters Geleegläser?«

»Wir könnten das Glas von meinem Abführmittel nehmen«, schlug Tilda vor. »Das brauche ich ohnehin nicht mehr.«

»Vielleicht können wir ja Rutgers und Mariannes Ehe retten«, sagte Elida, der klargeworden war, daß dort irgend etwas schieflaufen mußte. Erst Mariannes Reise zur Côte d'Azur und jetzt Rutgers Bestellung.

Nichts war wie zuvor. Die ansonsten so unumstößlichen Zeiten existierten nicht mehr. Die Kirchenbesuche wurden immer seltener, und sie kauften nur noch einmal wöchentlich ein, um nicht jeden Tag zum Geschäft sausen zu müssen.

An diesem Abend hatten sie bei heruntergelassenen Rolläden das Mittel für die erste Lieferung hergestellt. Sie hatten die Bestellungen aufgeteilt, was bedeutete, daß sie etwa siebzehn Päckchen pro Tag losschicken mußten. Es würde vierzehn Tage dauern, ehe alle Bestellungen bearbeitet waren.

Tilda hatte Stift und Papier geholt. Nach einer Weile schnappte sie nach Luft. Dann schob sie Elida den Zettel hin und sagte erschrocken:

»Elida, stimmt das?«

»Was soll stimmen?« fragte Elida erstaunt.

»47 600 Kronen«, antwortete Tilda mit matter Stimme.

Elida riß den Zettel an sich. Schweigend rechnete sie nach.

»Wie kann das soviel Geld werden?« Sie zählte noch einmal nach.

»Aber der Wodka ist ja teuer«, sagte Tilda, »und der Kaffee auch.«

»Es dauert nicht mehr lange, und wir können uns eine Innentoilette leisten«, sagte Elida mit einem glücklichen Lächeln auf den Lippen.

»Dann hören wir auf.«

»Eigentlich bräuchten wir auch ein neues Dach.«

Als sie an diesem Abend ins Bett gingen, war die erste Lieferung fertig. Elida war es schwergefallen, Rutgers Bestellung einzupacken, ohne einen Gruß beizulegen.

»Quatsch«, sagte Tilda, »das können wir nicht machen, das begreifst du doch!«

»Nein, natürlich nicht, aber wenn das Porto ohnehin schon bezahlt ist, fühlt es sich komisch an, keinen Gruß mitzuschicken.« Selbstverständlich war ihr das Unmögliche daran bewußt, aber die Sparsamkeit hatte sie nun mal von ihrer Mutter geerbt, wie so vieles andere auch, und sie war schwer zu überwinden.

Da hättet ihr wirklich Porto sparen können, wenn ihr ihm doch ohnehin schreiben wolltet, hätte Mutter Elna bestimmt gesagt, wenn sie noch am Leben gewesen wäre. Manchmal war ihre Sparsamkeit übertrieben gewesen, allerdings hatten sie es finanziell auch so eng gehabt, daß es anders gar nicht gegangen wäre.

Elna hatte übrigens auch ihren Mitmenschen beim Sparen helfen wollen. Wenn Rutger angerufen hatte und viel erzählen wollte, hatte sie ihn mitten im Satz unterbrochen: »Wir sehen uns doch am Muttertag, Rutger. Dann kannst du weitererzählen, anstatt jetzt die teuren Minuten zu verschwenden. Denk dran, es ist ein Ferngespräch.« Rutger war nach solchen Gesprächen häufig unglücklich gewesen. Wenn etwas Lustiges oder Spannendes passiert war, wollte er es gleich erzählen und nicht erst zwei Monate später am Muttertag.

Ja, die Sparsamkeit hatten sie von ihrer Mutter, aber bald würden sie finanziell besser gestellt sein und sich vielleicht ein bißchen zusätzlichen Luxus leisten können, beispielsweise Rutger etwas häufiger anzurufen oder sich neue Kleider zu kaufen.

18

Ehe er den Bus vom Flughafen nach Hause nahm, ging Rutger in einen Zeitschriftenladen. Der Hauptgrund war, daß er sich eine Zigarre kaufen wollte. Aber während er wartete, bis er an der Reihe war, sahen die Schokoladentafeln immer verführerischer aus. Ach, Marianne war ja nicht zu Hause, da würden ihm säuerliche Kommentare erspart bleiben.

»Eine Havanna und drei Riegel Daim«, sagte Rutger, als er dran war.

Als die Verkäuferin die Waren auf den Tresen gelegt hatte, sah er sich um und merkte, daß er der einzige Kunde im Laden war.

»Und eine FIB aktuell«, sagte er rasch und begann planlos in seiner Brieftasche zu graben.

»Darf es noch etwas sein?« erkundigte sich die Verkäuferin ganz ungezwungen.

»Nein, danke«, sagte Rutger und wich ihrem Blick aus. Sobald er gezahlt hatte, raffte er die Sachen zusammen und verschwand nach draußen. Er atmete tief durch, schob die Zeitschrift in die Innentasche seines Mantels und ging mit raschen Schritten zur Bushaltestelle.

Zu Hause ließ er das Blättchen in seinem Mantel stecken. Er lief ruhelos umher, setzte sich schließlich und griff nach der Tageszeitung, die er schon gelesen hatte. Genervt warf er sie beiseite und starrte in die Luft. Dann setzte er einen Kaffee auf und schloß die Haustür ab. Er ging zum Garderobenständer, holte die Schokolade und die Zeitschrift und legte beides vor sich auf den Küchentisch.

Auf dem Titelblatt der Zeitschrift war eine hübsche junge Frau mit gespreizten Beinen zu sehen, die splitterfasernackt vor ihm lag. Ihre Lippen lächelten verführerisch, und mit der Hand umfaßte sie ihre Brustwarze. Schnell drehte Rutger die Zeitschrift um. Er schenkte sich etwas von dem frisch aufgebrühten Kaffee ein. Dann packte er den ersten Schokoladenriegel aus, biß etwas davon ab, schloß genießerisch die Augen und schob sich dann das restliche Stück in den Mund.

Er atmete tief durch und schlug die Zeitschrift auf. Eine Reportage über den Drogenhandel in Stockholm. Er begann zu lesen. Nach einigen Zeilen blätterte er weiter, schämte sich ein bißchen und kehrte zur Reportage zurück. Nach weiteren zwei Minuten kapitulierte er vor sich selbst. Schließlich hatte er die Zeitschrift wohl kaum gekauft, um eine Reportage über Drogenhandel zu lesen.

Er öffnete den nächsten Daim-Riegel, lehnte sich bequem zurück und blätterte vorsichtig weiter, Seite für Seite. Es waren schöne Mädels, stellte er fest, mit jungen, straffen Körpern. Bei der nächsten Doppelseite hielt Rutger lange inne und spürte, wie ihn ein Zucken durchfuhr. In der Zeitschrift waren auch Männer zu sehen, nackte Männer, die ganz offensichtlich keine potenzsteigernden Mittel brauchten. Aber die Mädchen machten schließlich auch Dinge mit ihnen, die Marianne nie getan hatte. Sein Herz pochte wie verrückt.

Plötzlich ertönte ein wütendes Telefonklingeln. Rutger stieß versehentlich gegen die Kaffeetasse, schob rasch die Zeitung unter die Tischdecke und ging in den Flur.

»Svensson«, antwortete er heiser. »Hallo Tilda. Danke, gleichfalls. Ja, sie ist heute früh gefahren. Nein, alles ist in bester Ordnung.« Er räusperte sich, um den Kloß im Hals zu beseitigen. »Ja, wir haben schöne Weihnachten verbracht, und ihr? Aha? Lederhandschuhe, das ist ja nett. Ist er immer noch da? Ach so. Vielen Dank, aber weißt du, es muß ja jemand zu Hause sein, jetzt, wo Marianne verreist ist. Wegen der Topfpflanzen und so. Aber vielleicht besuchen wir euch im Sommer, dann könnte Marianne ja auch mitkommen. Was habt ihr bis zum Sommer? *Eine Innentoilette?*«

Rutger zog einen Stuhl heran und setzte sich.

»Das ist doch völlig unnötig«, meinte er. »Ich soll das behauptet haben? Mag sein, aber heutzutage ist ja alles so teuer. Ach so, habt ihr das? Trotzdem danke für die Einladung. Wir melden uns, wenn Marianne wieder da ist.«

Hinterher blieb er eine ganze Weile reglos stehen. Als er in die Küche zurückging, war der Kaffee in der Tasse kalt geworden. Er kippte ihn weg und schenkte sich frischen ein. Dann wühlte er im Schokoladenpapier und stellte enttäuscht fest, daß er alle drei Riegel aufgegessen hatte, ohne es gemerkt zu haben. Ehe er wieder die Zeitschrift hervorzog, sah er in Richtung Flur und Telefon, als wollte er sich vergewissern, daß Tilda nicht da war und ihn beobachten konnte.

Bei jeder Seite wurde Rutger erregter, und schließlich spürte er sogar ein Zucken in seiner Glencheck-Hose. Das irritierte ihn beinahe ein wenig. Vielleicht lag es doch nicht an ihm? War die Schuld womöglich bei Marianne zu suchen? Nach einer Weile sah er ein, daß dies nicht der Fall war. Aber sie würde schon sehen, was in ihm steckte, wenn sie nach Hause kam.

Eigentlich hatte Rutger sich vorgenommen, die Zeitschrift aufzuheben, um sie mehrere Abende genießen zu können, aber dann dachte er daran, was wohl wäre, wenn er plötzlich einen Herzinfarkt bekäme und tot umfiele. Für Marianne und die Kinder wäre es bestimmt nicht so angenehm, ihren Gatten und Vater tot neben einem Herrenmagazin aufzufinden. Womöglich würden sie glauben, daß der Inhalt der Zeitschrift seinen Infarkt ausgelöst hätte.

Er blätterte sie noch einmal durch, ehe er beschloß, sie im Kachelofen zu verheizen. Er legte das Svenska Dagbladet zuunterst und vier ordentliche Holzscheite darauf. Als er sicher war, daß das Feuer richtig brannte, riß er Seite um Seite aus der Zeitschrift und sah zu, wie alles zu schwarzer Asche wurde. In dieser Nacht schlief er besonders tief und mit einem zufriedenen Lächeln auf seinen Lippen.

Die beiden Schwestern dagegen schliefen noch nicht. Sie waren mit der ersten Lieferung in der Stadt gewesen und hatten erneut das Postfach geleert, und selbst wenn diesmal nicht ganz so viele Bestellungen einge- troffen waren, so waren es doch immerhin etwa zehn Stück.

Sie waren auch im staatlichen Alkoholladen gewe- sen und hatten sich für die nächsten Lieferungen einge- deckt. Dann hatten sie zum ersten Mal in ihrem Leben eine kleine Runde im Konsum gedreht. Das Kaufhaus kam ihnen groß und fremd vor, aber zugleich genossen sie die vielen schönen Dinge, die es zu sehen gab, wäh- rend sie durch die breiten und hellen Gänge schlender- ten.

»Vielleicht sollten wir neue Schlüpfer kaufen«, schlug Tilda vorsichtig vor. »Es gibt so viele neue Materialien, die schnell und gut trocknen.«

Das Trocknen der Wäsche im Winter stellte ein ech- tes Problem dar. Im Sommer konnten sie sie in den Garten hängen und von der Sonne trocknen lassen, aber im Winter waren sie darauf angewiesen, sie über dem Herd zum Trocknen aufzuspannen. Ihre rosa- farbenen Schlüpfer aus seidenplattierter Baumwolle brauchten lange zum Trocknen, und es war nicht gera- de angenehm, wenn diese Kleidungsstücke über den Kochtöpfen hingen, falls Besuch kam.

Elida antwortete nicht, sondern bewegte sich lang- sam auf ein Regal zu, in dem Unterwäsche in verschie- denen Farben lag.

»Hier gibt es niemanden zum Fragen«, sagte Tilda laut. »Die Unterhosen sind ja nicht größer als unsere Filtertüten zu Hause.«

»Vielleicht kann ich ja behilflich sein?« fragte eine

freundliche Verkäuferin mit hochgestecktem schwarzem Haar und langen roten Nägeln, die ein Stück entfernt Strümpfe auszeichnete.

»Ach«, sagte Tilda. »Wir wollten gern Schlüpfer kaufen, aber keine solchen.« Sie zeigte auf ein kleines schwarzes Dreieck mit Spitze, das zuoberst auf dem Regal lag.

»Verstehe«, sagte die Verkäuferin und vertiefte sich in eine Schublade, aus der sie Damenslips hervorzog, die zwar bedeutend kleiner waren als die, die sie bisher gehabt hatten, aber dennoch groß genug waren, um das Wesentliche zu verhüllen.

»Haben Sie nicht etwas größere?« fragte Elida.

Die Verkäuferin steckte ihre langen Finger in die Höschen und dehnte sie, um zu demonstrieren, daß sie groß genug waren.

»Wir nehmen zwei Paar«, sagte Tilda. »In Größe vierundvierzig.«

»Vierundvierzig?« meinte die Verkäuferin erstaunt. »Sind die Slips denn nicht für Sie selbst?«

»Doch«, versicherten die beiden.

»Größer als vierzig oder zweiundvierzig sollten Sie wirklich nicht nehmen«, sagte die Verkäuferin, und schließlich kauften sie zwei Paar in Größe zweiundvierzig aus Baumwolle und Polyester.

Ehe sie heimfuhren, kauften sie noch zwei neue Kugelschreiber und ein Kassenbuch für ihr neues Unternehmen.

Zu Hause beschlossen sie, Rutger einzuladen, obwohl sie zur Zeit so vielbeschäftigt waren. Nach dem Telefonat mit ihrem Bruder schämten sie sich ein bißchen darüber, wie erleichtert sie waren, daß er ihr Angebot abgelehnt hatte.

»Vielleicht ist es ja am besten so«, meinte Tilda. »Im Sommer wird es hier etwas komfortabler sein, und dann ist es leichter, Gäste zu empfangen.«

»Wo soll die Toilette eigentlich hin?« fragte Elida.

Keine von ihnen hatte die Pläne für den Umbau genauer durchdacht.

»Vielleicht sollten wir mit dem Sohn von Olofsson reden, der die Reparaturen bei den Sommergästen durchführt. Er könnte uns beraten, wo man das WC einbauen könnte und was es kosten wird«, schlug Elida vor.

Sie hatten in der Stadt keine Lebensmittel gekauft, weil sie den Kaufmann des Dorfs unterstützen wollten. Genaugenommen vielleicht nicht nur deshalb, sondern auch weil es bestimmt Verdacht erregt hätte, wenn sie plötzlich ihre Lebensmittel in der Stadt einkauften. Der Dorftratsch könnte schon bald die Runde machen, denn Karna Bengtsson war eine Meisterin darin, bösartige Gerüchte in die Welt zu setzen.

Am nächsten Morgen gingen die beiden Schwestern daher zum Kaufmannsladen, um ihre Einkäufe zu tätigen.

»Sind die etwa nicht in Ordnung?« meinte der Kaufmann und zeigte auf die Filtertüten in ihrem Einkaufskorb.

»Doch, die sind einwandfrei«, entgegnete Elida rasch.

»Ich habe mich nur gewundert«, fuhr der Kaufmann fort. »Sie haben doch gerade letzte Woche ein Sparpaket Kaffeefilter gekauft.«

»Wissen Sie«, sagte Tilda. »Wir müssen die anderen verlegt haben.« Sie lächelte verlegen.

»Ja, wir kommen alle in die Jahre«, meinte der Kaufmann verständnisvoll. »Das Gedächtnis läßt manchmal

136

nach. Warten Sie nur ab, bald werden sie irgendwo wieder auftauchen, wo Sie es am wenigsten erwartet hätten. Vor einiger Zeit war die Brille meiner Frau verschwunden. Sie war ganz unglücklich und glaubte, sie hätte sie verloren, aber ein paar Tage später haben wir sie in der Tiefkühltruhe wiedergefunden.« Er lachte, daß ihm der Stift beinahe vom Ohr gefallen wäre. Dann wurde er plötzlich wieder ernst. »Darf es noch etwas sein?«

»Ich glaube nicht«, meinte Tilda.

Am Sonntag beschlossen sie, in die Kirche zu gehen. Die halbe Lieferung war fertig, und sie hatten allmählich Routine. Allerdings waren die Geleegläser längst verbraucht, weshalb sie ein paar alte Pillengläser genommen hatten.

»Wir müssen neue Gläser kaufen, wenn wir nächstes Mal in der Stadt sind«, sagte Elida, während sie auf dem Herd Wasser erwärmte.

»Und Etiketten.«

Elida füllte das Waschwasser in die Waschschüssel. Plötzlich stand sie da, wie Gott sie geschaffen hatte. Ihr Körper war wohlproportioniert, aber der Rücken war mit den Jahren ein wenig krumm geworden, und die Beine wurden immer schmaler und sehniger. Sie benutzte einen selbstgehäkelten Waschlappen, den sie sorgfältig einseifte und mit dem sie anschließend jeden Millimeter ihres Körpers abrubbelte. Aus alter Gewohnheit wusch Elida sich immer als erste. Als sie fertig war, stieg sie vorsichtig in den neuen Schlüpfer. Groß war er nicht gerade, aber alles Notwendige hatte Platz darin.

Während Tilda die gleiche Waschprozedur durchführte, zog Elida ihr Sonntagskleid an. Sie legte ein sauberes Taschentuch in die Tasche, das Gesangbuch, das sie zur Konfirmation geschenkt bekommen hatte, und eine Krone für die Kollekte.

Den beiden Schwestern war richtig feierlich zumute, als sie in Richtung Kirche spazierten. Zwar war es ein wenig kühl an den Oberschenkeln, da die neuen Unterhosen nicht ganz bis zum Strumpfrand reichten, aber sie waren froh, daß sie nicht die kleinen schwarzen gekauft hatten.

Wie gewöhnlich herrschte in der Kirche eine feierliche Stimmung: die Kerzen, die Orgelmusik und die ganzen sonntagsfeinen Menschen. Sie fanden, daß Karna Bengtsson sie ganz besonders anstarrte. Aber sie streckten sich selbstbewußt, denn sie hatten wahrlich nichts zu verbergen, zumindest nichts, wofür sie sich hätten schämen müssen.

Als sie am Montag in die Stadt fuhren, waren die ersten Zahlungen per Nachnahme eingegangen. Sie fühlten sich reich, als sie das Postamt verließen, und gingen in die Konditorei, um einen leckeren Kuchen für zu Hause zu kaufen. Zwar hatten sie noch Weihnachtsplätzchen, aber ein gekaufter Kuchen hatte doch seinen ganz besonderen Reiz.

Schon am nächsten Morgen riefen sie Olofsson an, der noch am selben Tag vorbeikam.

»Wir wollen die Toilette nach drinnen verlegen«, sagte Tilda.

»Natürlich nicht das Plumpsklo«, berichtigte Elida sie. »Aber wir hätten gern eine Innentoilette, damit man nicht immer hinaus muß.«

Der junge Olofsson war verständnisvoll und gab ihnen Ratschläge, wie sie das Ganze am besten lösen könnten. Sie würden ein Stück von ihrem Schlafzimmer opfern müssen, aber das machte ihnen nichts aus. Es reichte, wenn die Betten und die Nachttische hineinpaßten.

Was sie stärker beunruhigte, waren die Kosten, die höher waren, als sie geschätzt hatten. Es war ja nicht mit einer Toilette getan, sondern es kamen die Böden, die Leitungen, die Tapeten und die anderen Sanitärobjekte hinzu.

Ehe Olofsson ging, hatten sie jedoch alle Details geklärt. Es war ein großer Tag im Leben der beiden Schwestern. Sie konnten es sich zwar vom Geld her leisten, das war es nicht, aber es war trotzdem alles ein bißchen viel auf einmal.

Abends im Bett wälzten sie sich unruhig hin und her.

»Stell dir vor«, sagte Elida, »wenn Mutter und Vater noch erlebt hätten, wie schön und modern es hier wird.«

Sie dachten an ihre Kindheit zurück. Fünf Personen, ein Plumpsklo und kein fließend Wasser. Jetzt, wo sie nur zu zweit waren, würde es jeden erdenklichen Komfort geben. Sie schämten sich beinahe, aber das war ja der Gang der Dinge, trösteten sie sich. Heutzutage hatten es alle so komfortabel. Dabei hatten sie damals gar nicht darunter gelitten, denn sie hatten ja nichts anderes gekannt.

Sie erinnerten sich an die Winterabende, als sie vor dem stillen Örtchen Schlange gestanden hatten. Schmiedemeister Svensson hatte die fürchterlichsten Geschichten erzählt, und manchmal hatten sie darüber ganz vergessen, warum sie eigentlich auf dem Klo saßen, und hatten aufgehört, noch ehe sie fertig waren. »Seid ihr immer noch nicht fertig mit Pinkeln?« pflegte ihr Vater zu sagen, als sie gleich darauf den kleinen

Topfschrank geöffnet und ihr Geschäft auf dem alten Nachttopf vollendet hatten. Ja, es gab wirklich viele lustige Erinnerungen.

19

In der kleinen Zeitungsredaktion, wo Rutger arbeitete, gab es nur neun Angestellte. Die meisten waren schon seit Jahren dort, und man kannte sich in- und auswendig. Der Ton war meist rauh, aber herzlich, nur kurz vor Drucklegung herrschte bisweilen eine etwas überdrehte und angespannte Stimmung.

Rutger warf die Aktentasche auf seinen Schreibtisch. Er pfiff vor sich hin und lächelte seinen Kolleginnen freundlich zu. Die vergangene Nacht war angenehm gewesen, und er fühlte sich ausgeruht und irgendwie erleichtert. Als Rutger die unterste Schreibtischschublade öffnete, um nach einem Papier zu suchen, fielen ihm die Skizzen für den Umbau seines Elternhauses in die Hände.

Sofort verspürte er ein leichtes Unbehagen. Seine Pläne für ein Ferienhäuschen hatten sich erledigt. Da er es gewohnt war, seinen Willen durchzusetzen, ärgerte er sich. Daß ausgerechnet seine beiden Schwestern seine Pläne zunichte machen würden, damit hatte er am allerwenigsten gerechnet. Er war sich seiner Sache so sicher gewesen, daß er einen Architekten beauftragt hatte, einen Entwurf nach seinen Wünschen zu erstellen. Das war mit hohen Kosten verbunden gewesen, die sich als vollkommen nutzlos erwiesen hatten. Und obwohl Rutger nicht so geizig war wie seine beiden Schwestern, warf er sein Geld nicht gern zum Fenster hinaus.

Vielleicht kommen sie ja zur Vernunft, wenn sie hören, wie teuer die Renovierung wird, tröstete er sich. Dem Geschmack seiner Schwestern traute er auch nicht über den Weg. Bestimmt würden sie Badewanne und Waschbecken in einer grausigen grünen Farbe und Feuchtraumtapeten mit Blumen- oder Medaillonmuster aussuchen. Rutger schauderte. So etwas würde es bestimmt werden, zumindest wenn sie selbst entscheiden durften. Denn dieser Klemens mischte sich doch hoffentlich nicht in die Umbaupläne der Schwestern ein? Tilda und Elida hatten ihn schon gehörig verunsichert, das ärgerte ihn am meisten.

Ach, schnaubte er, ich pfeife auf ihr Häuschen, und wenn das Klo lila wird, ist mir das scheißegal. Doch das stimmte nicht so ganz. Er hing sehr an seinem Elternhaus. Dort hatte er eine schöne Kindheit verbracht, voller Liebe und Humor. Schmiedemeister Svensson hatte sich wirklich um seinen Sohn gekümmert und ihm eine Ausbildung finanziert, obwohl die Finanzen so knapp gewesen waren. Elna war so warmherzig gewesen, wie man es sich von einer Mutter nur wünschen konnte. Ihre Arme waren immer offen gewesen, und Rutger spürte plötzlich einen Kloß im Hals. Sein Elternhaus war ein Teil von ihm. Eigentlich mißgönnte er es seinen Schwestern nicht, daß sie dort wohnten, aber am liebsten hätte er natürlich selbst über das Haus verfügt, und zwar uneingeschränkt.

»Kaffee!« rief eine seiner Kolleginnen.

Sie begannen den Morgen stets im Pausenraum mit einer Tasse Kaffee und verteilten die Arbeit des Tages.

»Und, wie geht es dir so als Strohwitwer?« scherzte Mona, eine üppige Blondine, die nichts tat, um ihre Kurven zu verbergen.

»Sehe ich so aus, als würde mir etwas fehlen?« gab Rutger mit einem breiten Grinsen zurück.

»Du siehst zumindest so aus, als hättest du eine harte Nacht hinter dir«, bemerkte der jüngste Reporter, ein dreißigjähriger Mann mit sackartiger grüner Cordhose und schwarzem Rollkragenpullover. Rutger zuckte zusammen, aber fing sich schnell.

»Mag sein, aber dafür siehst du jeden Tag so aus, als hättest du eine harte Nacht gehabt, und zwar in voller Montur«, sagte er und zeigte auf die zerknitterte Hose seines Kollegen.

Die Stimmung war fröhlich und locker, und man sparte nicht an kleinen Seitenhieben und Frotzeleien.

»So«, meinte Björn, ein weiterer Kollege. »Vielleicht sollten wir jetzt zur Tagesordnung übergehen. Die Zentralredaktion will von uns eine Reportage über die Versandhandelsbranche. Da scheint viel Geld im Umlauf zu sein, vieles läuft natürlich am Finanzamt vorbei. Daher könnte es schwierig werden, jemanden für ein Interview zu finden. Jetzt, wo deine Frau verreist ist, hast du doch alle Zeit der Welt für solche Recherchen, oder?« wandte er sich an Rutger.

Im Raum lag ein Stapel Illustrierte, die die Angestellten während der Kaffeepausen lasen. Mona hatte die Seite mit den Kleinanzeigen aufgeschlagen.

»Sexvideos für alle mit Appetit aufs Leben«, las sie vor. »Seht mal, hier.« Sie zeigte auf eine andere Anzeige. »Weißere Zähne mit dem neuen Universalstift. Oder diese hier, meine Herren. Steigern Sie Ihre Potenz. Neues Wundermittel. Das wäre doch was für euch, oder? Kommt ihr nicht allmählich in das Alter für so was?« Sie sah Rutger und Björn an, die etwa gleichaltrig waren.

»Was zum Teufel meinst du damit?« brüllte Rutger.
Seine Kollegen sahen erstaunt aus.

»Oho, das ist offenbar vermintes Gelände«, meinte
Mona. »Tut mir leid, Herr Redakteur, aber das wußte
ich nicht.«

Rutger atmete tief durch und versuchte seine Fassung wiederzuerlangen.

»Meint ihr wirklich, das ist ein guter Stoff für eine
Reportage?« fragte er.

»Da so viele über Versandhandel bestellen, könnte
es doch von allgemeinem Interesse sein«, meinte Björn.

Die anderen nickten zustimmend. Er reichte Rutger
das Fax von der Zentralredaktion und schien davon
auszugehen, daß er die Reportage übernahm. Nicht
gerade enthusiastisch nahm Rutger es in Empfang und
verließ das Zimmer.

»Meine Güte, was ist denn in den gefahren?« meinte
Mona verwundert.

Mittlerweise war Olofsson bei den Schwestern Svensson gewesen und hatte einige Farbmuster abgeliefert.

»Ich dachte, so was gibt es nur in Weiß«, sagte Tilda
und zeigte auf einige Badewannen in Pastelltönen.

»Die grüne ist doch schön«, meinte Elida. »Und
dazu die Tapete mit Medaillonmuster«, fuhr sie fort
und raffte die Tapetenmuster an sich.

»Nein, keine grüne«, sagte Tilda. »Das sieht irgendwie so kalt aus.«

Mehrmals gingen sie an diesem Abend den Katalog
mit den Mustern durch. Erst zum Abendkaffee waren
sie fertig. Schließlich hatten sie sich auf hellblaue Sanitärobjekte und eine Tapete mit dunkel- und hellblauen
Blümchen geeinigt.

»Das wird schön«, sagte Tilda, und Elida nickte zustimmend.

»Mutters Webhandtücher mit dem blauen Rand passen sicher gut zur Tapete.«

Sie hatten ausreichend Handtücher für den Alltag gehabt, die sie nach und nach verschlissen hatten. Daher lagen die schönsten noch unbenutzt im Wäscheschrank. Tilda holte das Bündel mit dem blauen Rand. Es war mit einem schönen Band verschnürt, das sie vorsichtig aufknotete.

»Sechs Stück sind es.«

Lavendelduft verbreitete sich in der Küche. Mutter Elna hatte immer einen kleinen Beutel Lavendel zwischen die Wäsche gelegt. Elida hielt ihn an die Nase.

»Den hätten wir dies Jahr aber austauschen müssen«, sagte sie.

»Aber wir hatten soviel anderes zu tun.«

»Na ja, für ein paar Lavendelbeutel hätte die Zeit schon gereicht, aber jetzt ist es ohnehin zu spät.«

»Ach, der nächste Sommer kommt bestimmt«, sagte Elida. »Und außerdem liegen ja noch die Tannennadelseifen im Schrank, die duften noch immer.«

»Vielleicht können wir uns auch so einen weichen Badezimmerteppich leisten, wie Alvar einen hat, und einen flauschigen Bezug für den Klodeckel.«

»Wir müssen sehen, wie weit das Geld reicht«, sagte Elida. Plötzlich erstarrte sie.

»Was ist denn?« fragte die Schwester, die sofort merkte, wenn etwas nicht in Ordnung war.

»Wir sind nicht mehr in Alvars Haus gewesen, seit er abgereist ist. Stell dir vor, die Mäuse haben dort gewütet!«

Tilda holte aus der Speisekammer ein Stück Käse, das sie in kleine Würfel schnitt. Währenddessen kramte Elida Alvars Schlüssel aus der Küchenschublade. Sie zogen ihre Wollstrickjacken über, stiegen in ihre hohen Stiefel und stapften nach draußen in den Schnee.

Der flackernde, schmale Lichtstreifen von der alten Blechtaschenlampe leuchtete ihnen den Weg, und bald öffneten sie die Tür zu Alvar Klemens' Ferienhäuschen.

Drinnen war es kühl, aber die Heizung lief auf niedrigster Stufe, um die Feuchtigkeit fernzuhalten. Tilda öffnete die Tür zu einem der begehbaren Kleiderschränke, wo eine Mäusefalle stand.

»Ach, wie ärgerlich«, sagte Tilda. »Vielleicht steckt sie schon seit Weihnachten da drin.«

»Was für ein Glück, daß die Heizung nicht voll angedreht ist«, meinte Elida.

Tilda wickelte die Maus in ein Stückchen Haushaltspapier und präparierte die Falle erneut. Dann untersuchten sie die anderen beiden Fallen, die zu ihrer Freude leer waren. Wie immer drehten sie eine kleine Runde durchs Haus, um zu sehen, ob alles in Ordnung war. Auf dem Heimweg warfen sie die tote Maus in Alvars Mülltonne.

»Stell dir vor, Alvar muß das ganze Jahr die Müllgebühr zahlen, dabei ist er nur so kurze Zeit hier.«

»Ja, der reinste Irrsinn. Aber immerhin ist die Tonne am nächsten Dienstag nicht völlig leer«, meinte Elida und lachte.

Da sie auf dem Rückweg ohnehin dort vorbeikamen, nutzten sie die Gelegenheit zu einem Besuch des stillen Örtchens.

»Wie geht es deinen Hämorrhoiden, Tilda?« fragte Elida anteilnehmend.

»O doch, schon etwas besser, aber richtig gut wird es wohl nie.«

»Aber immerhin ist es schon besser«, tröstete Elida sie.

Trotz der Unannehmlichkeiten verbrachten sie gemütliche Zeiten dort draußen, während sie aufeinander warteten. Viele vertrauliche Gespräche waren im Lauf der Jahre geführt worden, Gespräche über Freud und Leid. Wenn sie dort drinnen im Dunkeln saßen, sprachen sie manchmal Dinge aus, die sie sonst vielleicht nicht zu sagen gewagt hätten.

Eines Abends hatte Tilda zum Beispiel erzählt, wie sie einst beinahe ihre Unschuld verloren hätte, damals auf dem Tisch in der Gartenlaube, mit dem Nachbarssohn. Danach hatte Elida eine ganze Weile geschwiegen, und Tilda hatte sich schon Sorgen gemacht, was ihre Schwester wohl dazu sagen würde.

Doch irgendwann hatte Elida mit warmer Stimme gemeint: »Ja, das sind Dinge, für die man nichts kann, aber immerhin hast du Glück gehabt, daß nichts passiert ist.« Tilda wußte nicht so recht, ob sie finden sollte, daß sie Glück gehabt hatte, aber sie freute sich, daß Elida so verständnisvoll war.

Ja, die Gespräche dort draußen würden sie bestimmt vermissen, aber irgendwelche Abstriche mußte man machen, wenn man Komfort im Haus haben wollte.

Es war angenehm, wieder ins Warme zu kommen.

»Ich glaube, ich bin zu aufgekratzt, um zu schlafen«, sagte Tilda.

»Ja, der Kopf schwirrt einem von den ganzen Tapetenmustern«, stimmte Elida zu.

»Vielleicht sollten wir eine Runde Siebzehn und Vier spielen?« schlug Tilda vor.

»Warum nicht?« meinte Elida und legte die karierte Tischdecke beiseite.

In ihrer Kindheit hatten sie mit Ein-Öre-Stücken gespielt, aber mittlerweile nahmen sie statt dessen Zündhölzer, denn sie spielten nur, weil es so spannend war, und nicht wegen des Geldes.

»Genau einundzwanzig«, sagte Tilda mit siegesgewissem Lächeln und warf ihre Karten auf den Tisch.

»Neunzehn«, sagte Elida etwas verärgert. »Aber freu dich nicht zu früh. Wir spielen gleich noch eine Runde. Hast du die Karten eigentlich richtig gemischt?«

»Jetzt klingst du genau wie Rutger«, meinte Tilda lachend.

Ihr Bruder konnte nämlich nicht verlieren. Immer waren die anderen schuld. Beim Mensch-ärgere-dich-nicht-Spielen hatte es immer irgendwelche Unebenheiten gegeben, gegen die der Würfel gestoßen war, oder er hatte behauptet, jemand habe den Tisch angestupst. Pech im Spiel – Glück in der Liebe, hatte ihr Vater immer gesagt, um ihn aufzumuntern.

Tilda gewann auch die nächste Runde, und als Elida Revanche wollte, meinte sie: »Nein, zweimal verlieren hältst du aus, aber nicht ein drittes Mal. Deshalb ist es besser, wir hören jetzt auf.«

20

Als Rutger von der Arbeit nach Hause kam, lag eine Paketbenachrichtigungskarte im Briefkasten, die bei ihm Bauchkribbeln verursachte. Außerdem war eine Karte von Marianne gekommen. Er fand es etwas ärgerlich, daß ihn die beiden Sendungen gleichzeitig erreicht hatten. Irgendwie schämte er sich, daß die schöne Ansichtskarte neben der Benachrichtigungskarte für das Potenzmittel im Briefkasten gelegen hatte. Aber er hatte es sich ja auch wegen Marianne bestellt, da konnte sie sich eigentlich nicht beschweren.

Marianne ging es dort unten offenbar richtig gut. Die Sonne schien, und sie hatte nette Leute kennengelernt. »Du hast doch hoffentlich die Pflanzen nicht vergessen?« stand ganz unten auf der Karte.

»Verdammt noch mal, natürlich«, sagte Rutger laut. Er sah sich schnell um und stellte zu seiner Freude fest, daß die meisten Pflanzen noch zu leben schienen. Zwar ließ die eine oder andere ihre Blätter ein wenig hängen, aber das war bestimmt nicht weiter schlimm.

Er holte die Gießkanne, und dabei fiel ihm auf, daß er zum ersten Mal ihrer fast vierzigjährigen Ehe die Blumen goß. Ein bißchen unsicher war er sich nur, wieviel Wasser sie brauchten. Als er am Fenster im Wohnzimmer stand, hörte er ein tropfendes Geräusch aus dem Eßzimmer. »Scheiße!« brüllte er. Der Topf in der Blumenampel am Fenster hatte offenbar zuviel Wasser abbekommen. Jetzt tropfte es auf die alten englischen Porzellanhunde hinunter, die auf der Fensterbank standen.

Er schob die Hunde beiseite und lief in die Küche, um einen Lappen zu holen. Das kleine Häkeldeckchen von Mutter Elna war pitschnaß. Er hängte es über die Heizung, während er das Fensterbrett abwischte. Zum Glück kommt Marianne bald nach Hause, dachte er. Nie zuvor hatte er darüber nachgedacht, wie viele Topfpflanzen bei ihnen standen. Es dauerte ja eine Ewigkeit, sie alle zu versorgen.

Das Fax aus der Zentralredaktion hatte seine Gedanken in Gang gesetzt. Er grübelte hin und her, wie er das Ganze aufziehen könnte. Dann ging er ins Schlafzimmer, wo Mariannes Illustrierten in einem Korb lagen. Er suchte einige heraus und setzte sich ins Wohnzimmer. Mehrmals warf er verstohlene Blicke zur Hausbar, und schließlich holte er sich ein großes Glas Martini. Das hatte er sich verdient, fand er, nach all den Topfpflanzen. Im übrigen hatte er keinen Tropfen Hochprozentiges getrunken, seit Marianne abgereist war.

Er nippte an seinem Getränk und genoß wie in früheren Zeiten. Dabei blätterte er die Zeitschriften durch. Was für ein Unsinn, dachte er, während er die Reportagen über Einrichtung, Mode und Promis überflog. Was für ein Glück, daß ich nicht bei so einem Käseblatt arbeiten muß.

Schließlich war er bei den Kleinanzeigen angekommen. Es wurden schon merkwürdige Sachen angeboten. Er hatte gehofft, eine Firma zu finden, die ihre Telefonnummer abdruckte, um möglichst leicht an Fakten für seine Reportage zu gelangen. Allerdings hatten sich offenbar sämtliche Unternehmen entschieden, nur Postfach oder Adresse anzugeben. Immerhin stand für ihn fest, daß er keinesfalls Kontakt zu der Firma aufnehmen wollte, bei der er seine eigene Bestellung aufgegeben hatte.

Schließlich legte er die Illustrierten beiseite. Er hatte keine Lust, zu Hause Überstunden zu machen, und beschloß, bis zum nächsten Tag zu warten. Da würde er auch ins Postamt gehen und das Päckchen abholen.

»Ein kleiner Urlaubsgruß mitten im Winter«, sagte der Briefträger und überreichte den beiden Schwestern zwei bunte Ansichtskarten. Auf der Spüle stand eine Reihe leerer Wodkaflaschen, und Tilda stellte sich davor. Ihr Körper war jedoch zu schmal, um alle Flaschen verdecken zu können.

»Gleich zwei!« rief Elida erstaunt.

»Gar nicht schlecht, und das an einem ganz gewöhnlichen Dienstag«, meinte der Briefträger.

Tilda war sehr gespannt, von wem die Karten waren, wollte jedoch nicht ihren Platz an der Spüle verlassen. Erst als der Briefträger die Haustür zugeschlagen hatte, traute sie sich an den Küchentisch.

»Von wem sind sie?«

»Eine von Marianne und eine von Alvar.«

Lange studierten sie die Karten.

»Wie nett von Marianne, an uns zu denken. Achtundzwanzig Grad im Schatten«, sagte Elida. »Was es alles gibt.«

Tilda hörte nicht zu.

»Was schreibt Alvar?« fragte sie.

»Er bedankt sich für die schönen Weihnachtstage. Es geht ihm gut, und er freut sich auf den Sommer, wenn er wieder herkommt.«

Nicht ohne Stolz dachten sie an den nächsten Sommer, denn da würden sie ihm schon die neue Innentoilette zeigen können.

»Wann kommt er?« erkundigte sich Tilda.

»Davon schreibt er nichts, aber es wird sicher irgendwann im Juli, wie letztes Jahr.«

Während sie ihren Vormittagskaffee tranken, schwiegen sie, drehten und wendeten die Karten und lasen sie immer wieder.

150

»Dann wollen wir mal hoffen, daß alles in Ordnung ist, wenn Marianne wieder nach Hause kommt«, sagte Elida.

»Warum denn nicht?« meinte Tilda.

»Stell dir vor, das Mittel wirkt nicht. Er kann doch wohl nicht herausfinden, woher es kommt, oder?« sagte Elida beunruhigt.

»Nein, sie dürfen die Adresse doch gar nicht herausgeben.«

Sie hatten sich so eingehend mit den Ansichtskarten beschäftigt, daß sie die übrige Post nicht durchgesehen hatten, aber das meiste sah ohnehin wie Werbung aus, und dafür interessierten sie sich nicht besonders. Während Tilda die Tassen abräumte, schaute Elida schnell die Sendungen durch. Es waren die üblichen Reklameblätter mit Sonderangeboten, doch ganz unten lagen zwei große, braune Umschläge vom Finanzamt.

»Richtig, bald ist wieder Zeit für die Steuererklärung.«

Obwohl sie gar nicht viel einzutragen hatten, gingen sie immer zur Steuerberatung bei ihrer Bank, denn dort gab es einen Sonderpreis für Senioren.

»Ich kann schon morgen in der Bank anrufen«, sagte Elida, die für solche praktischen Dinge zuständig war.

Tilda summte vor sich hin, während sie Abwaschwasser in die gelbe Emailleschüssel füllte. Sie wuschen immer gleich nach dem Essen ab, denn sie mochten es nicht, wenn schmutziges Geschirr herumstand. Es ging ja auch schnell, weil es immer einen Topf mit warmem Wasser auf dem Herd gab. Abtrocknen taten sie nie. Sie hatten ihr altes Abtropfgestell aus Holz, auf dem das Geschirr ganz von allein trocknete.

Elida blätterte in den Werbesendungen. Nicht weil es sie interessierte, sondern eigentlich nur, damit die Zeit schneller verging.

»Sieh mal, bei diesem Kreuzworträtsel kann man Kaffee gewinnen«, sagte sie und zeigte auf das Reklameblatt.

»Es sind doch so viele Einsender, das lohnt sich bestimmt nicht«, seufzte Tilda. »Und außerdem sind diese Kreuzworträtsel ganz anders als früher. Heutzutage gibt es jede Menge komische Wörter darin, sogar auf ausländisch.«

Früher hatten sie oft gemeinsam Kreuzworträtsel gelöst, auch mit Mutter Elna. Elida zog einen Bleistift aus der Küchenschublade und begann, das Rätsel auszufüllen, während Tilda drüben an der Spüle herumhantierte.

»Bunter Vogel, drei Buchstaben mit einem R in der Mitte.«

»Ara«, sagte Tilda stolz. Elida brummte vor sich hin, während sie die Buchstaben in die Kästchen schrieb. In der Regel war Tilda die schnellere von beiden, wenn es um Kreuzworträtsel ging. Als sie mit dem Abwasch fertig war, setzte sie sich zu Elida.

»Du hast ja schon ganz viel gewußt«, sagte sie aufmunternd.

»Es ist aber ziemlich schwer.«

»Da hast du dich verschrieben«, korrigierte Tilda sie. »Es heißt Todsünde und nicht Totsünde.«

»Das weiß ich doch«, sagte die Schwester verärgert und suchte in der Küchenschublade nach einem Radiergummi.

Nach einer Stunde war das Kreuzworträtsel ausgefüllt, bis auf fünf Worte.

»Die kriegen wir nicht raus«, sagte Tilda. »Wir müssen aufgeben.«

»Dann gibt es eben keinen Kaffee als Gewinn«, sagte Elida und lachte. Sie war richtig stolz, weil sie viele Kästchen hatte ausfüllen können, die nicht einmal Tilda gewußt hätte.

21

Das Postamt war voller Menschen, als Rutger abends nach der Arbeit hinging. Er zog eine Wartenummer und setzte sich hin, um zu warten. Noch sechsunddreißig Leute vor ihm, stellte er fest. Er hatte schon den ganzen Nachmittag ein ungutes Gefühl gehabt. Angenommen, irgend etwas auf dem Karton verriet den Inhalt? Er errötete. Noch zwölf Nummern, dachte er und spürte, wie der Nummernzettel zwischen seinen Fingern klebte. Schließlich waren nur noch zwei Leute vor ihm. Er stand auf und hielt sich bereit. Bald stand er mit klopfendem Herzen am Schalter. Sobald er die Nachnahmegebühr bezahlt hatte, ging die Postangestellte davon, um die Sendung zu holen.

»Wie ärgerlich«, sagte sie, als sie an den Schalter zurückkam.

Rutgers Herzschlag beschleunigte sich.

»Offenbar ist das Päckchen beim Transport beschädigt worden. Am besten öffnen wir es und sehen nach, ob der Inhalt heil geblieben ist.« Als sie Rutgers entsetzten Blick sah, fügte sie hinzu: »Es ist versichert, da brauchen Sie sich keine Sorgen zu machen.«

»Es ist nichts Zerbrechliches«, meinte Rutger schroff und riß das Paket an sich.

Die Postangestellte hob resigniert die Schultern, und noch ehe sie etwas sagen konnte, war Rutger auf dem Weg nach draußen.

An der nächsten Straßenecke nahm er das Päckchen genauer in Augenschein. Es war mit dickem, braunen Packpapier umwickelt und mit Paketschnur verschlossen. Merkwürdig, dachte Rutger. Es sah irgendwie so unprofessionell aus. Trotz der stabilen Verpackung war es tatsächlich an einer Ecke aufgerissen. Er spähte vorsichtig durch das Loch, ohne etwas erkennen zu können.

Angenommen, der Inhalt würde im Bus auf dem Heimweg aus dem Päckchen fallen? Vorsichtshalber beschloß er, noch in den Supermarkt zu gehen und sich etwas Leckeres zum Abendkaffee zu kaufen. Dann würde er das Päckchen mit in die Plastiktüte stecken können. Vorausschauend war er schon immer gewesen, das hatte sogar Marianne bisweilen zugeben müssen.

Das Geschäft war leer, und Rutger griff rasch nach einer Packung Gebäck: fünf längliche, mit grünem Marzipan überzogene Teilchen, deren Enden in Schokolade getaucht waren.

»Grüß dich, Rutger«, sagte eine polternde Stimme, während ihm jemand fest auf den Rücken klopfte. So fest, daß er beinahe das Päckchen hätte fallen lassen.

»Hallo Oskar«, antwortete er.

»Sieh nicht so erschrocken aus«, meinte Oskar beruhigend. »Ich werde Marianne schon nicht erzählen, daß du dir in ihrer Abwesenheit klebriges Gebäck kaufst.«

Rutger lächelte steif. Oskar war seit vielen Jahren ihr Nachbar. Ein bißchen naßforsch für Rutgers Geschmack, aber Marianne fand ihn nett und charmant.

Endlich saß Rutger im Bus auf dem Weg nach Hause. Die Plastiktüte auf seinen Knien hielt er fest umklammert und bedeckte sie mit den Händen. Gegenüber saß eine Dame mittleren Alters mit ausdruckslosem Gesicht. Sie war ausgesprochen korrekt gekleidet, mit Hut und klassisch geschnittenem Wollmantel. Auf den Knien hatte sie eine Handtasche aus Schlangenleder. Rutger nickte ihr entschuldigend zu, als er versehentlich gegen ihr Bein stieß. Sie verzog wütend den Mund und hielt ihre Tasche noch fester.

Verdammte Hexe, dachte Rutger im stillen. Auf solche sollte Kopfgeld ausgesetzt werden. Nein, da war Marianne weitaus besser, obwohl sie natürlich auch ihre Macken hatte. Freundlich und entgegenkommend war sie jedenfalls immer. Er vermißte sie wirklich, ein ganz neues Gefühl. Er war es so gewohnt, sie immer um sich zu haben. Ohne sie war es richtig leer zu Hause. Bestimmt wird alles gut, wenn sie wiederkommt, dachte er und tätschelte die Tüte auf seinem Schoß.

Als er aus dem Busfenster sah, merkte er, daß er eine Haltestelle zu weit gefahren war. Normalerweise wäre er jetzt wütend geworden, aber heute abend kümmerte es ihn nicht weiter. Leichten Schrittes ging er nach Hause. Am Freitag kommt Marianne, dachte er und spürte, wie ihm ganz warm ums Herz wurde.

Das Päckchen sah schon merkwürdig aus. Im Postamt war ihm der Adreßaufkleber gar nicht weiter aufgefallen. Sein Name war mit großen, schnörkligen Buchstaben geschrieben. Eine richtig altmodische Sonntagsschrift, dachte Rutger lachend, beinahe wie die von Elida.

Natürlich waren weder der Adreßaufkleber noch die Verpackung so wichtig wie der Inhalt. Vorsichtig packte Rutger eine leere Pralinenschachtel aus, in der das eigentliche Glas lag. Es war eher unansehnlich und ähnelte einem normalen Pillenglas aus der Apotheke. Er schraubte den Deckel ab. Der Inhalt sah aus wie gewöhnlicher Kaffeesatz. Allerdings roch er nicht nach Kaffee, sondern nach etwas Hochprozentigem, beinahe wie Kräuterbranntwein.

»Wieviel soll ich wohl nehmen?« murmelte Rutger vor sich hin. Er drehte und wendete das Glas, aber es gab weder Informationen über die Inhaltsstoffe noch irgendwelche Anweisungen. Schließlich drehte er die Pralinenschachtel auf den Kopf, und siehe da, ein kleiner Zettel fiel heraus, auf dem kurz und bündig »Ein Teelöffel am Tag« stand. Er wunderte sich immer mehr über die Sendung und fühlte sich schon jetzt betrogen. Zweihundertfünfzig Kronen, dachte er. Und wenn es nicht funktioniert?

Aber zugleich war die journalistische Neugier in ihm erwacht. Vielleicht sollte er doch diesen Versandhandel als Grundlage für seine Reportage wählen? Er betrachtete noch einmal den Adreßaufkleber, doch er enthielt nur den Hinweis auf ein Postfach. Nun ja, der Artikel sollte erst in einem Monat fertig sein. Da konnte er sich ruhig noch etwas Zeit lassen und erst einmal das Ergebnis abwarten.

Schon am nächsten Tag bekamen die beiden Schwestern einen Beratungstermin in der Bank. In der Regel ging es schnell, denn die einzigen Angaben, die sie machen mußten, war ihre Rente, ansonsten gab es nichts auszufüllen. Alles, was mit Behörden und Formularen zu tun hatte, versetzte die Schwestern in eine feierliche Stimmung. Vielleicht war es aber auch die

Tatsache, daß sie die Angaben wahrheitsgemäß nach bestem Wissen und Gewissen machen und unterschreiben mußten. Nun ja, jetzt saßen sie jedenfalls da, kerzengerade und in ihren Sonntagskleidern.

»Ein Jahr geht schnell vorbei«, sagte Bankvorsteher Berg, der ihnen immer bei der Steuererklärung half.

»Ja, kaum zu glauben, daß es schon ein ganzes Jahr her ist, daß wir zuletzt bei Ihnen waren«, meinte Elida.

»Und bei Ihnen sind in der Zwischenzeit keine Millionen aufs Konto gepurzelt?« fragte Berg scherzhaft.

»Nicht im letzten Jahr. Die ersten Zahlungen sind erst im Januar eingetroffen«, sagte Tilda und bekam sofort einen kräftigen Tritt gegen das Schienbein.

»Ach«, schwindelte Elida, »nicht gerade Millionenbeträge, aber beim Gewinnsparen sind ein paar Hunderter rausgesprungen.«

Bankvorsteher Berg sah sie etwas fragend an und schaute dann die Steuerformulare durch. Er machte Kreuzchen und überprüfte die Kontoauszüge. Zwanzig Minuten später war alles erledigt, und die Schwestern standen draußen in der glitzernden Winterkälte.

»Am besten kaufen wir gleich noch ein paar Gläser, wenn wir ohnehin schon in der Stadt sind«, meinte Tilda.

Sie lenkten ihre Schritte in Richtung Konsum. Diesmal mieden sie jegliche Versuchung, sondern gingen geradewegs zur Haushaltswarenabteilung. Sie suchten eine ganze Weile.

»Hier«, sagte Tilda schließlich und hielt ein niedliches kleines Glas hoch. »Das ist doch hübsch, oder?«

»In genau der passenden Größe«, meinte Elida.

Als sie es umdrehten, schnappten sie nach Luft.

»Zweiundzwanzig Kronen und vierzig Öre«, sagte Elida, »bist du verrückt?«

»Ich habe das Preisschild nicht gesehen«, verteidigte sich Tilda und stellte das Glas beschämt wieder zurück.

»Aber was ist mit denen hier?« meinte Elida. In einem großen, runden Drahtkorb lagen viele kleine Gläser bunt durcheinander. Darüber hing ein großes Plakat: »Ein Glas fünf Kronen, fünf Stück zwanzig«. Sie entschieden sich schnell für diese, die genau dieselbe Funktion erfüllten wie die teureren.

»Da haben wir ein richtig gutes Geschäft gemacht«, sagte Elida, als sie wieder auf der Straße standen. Sie hatten gleich einige Bögen mit Etiketten gekauft und waren jetzt bestens ausgerüstet für künftige Lieferungen.

Als sie im Bus saßen, waren sie erleichtert. Es war ein gutes Gefühl, die Steuererklärungen rechtzeitig fertig zu haben, und an Zutaten und übrigem Zubehör für ihre Firma hatten sie genug für die nächste Zeit.

Beinahe täglich trafen Zahlungen ein, und Elida trug sorgfältig alle Ausgaben und Einnahmen ins Kassenbuch ein. Die Ausgaben waren verhältnismäßig gering, der Wodka war die teuerste Zutat, aber sie hatten beschlossen, die Flüssigkeit dreimal zu verwenden, um Geld zu sparen.

Anfangs hatten sie den Kaffee mit dem hochprozentigen Zusatz aufgehoben und sich beinahe jeden Abend etwas davon genehmigt, aber schon bald entschieden sie, ihn nach Gebrauch wegzutun. Die Kunden hatten die Ware ja bezahlt, daher war es keine Verschwendung, ihn wegzukippen.

Sie trauten sich nicht, ihn in Flaschen zu füllen und in der Waschküche aufzubewahren. Falls sie aus irgendeinem Grund ertappt würden, wäre ihr guter Ruf auf ewig dahin. Alles landete im Ausguß. Nur dann und wann, wenn sie verfroren oder schlechter Laune waren, gönnten sie sich eine Tasse Kaffee mit Schuß.

22

Am Freitag hatte Rutger sich freigenommen. Nachmittags würde Marianne zurückkommen, und er wollte es zu Hause ein bißchen schön machen, ehe sie nach Hause kam. Er stand zeitig auf, frühstückte und las in aller Ruhe die Zeitung. Unter der Dusche trällerte er vor sich hin. Hinterher stellte er sich vor den Spiegel und beobachtete sich im Profil. Nein, das Gebäck und die anderen leckeren Dinge, die er in Mariannes Abwesenheit in sich hineingestopft hatte, hatten ihn offenbar nicht wesentlich verändert. Sogar ein bißchen Rasierwasser legte er auf. Das benutzte er sonst nur, wenn sie ausgingen.

Er begann sich Gedanken zu machen, wann er wohl das Potenzmittel einnehmen sollte. Vielleicht war es am besten, es gleich zu tun, falls es Zeit brauchte, um zu wirken. Doch dann beschloß er, noch eine Stunde zu warten. Er warf einen Blick in den Kachelofen, um sich zu vergewissern, daß wirklich das gesamte Herrenmagazin vernichtet war. Eine der Topfpflanzen im Küchenfenster hatte sich nicht erholt.

Rutger entschied, eine neue zu besorgen und zugleich einige Rosen zu kaufen, um sie auf den Tisch zu stellen. Bei Blumen und dergleichen kannte er sich nicht aus, weshalb er im Blumengeschäft auf eine Pflanze zeigte, die der vertrockneten ähnelte. Außerdem erstand er fünf langstielige rote Rosen und war ziemlich zufrieden mit sich, während er nach Hause spazierte.

Als er die Blumen hingestellt hatte, beschloß er, das Medikament auszuprobieren, das er bestellt hatte. Er war ein bißchen unruhig. Ob es wohl Nebenwirkungen hatte? Aber wenn ich es nun mal für teures Geld gekauft habe, muß ich es auch nehmen, dachte er und holte einen Teelöffel. Er schauderte, als er das Mittel in den Mund schob. Es schmeckte tatsächlich nach Kaffee, aber vielleicht war das nur ein Zusatz, um den Geschmack der Medizin zu überdecken. Er spülte das Ganze mit einem Glas Wasser hinunter und blieb eine Weile ruhig stehen, als wartete er auf die Wirkung.

Das einzige Problem war, ein geeignetes Versteck für das Glas zu finden. Marianne war beim Putzen ausgesprochen genau und drehte und wendete jeden Gegenstand. Daher mußte er sich etwas richtig Geniales ausdenken. Er lief planlos herum, ohne daß ihm etwas Geeignetes eingefallen wäre, doch dann leuchtete sein Gesicht plötzlich auf. Der Werkzeugkasten. Den öffnete Marianne nie. Wenn es etwas gab, wovon sie nichts verstand, dann waren es solche praktischen Dinge, und mit Werkzeug befaßte sie sich schon gar nicht.

Rutger beschloß, mit dem Auto zum Flughafen zu fahren. Kurz vor der Abfahrt befiel ihn ein ungewohntes Bauchkribbeln. Er wußte nicht, ob es die Vorfreude war oder weil das Mittel zu wirken begann. Zufrieden besah er sich im Spiegel, ehe er in die Garage verschwand.

Trotz Stau kam Rutger rechtzeitig zum Flughafen. Der Bildschirmanzeige entnahm er, daß auch die Maschine pünktlich landen würde, in einer guten halben Stunde. Er wanderte unruhig umher, sah auf die Uhr und beschloß, sich noch einen Kaffee zu kaufen, während er wartete. Eigentlich hatte er dabei an eine einfache Tasse Kaffee gedacht, aber als er das leckere Gebäck sah, beschloß er, noch einmal zu sündigen, ehe Marianne kam. Erst nahm er sich ein Blätterteigge-bäck, aber gerade als er zahlen wollte, entdeckte er die Mandelbiskuits und legte schnell noch eines davon auf den Teller.

»Vierundzwanzig fünfzig«, sagte das Mädchen an der Kasse.

Als Rutger ihrem Blick begegnete, stutzte er. Woher kannte er sie nur?

Er genoß das knusprige Gebäck, doch sein Blick wanderte immer wieder zum Mädchen an der Kasse. Gerade als er in das Biskuit beißen wollte, offenbarte sich ein Bild vor seinem inneren Auge. Vielleicht war es nur Einbildung, aber das Mädchen hatte große Ähn-lichkeit mit dem Pin-up-Girl in der FIB aktuell. Rutger versuchte, die Gedanken an die gespreizten Beine, das verführerische Lächeln und die runden, festen Brüste zu verdrängen. Wieder sah er verstohlen zu dem Mäd-chen hinüber. Es kribbelte in ihm, seine Wangen glüh-ten, und sein Mund wurde ganz trocken. Die junge Frau war wirklich sehr attraktiv, und ihre Kleider ver-rieten eine perfekte Figur. Sie trug keinen BH, und unter der dünnen Bluse zeichneten sich die Brustwar-zen ab. Er konnte ihren Schoß vor sich sehen, offen und willig. Sein Atem beschleunigte sich.

Plötzlich erschien Marianne vor seinem inneren Auge. Ihr reifer, aber noch jugendlicher Körper. Nie hatte sie sich so geräkelt wie das Mädchen in der Zeit-schrift. Er hatte sie sich oft in ähnlichen Positionen vorgestellt, aber es war reines Wunschdenken geblieben. Marianne war eine gute Ehefrau und eine gute Bettgefährtin, aber sie traute sich nie, ganz und gar loszulassen, sondern wollte die Kontrolle über sich selbst und ihren Körper behalten. Rutger hatte jedoch gemerkt, daß sie manchmal kurz davor gewesen war, ihre moralische Erziehung zu vergessen und sich völlig hinzugeben.

Er warf dem Mädchen an der Kasse verstohlene Blicke zu. Vermutlich war es doch nicht das Mädchen aus dem Magazin, aber das spielte keine Rolle. Bald würde Marianne kommen, und er verspürte ein ungewohntes Verlangen nach ihr. Lag es am Potenzmittel, am Mädchen an der Kasse oder an seiner Sehnsucht?

Er schob sich das letzte Stück Mandelbiskuit in den Mund, wischte sich die Hände an der Serviette ab und erhob sich. Seine Gedanken hatten gewisse körperliche Folgen gehabt, und er hoffte, daß nichts zu sehen war. Vorsichtshalber zog er seinen Mantel fester zu und ging in Richtung Ankunftshalle.

Marianne schnallte sich an. Es war Zeit für die Landung. Die Côte d'Azur hatte ihr gutgetan, aber sie hatte Heimweh. Sie hatte beschlossen, alles zu vergessen, doch jetzt empfand sie Angst und Unruhe. Würde er etwas merken? Würde sie sich verraten? Bis zu diesem Urlaub war Untreue für sie etwas gewesen, wovon sie nur gelesen hatte, nun jedoch hatte sie sich zum ersten Mal einem anderen Mann hingegeben. Sie fühlte sich niederträchtig und billig. Rutger und sie hatten doch ein schönes Leben miteinander, bis auf die letzte Zeit vielleicht, in der Rutger etwas aus dem Gleichgewicht geraten war. Es hatte für Marianne nie einen Grund gegeben, sich nach einer Beziehung außerhalb ihrer

Ehe umzusehen, und dennoch war es passiert, und das ausgerechnet jetzt, wo sie nicht mehr die Jüngste war.

Sie versuchte die Gedanken an das Geschehene zu verdrängen, aber sie pochten dennoch in ihr weiter. Das war eine einmalige Sache, die nie wieder vorkommen wird, redete sie sich ein und nahm einen Schluck Cognac, aber die Gedanken ließen sie nicht los, die Gedanken an die samtschwarzen Augen, an die Worte, die Rutger nie ausgesprochen hatte, an die Musik und die vollzogene Untreue.

Amador hatte Seiten an ihr hervorgelockt, von deren Existenz sie nichts gewußt hatte. Das erschreckte sie, und sie wünschte sich, das Ganze ungeschehen machen zu können. Im Urlaub hatte sie viel an Rutger gedacht, vor allem an seine guten Seiten, und sie hatte sich gefragt, ob es vielleicht ihr Fehler war, daß die Situation so war wie jetzt. Von nun an wollte sie sich bemühen, eine gute Ehefrau zu sein. Sie war erwartungsvoll und gespannt.

Die Passagiere kamen in die Ankunftshalle, und Rutger sah sich unruhig um, als hätte er Angst, daß Marianne nicht dabeisein könnte.

Würde er sie abholen? Unruhe stieg in Marianne auf. Vielleicht hatte er vergessen, daß sie heute kam. Sie streckte ihren Hals und sah sich nervös um, doch dann entdeckte sie ihn, wie er lächelnd auf sie zukam, und warf sich in seine Arme.

»Willkommen zu Hause, Bärchen. Ich habe mich nach dir gesehnt.« Er wunderte sich über seine eigenen Worte, denn ihm fiel es in der Regel schwer, solche Dinge auszusprechen.

Bärchen, dachte Marianne, fünfundzwanzig Jahre ist es her, daß er mich zuletzt so genannt hat. Das Wort weckte eine Zärtlichkeit in ihr, die schwer zu beschreiben war.

»Ich habe mich auch nach dir gesehnt«, sagte sie. Doch obwohl sie das ganz ernst meinte, war da ständig dieses störende Schuldgefühl.

Rutger trug Mariannes Gepäck zum Auto.

»Hast du schöne Tage gehabt?« fragte Rutger, als sie im Auto saßen. »Du bist so hübsch.«

»Vielen Dank«, sagte Marianne. »Es war schön, aber es ist auch gut, wieder zu Hause zu sein.«

Routiniert lenkte Rutger den Wagen durch den lebhaften Verkehr, und Marianne sah ihn verstohlen von der Seite an. Eigentlich sieht er gar nicht so schlecht aus, dachte sie. Und er hatte eine Wärme in den Augen, die sie schon lange nicht mehr gesehen hatte.

»Es kommt mir vor wie eine halbe Ewigkeit, seit ich zuletzt hier war«, sagte Marianne, als sie ankamen.

»Aber Rutger!« meinte sie, als sie die schönen Rosen auf dem Küchentisch entdeckte. »Und die Aralie! Was hast du damit angestellt? Die ist ja üppiger als bei meiner Abreise!«

Rutger errötete. »Na ja, ich habe ein bißchen mit ihr geredet.«

Marianne lachte.

»Bist du hungrig? Ich habe ein bißchen Lachs und Wein eingekauft, falls du …«

»Gerne«, unterbrach Marianne ihn und gab ihm einen Kuß auf die Wange.

Das muß das Mittel sein, dachte Rutger, als er spürte, wie ihm das Blut sofort in die Lenden schoß.

»Ich dusche mir nur den Reisestaub ab«, sagte Marianne und verschwand unter der Dusche. Sie empfand eine Spannung wie schon seit Jahren nicht mehr.

Rutger deckte den Tisch, summte vor sich hin und zündete Kerzen an.

Erst drei Stunden später standen sie im Schlafzimmer und umarmten sich. Sie hatten an diesem Abend viel zu reden gehabt, und beide hatten die Nähe des anderen genossen. Marianne legte den Bademantel auf den Stuhl und wollte gerade ihr Nachthemd anziehen, als Rutger sie hinderte.

»Du bist heute abend so schön«, sagte er und begann ihren nackten Körper zu streicheln. Zunächst war sie verlegen. So hatte sie nicht mehr dagestanden, seit sie jung waren, splitterfasernackt im hell erleuchteten Zimmer. Rutger küßte ihre Brüste, ihren Bauch, und sie leistete keinen Widerstand. Er fühlte sich ganz wild vor Begehren, wollte sie aber nicht erschrecken.

»Streichle mich«, stöhnte er, und Marianne wirkte ein wenig erschrocken über ihre Nacktheit, über das Licht und über die Tatsache, daß Rutger zum ersten Mal seit vielen Jahren körperlich sichtbare Gefühle zeigte.

Doch schon bald vergaß sie ihre Furcht und nahm Rutger willig in Empfang, und so vollendete sich ihr Wiedersehen.

»Es hat funktioniert«, sagte Rutger, als er ermattet in sein Bett hinüberrollte.

»Was denn?« fragte Marianne.

»Ach, nichts.« Im stillen lächelte er. Zwar wollte er daran glauben, daß es seine Liebe zu Marianne war, die den Liebesakt so vollkommen gemacht hatte, konnte aber den Gedanken an das Potenzmittel nicht so ganz verdrängen.

»Gute Nacht, Marianne«, sagte er müde.

»Gute Nacht«, sagte Elida seufzend zu Tilda, was allerdings nicht an einem vollzogenen Liebesakt lag, sondern an dem psychischen Druck, den die Firma, die Lieferungen, die Buchführung und nicht zuletzt die bevorstehenden Veränderungen am Haus in ihr ausgelöst hatten.

Tilda antwortete nicht. Sie war unruhig, und ihre Gedanken rasten wie Gummibälle durch ihr Gehirn. Auf einen Schlag war alles so unüberschaubar geworden. Früher hatten sie nur sich selbst gehabt, aber jetzt gab es plötzlich so viele andere Menschen in ihrem Leben: Alvar, Rutger, Marianne und natürlich die vielen Leute, die das potenzsteigernde Mittel bestellt hatten.

Sie schämte sich, und zum ersten Mal seit mehreren Wochen faltete sie ihre schmerzgeplagten Hände. Dann betete sie zu Gott, daß Alvar zurückkehren, daß das Mittel bei Rutger wirken und daß ihr Vater, der Schmiedemeister, Nachsicht mit dem haben möge, was sie taten. Sie dankte ihm auch, daß sie bei Gesundheit waren, daß die Steuererklärung fertig und daß Weihnachten so schön gewesen war.

Es war kalt im Zimmer. Sie zog die Wolldecke über die Schultern, und ihr war etwas wohler zumute.

An diesem Abend kämpfte sie mit dem Schlaf. Nicht daß sie Schwierigkeiten mit dem Einschlafen gehabt hätte, ganz im Gegenteil. Sie versuchte gegen den Schlaf anzukämpfen, um weiter über das nachdenken zu können, was vor ihnen lag. Doch sie kam nicht weiter als bis zu dem weichen Teppich, den sie für ihr neues WC kaufen würden, dann fielen auch ihr die Augen zu.

23

Rutger fühlte sich ausgeschlafen und entspannt, als er aufwachte. Er sah zärtlich zu Marianne hinüber, die noch immer schlief, und fühlte sich, als könne er sich gleich wieder auf sie stürzen, aber er beherrschte sich.

Dem Mittel in seinem Werkzeugkasten widmete er einen freundlichen Gedanken, denn es mußte ja trotz allem an dem Medikament gelegen haben. Nun ja, eigentlich spielte es keine Rolle. Er fühlte sich wie ein junger Bursche, und das war die Hauptsache.

Obwohl er noch genug Zeit für die Reportage über die Versandhandelsbranche hatte, beschloß er, gleich heute damit zu beginnen. Er war fröhlich und motiviert.

»Guten Morgen«, zwitscherte Mona, als Rutger wie immer um Punkt neun seine Aktentasche auf den Schreibtisch warf.

»Guten Morgen«, antwortete er und musterte seine Kollegin.

Mona sah ihn verführerisch an, schob die Zungenspitze in den Mundwinkel und richtete ihren Ausschnitt. Er befürchtete, ihre reifen Früchte könnten gleich herausfallen, und es fiel ihm schwer, sie aus den Augen zu lassen.

»Wann kommt denn die werte Gattin wieder nach Hause?« fragte Mona, als glaubte sie, er sei ganz ausgehungert nach Liebe.

»Sie ist schon da, seit gestern«, antwortete er und begann planlos seine Papiere auf dem Schreibtisch zu sortieren.

»So so«, sagte sie und warf Rutger einen aufreizenden Blick zu. »So so.«

167

Nichts konnte ihm seine gute Laune nehmen. Er war froh und stolz auf das, was er am Abend zuvor in seinem Komfortbett geleistet hatte.

Nach dem Morgenkaffee schloß Rutger die Bürotür. Das tat er nur selten, aber er wollte einige Telefonate führen und ungestört die Reportage planen. Er zog das Adreßetikett aus seiner Aktentasche und betrachtete den Absender: Postfach 108 in Simrishamn.

Das Leben ist schon merkwürdig, dachte Rutger und ließ sich in den großen Ledersessel fallen. Simrishamn lag nicht weit entfernt von seinem Elternhaus und dem Dorf, wo er geboren war. Er lachte, denn in gewisser Weise hatte er jetzt zwei Geburtsorte. Borrby, wo er rein körperlich auf die Welt gekommen war, und Simrishamn, von wo er jetzt wesentliche Teile seines Lebens zurückbekommen hatte, also quasi wiedergeboren war.

Er erkundigte sich bei der Auskunft nach der Telefonnummer des Postamts von Simrishamn. Schon beim Frühstück hatte er beschlossen, dort anzurufen und zu fragen, wem das Postfach gehörte. Er tippte die Vorwahl ein, legte dann aber rasch den Hörer auf. Es war ihm irgendwie peinlich. Im Postamt wußte man bestimmt, welche Geschäfte über dieses Postfach abgewickelt wurden, und möglicherweise kannte ihn dort sogar jemand. Das Postamt in Borrby war geschlossen worden, und vielleicht waren von den Angestellten welche in die Filiale nach Simrishamn versetzt worden. Natürlich konnte er sich ganz ohne Namen melden oder einen falschen Namen angeben. Aber Rutger war ehrlich, das war er immer schon gewesen, lügen konnte er nicht. Das hatte er von zu Hause mitbekommen, vor allem von Mutter Elna.

Sag immer die Wahrheit, auch wenn sie noch so unangenehm ist, hatte sie stets gepredigt. Er erinnerte sich noch immer mit Unbehagen an das einzige Mal, als seine Mutter guten Grund gehabt hatte, böse auf ihn zu sein. Er hatte für ein Flugzeug, das er gerade baute, eine Holzlatte gebraucht. Weil das Brennholz in der Waschküche so splittrig gewesen war, hatte er eine Holzlatte aus einem Gartenstuhl genommen.

Wenig später war Rutger zu seinen Eltern gerufen worden, weil sie den Verdacht hatten, daß die Holzlatte nicht ganz von allein verschwunden war. Doch er hatte geleugnet, etwas zu wissen, und erst mehrere Tage später, als der Schmiedemeister Rutgers Flugzeug gesehen hatte, war das Ganze aufgeflogen.

Rutger hatte gerade draußen an der Hecke gestanden und sich mit Bertil unterhalten, dem Sohn des Volksschullehrers Lund, als die Stimme von Schmiedemeister Svensson die Vögelchen in den Baum des Nachbarn verscheucht hatte.

»Rutger! Komm sofort herein!«

Rutger war klar gewesen, daß etwas Fürchterliches geschehen sein mußte, die Holzlatte hatte er allerdings schon vergessen. Mutter Elna hatte weinend auf dem Küchensofa gesessen. Verzweifelt hatte sie ein Taschentuch zwischen den Fingern gedreht und nicht aufgesehen, als Rutger hereingekommen war.

»Hier haben wir den Dieb«, hatte der Schmiedemeister losgepoltert und Rutger zum Sofa geschubst, wo Mutter Elna saß.

»Wieso Dieb?« hatte Rutger verständnislos gefragt.

»Aha, leugnen tust du also auch noch«, hatte der Vater fortgefahren und die Faust erhoben.

»*Wie konntest du nur?*« hatte Mutter Elna gesagt, als wollte sie dadurch den Schlag abwehren. »Haben wir euch nicht immer ermahnt, daß ihr die Wahrheit sagen sollt?«

Da hatte sich Rutger an die Holzlatte und das Flugzeug erinnert.

»Ich wollte nur ...«, hatte er angesetzt.

»*Nur!*« hatte der Vater gebrüllt. »Die Waschküche ist voller Brennholz, der Wald ist voller Stöcke, und du nimmst die Gartenmöbel auseinander!«

»Warum hast du gelogen?« hatte Mutter Elna gefragt.

Den ganzen Abend war das Theater weitergegangen. Rutger hatte den Stuhl reparieren und anschließend hungrig zu Bett gehen müssen. Es hatte mehrere Wochen gedauert, ehe der Schmiedemeister den Streich vergessen hatte, und seitdem hatte Rutger nie wieder gelogen.

Sich beim Postamt mit einem falschen Namen melden, das konnte er einfach nicht. Und seinen Namen gar nicht anzugeben verstieß ebenfalls gegen seine Prinzipien. Dann werde ich ganz einfach einen Brief schreiben, dachte er, und die Firma bitten, sich bei der Redaktion zu melden. Kein Unternehmen hat doch etwas gegen ein bißchen kostenlose Werbung, zumindest nicht, wenn es einigermaßen seriös ist.

24

Der Winter war ziemlich mild gewesen. Längst war der Schnee, der zu Weihnachten gefallen war, wieder weggetaut. Der kleine Pfad zum stillen Örtchen war lehmig und matschig. Die Schwestern Svensson mußten die Stiefel anziehen, wenn sie zum Häuschen gingen. Während sie wie immer aufeinander warteten, hatten sie das Gefühl, im Lehm einzusinken. Sie mußten die ganze Zeit ihre Füße bewegen, um nicht hängenzubleiben. Es gab keinen Bodenfrost, den sie hätten abwarten müssen, und eigentlich hätte Olofsson schon jetzt mit der Renovierung beginnen können, aber der Monat Februar war unzuverlässig, und das Wetter konnte schnell umschlagen. Daher war es am besten, in jedem Fall bis April zu warten, wie ursprünglich beschlossen.

»Es ist der letzte Winter, in dem wir hier draußen sitzen müssen«, sagte Tilda aus dem Klohäuschen.

»Ich zähle gerade«, unterbrach Elida sie.

»Es sind vierundfünfzig, das weißt du doch.«

»Wieso vierundfünfzig?«

»Es sind vierundfünfzig Pfähle in Alvars Zaun.«

Als sie klein waren, hatte immer diejenige von ihnen, die draußen wartete, die Zaunpfähle gezählt, um die Zeit herumzukriegen.

»Unsinn«, lachte Elida. »Ich habe nicht die Zaunpfähle gezählt, sondern nachgerechnet, wieviel Geld wir haben.«

»Wieviel haben wir denn jetzt?« fragte Tilda beinahe flüsternd.

»Siebenundachtzigtausend.«

»O je«, stöhnte Tilda.

In der Küche zeigte Elida ihrer Schwester das Kassenbuch, als wollte sie ihr beweisen, was sie vorhin gesagt hatte. Es war ein Kassenbuch mit vielen Spalten, aber Elida brauchte nur zwei, denn sie wollte das Verhältnis zwischen Einnahmen und Ausgaben überblicken.

»Bei der nächsten Steuererklärung zeigen wir das Buch aber nicht in der Bank vor, oder?« meinte Tilda.

Elida starrte ihre Schwester wütend an, als hätte sie etwas sehr Dummes gesagt. Tilda begriff gleich, daß etwas nicht stimmte, und lachte Elida verlegen an.

»War doch nur Spaß«, versicherte sie.

Aber es war kein Spaß gewesen, das wußten sie beide.

Tilda hatte nämlich ein echtes Talent, Dinge zu sagen, ohne vorher nachzudenken. Häufig war sie deshalb in peinliche Situationen geraten. Vielleicht lag es daran, daß sie von jeher Angst vor der Stille hatte. Sobald irgendwo geschwiegen wurde, beeilte sie sich, etwas zu sagen, und manchmal eben, ohne vorher nachzudenken.

»Erst denken, dann reden«, hatte ihr Vater immer gesagt, doch das hatte nicht gefruchtet. Einmal war es richtig schiefgegangen. Es war bei der jährlichen Versteigerung zugunsten des kirchlichen Handarbeitskreises gewesen. Der Auktionator war neu gewesen und hatte sich immer ein bißchen zuviel Zeit gelassen, bis er den Hammer fallen ließ, und Tilda hatte die Stille einfach nicht ausgehalten und immer weiter geboten. Obwohl Elida sie mehrmals in die Seite geboxt hatte, konnte sie nicht aufhören. Schließlich hatte Tilda den farbenfrohen Wandbehang ersteigert, den sie eigentlich gar nicht mochte. Auf dem Heimweg hatte Elida mit ihr geschimpft, und Tilda hatte sich geschämt.

Sie hatte den Wandbehang niemals aufgehängt, sondern ihn in eine Schublade in der guten Stube gelegt, denn sie wollte nicht ständig an ihre Dummheit erinnert werden. Dann und wann hatte Elida den Wandbehang erwähnt – wenn sie schlechter Laune war oder wenn Tilda darüber klagte, wie teuer alles geworden sei.

»Wenn man sich Wandbehänge leisten kann, dann reicht das Geld auch fürs Essen«, hatte Elida letztens gesagt, doch beim Anblick ihrer verzweifelten Schwester hatte sie hinzugefügt: »Wer weiß, vielleicht wird er eines Tages wertvoll, Tilda, es war sicher trotzdem eine gute Investition.«

Tilda hatte gespürt, daß Elida das nicht so ganz ernst gemeint hatte, aber sie würde sich bei Gelegenheit rächen, jawohl. Dazu kam es jedoch nicht, weil Elida in allen Dingen so genau und bedacht war. Immerhin war das Geld für einen guten Zweck gewesen, hatte sich Tilda getröstet.

»Siebenundachtzigtausend«, wiederholte Tilda, um die Stille zu durchbrechen. »Dann reicht das Geld jetzt, oder?« Sie sah Elida fragend an.

»Es wird immer teurer als veranschlagt«, meinte Elida, denn das hatten die Sommergäste im Kaufmannsladen gesagt. Wenn man anfing, in alten Häusern herumzuwühlen, wußte man nie, wo es enden würde – auch das hatte Elida oft genug gehört.

Achtzig- bis neunzigtausend hatte der junge Olofsson geschätzt, da war es am besten, wenn sie versuchten, ein bißchen mehr Geld heranzuschaffen, damit sie nicht ihr Erspartes angreifen mußten. Sie zogen den alten Schuhkarton aus dem Einbauschrank, wo sie die eingegangenen Bestellungen sammelten. Elida packte ein Bündel Zettel aus und legte es auf den Küchentisch.

»Hier sind Bestellungen für rund tausend Kronen, wenn man die Kosten abzieht. Und im Postfach waren heute keine neuen«, seufzte sie.

»Dann müssen wir wohl noch eine Anzeige schalten«, meinte Tilda. »Vielleicht in einer anderen Zeitschrift?«

»Wir müßten ziemlich viel verkaufen, um die Kosten für die Anzeige wieder hereinzubekommen«, sagte Elida ernst. »Vielleicht sollten wir jetzt aufhören, die eine oder andere Bestellung purzelt sicher trotzdem rein.«

»Und das Dach?« fragte Tilda vorsichtig.

Elida antwortete nicht. Die beiden hatten viel diskutiert, vor allem an den Abenden, als sie die Lieferungen vorbereiteten. Häufig hatten sie das Gefühl, etwas Unrechtes zu tun. Sie hatten keinerlei Bestätigung für die tatsächliche Wirkung des Mittels bekommen, etwas Gegenteiliges hatten sie allerdings auch nicht gehört.

»Stell dir vor, wenn das Mittel bei Rutger gewirkt hat«, sagte Tilda. Womöglich hatten sie sogar seine Ehe gerettet.

»Sollten wir nicht anrufen und uns bei Marianne für die Karte bedanken?« schlug Elida vor.

Ihre Schwester nickte zustimmend, und Elida ging zum Telefon. Tilda stellte sich neben sie, um dem Gespräch folgen zu können.

Rutger war gerade von der Arbeit gekommen. Auf dem Rückweg hatte er den Brief ans Postfach 108 eingeworfen und soeben einen Kampf mit seinem Gewissen ausgefochten. Er war zum Barschrank gegangen, hatte ihn geöffnet, dann aber wieder geschlossen. Gerade als er erneut auf dem Weg dorthin war, klingelte das Telefon.

»Hier Svensson. Hallo Elida. Doch, uns geht es gut. Ja, sie ist gestern zurückgekommen. Wie geht es euch? Aha, im April also. Das wird sicher gut und bequem für euch. Doch, ich habe seit unserem letzten Gespräch noch mal darüber nachgedacht. Ihr tut recht daran, das finden wir beide. Doch, wirklich! Klar, ich hole sie mal.«

Er gab den Hörer an seine Frau weiter und ging wieder ins Wohnzimmer. Auf dem Weg zum Fernsehsessel warf er einen sehnsüchtigen Blick zum Barschrank, blieb aber standhaft. Es war gut gewesen, mit Elida zu reden. Er hatte nämlich ein schlechtes Gewissen gehabt, weil er das letzte Gespräch so abrupt beendet hatte. Es war nur recht und billig, daß die beiden sich eine Innentoilette leisteten.

Trotzdem hatte er ein ungutes Gefühl. Vermutlich lag es an diesem Ministerialdirigenten, am plötzlichen Leichtsinn der Schwestern, was Geld betraf, und an dem ungewohnt scharfen Ton, den sie manchmal anschlugen.

»Sie wirken so zufrieden«, sagte Marianne, als sie ins Wohnzimmer kam. »Irgendwie so erwartungsvoll. Wir sollten sie ein bißchen öfter besuchen.«

»Meine Liebe, die kommen schon allein klar, das haben sie immer getan.« Er zog Marianne auf seinen Schoß. »Sollten wir uns vielleicht einen kleinen Drink gönnen?«

»Nicht heute abend, wir haben ja gerade gestern was getrunken, es sollte nicht zur Gewohnheit werden«, erwiderte Marianne.

Rutger war enttäuscht. Irgendwie hätte es sich besser angefühlt, wenn Marianne auch etwas getrunken hätte. Jetzt durfte er bloß nicht auf die Idee kommen, sich selbst etwas einzuschenken.

»Oh!« rief Marianne. »Ich habe Gebäck im Ofen. Zimtschnecken«, fügte sie sanft hinzu.

»Mmm.« Rutger rieb sich den Bauch.

Die Reise hatte ihr gutgetan, das war nicht zu übersehen. Sobald Marianne in der Küche verschwunden war, schlich Rutger leise in den Flur. Sie hatte so lieb und anschmiegsam gewirkt, und es war nicht ausgeschlossen, daß sie auch heute abend Lust haben würde.

Vorsichtig öffnete Rutger den Werkzeugkasten. Er vergewisserte sich, daß er allein war, öffnete den Deckel des Glases und merkte dann, daß er keinen Teelöffel in Reichweite hatte. Dann muß eben das Stemmeisen herhalten, dachte er. Gerade als er es in den Mund steckte, hörte er Mariannes Stimme.

»Was machst du denn da, Rutger?« fragte sie entsetzt.

Rutger schluckte, konnte aber nicht antworten. Ihm fiel auch keine brauchbare Erklärung ein.

»*Rutger, was machst du?*« wiederholte Marianne, als hätte er sie nicht gehört.

»Ich sehe nur nach den Werkzeugen. Ich wollte die Durchreiche reparieren, die Luke klemmt.«

Marianne glaubte ihm nicht, das war offensichtlich, aber sie war sensibel genug, um nichts weiter zu sagen. Nach all diesen Jahren kannte er sie gut genug, um zu wissen, daß sie am folgenden Tag, sobald er zur Arbeit gegangen war, jeden Millimeter des Werkzeugkasten durchsuchen würde. Er mußte ein neues Versteck finden, und zwar gleich, wenn Marianne eingeschlafen war.

Rutger nickte an diesem Abend vor dem Fernseher ein, und als er ins Schlafzimmer kam, schlief Marianne bereits. Er fluchte im stillen, denn jetzt hatte er das Mittel ganz umsonst eingenommen. Er betrachtete Marianne und versuchte sie sich in der Position vorzustellen, die das Mädchen auf dem Herrenmagazin eingenommen hatte. Das erregte ihn, und ihm wurde ganz heiß. Sicher lag es an dem Potenzmittel.

Lange lag er schlaflos da und grübelte darüber nach, wo er das Glas verstecken könnte. Marianne hatte auch die kleinste Ecke des Hauses unter Kontrolle, und er konnte sich keinen einzigen Ort vorstellen, den sie nicht kannte. Oder doch, einen Platz gab es noch, den Sicherungskasten. Aber obwohl Marianne ihn ganz sicher nie öffnete, hatte er kein gutes Gefühl, denn der Kasten war so offen und zugänglich. Nach einigen Qualen beschloß Rutger, das Glas in seine Aktentasche zu legen und es am nächsten Morgen mitzunehmen. Er würde es in den Kofferraum seines Autos legen, unter den Ersatzreifen.

Vorsichtig stand er auf, schlich in den Flur und öffnete die Schranktür. Gerade als er den Werkzeugkasten geöffnet hatte, rief Marianne: »Rutger!«

Schnell knallte er den Werkzeugkasten zu und stürzte ins Schlafzimmer.

»Was ist denn?« fragte er aufgeregt.

»Mir war so, als hätte ich jemanden an der Haustür gehört«, sagte sie. Dann drehte sie sich um, zog die Decke über die Schultern, schmatzte ein paarmal und schlief wieder ein.

Rutger traute sich nicht, noch einmal in den Flur zu gehen und womöglich ertappt zu werden. Er rutschte zwischen die kühlen Laken und beschloß, am nächsten Morgen früh aufzustehen.

Der Schlaf wollte und wollte nicht kommen, und Rutger war ängstlich und unruhig. Er hörte die Kirchturmuhr zweimal schlagen und seufzte tief.

177

25

Der Abend in Borrby war ruhig und gemütlich gewesen. Das Gespräch mit Rutger hatte die Schwestern fröhlich gestimmt. Er hatte so zufrieden gewirkt und Marianne ebenfalls, und sie waren davon überzeugt, daß es ihr Verdienst war.

Doch die Sache mit der Firma hatte an ihren Kräften gezehrt, nichts war mehr wie früher. Da waren nicht nur die anstrengenden Reisen in die Stadt, sondern auch die Angst davor, erwischt zu werden, und nicht zuletzt das schlechte Gewissen.

Sie legten die letzten Weihnachtskekse auf den Kuchenteller, zündeten Kerzen an und begannen, die Dinge ruhig und sachlich zu diskutieren.

»Ich glaube, wir hören auf«, sagte Elida plötzlich.

»Aber ...«, setzte Tilda an, doch ihr fiel kein Argument ein.

»Wir haben genug beisammen«, fuhr Elida fort. »Und falls wir noch was brauchen, haben wir den Vorrat in der Waschküche. Wir schaffen das schon.«

»Aber was ist mit Rutger?« fragte Tilda vorsichtig.

»Wieso Rutger?«

»Was soll er machen, wenn er kein Mittel mehr hat und nichts nachkaufen kann?«

»Wir können ihm ja noch was zuschicken«, meinte Elida, und zum ersten Mal hatte sie etwas gesagt, ohne vorher nachzudenken.

»Aha«, sagte Tilda spitz, denn das war die Gelegenheit, es ihrer Schwester heimzuzahlen. »Vielleicht sollten wir ihm ein paar Gläser zum Geburtstag schicken. ›Herzlichen Glückwunsch und viel Erfolg wünschen Tilda und Elida‹. Das wäre was, oder?« Tilda genoß jedes einzelne Wort und wollte gerade weitermachen, als sie von ihrer Schwester unterbrochen wurde.

»Danke, es reicht jetzt.« Elida dachte eine Weile nach. »Vielleicht könnten wir eine Nachricht an all unsere Kunden schicken, daß die Firma geschlossen wird, und das Rezept beilegen.«

»Bist du verrückt?« meinte Tilda, die an diesem Abend ganz eindeutig die Oberhand hatte. »Stell dir vor, es kommt raus, und Alvar erfährt davon. Dann versteht er sicher, wer dahintersteckt.«

»Du hast ja recht«, seufzte Elida.

Trotz der Sache mit Rutger beschlossen sie, die Firma zu schließen. Sie hatten ausreichend Geld und brauchten Ruhe und Erholung.

»Aber es hat Spaß gemacht«, sagte Tilda, als sie im Bett lagen.

Elida schwieg.

»Weißt du noch, wie wir zum erstenmal das Postfach geöffnet haben?« fuhr sie fort. »Als die Briefe rausgepurzelt sind und du mir den Finger eingeklemmt hast?«

Elida fing an zu lachen.

»Ja, Tilda, natürlich weiß ich das noch. Und auch, wie wir Kirchenkaffee getrunken haben und wegen dem ganzen hochprozentigen Zeug am Tisch eingeschlafen sind.«

»Und die hellblauen Kerzen im Adventsleuchter.«

Sie lachten lange und laut.

»Erinnerst du dich noch an die erste Lieferung, Elida?«

Elida schlief schon, aber Tilda kicherte beim Gedanken an die ganzen Ereignisse der letzten Zeit noch ein bißchen vor sich hin. Der Kaffee war allmählich durchgelaufen, aber sie wollte ihre Schwester nicht wecken und sie bitten, sie aufs stille Örtchen zu begleiten. Deshalb stand sie auf, öffnete den Topfschrank und setzte sich auf den schönen Nachttopf aus Porzellan.

Sie betrachtete ihre Schwester und merkte, wie sie ein Gefühl der Zärtlichkeit durchströmte. Verrücktes Huhn, dachte sie. Da hatte Elida doch glatt gedacht, sie könne Rutger einfach das Rezept zuschicken. Sie stand auf, legte eine von Alvars Zeitschriften über den Nachttopf und stellte ihn in den Schrank zurück. Dann kuschelte sie sich ins warme Bett. In den Nachttopf können wir dann Blumen pflanzen, genau wie die Sommergäste es immer tun, dachte sie zufrieden.

Die Kälte kehrte zurück, hart und unerbittlich. Das Wasser in der Tonne unter der Regenrinne war wieder gefroren, und sie brauchten viel Brennholz, um die Wärme im Haus zu halten. Es fiel jedoch kein Schnee, und der trockene Frost schadete den Pflanzen im Garten.

Zum erstenmal seit langem fühlten sich die Schwestern ein bißchen nutzlos. An diesem Februarmorgen hatten sie nichts Besonderes zu erledigen, und leider war auch der Briefträger in Eile, sonst hätte er ein bißchen länger bleiben und ihnen die Zeit vertreiben können. Er brachte ihnen nur die monatlichen Auszahlungsschecks für die Rente und einen kleinen Katalog mit allerlei Versandwaren.

»Wir kochen uns eine heiße Schokolade«, sagte Tilda, »und dann sehen wir uns den Katalog an.«

Elida holte zwei Keramikbecher aus dem Küchenschrank. Rutger und Marianne hatten sie gekauft, als sie einmal zu Besuch gewesen waren. Sie mochten

180

ihren Morgenkaffee nicht aus den dünnwandigen Tassen trinken, weshalb sie sich zwei Becher besorgt hatten, die dann bei Tilda und Elida geblieben waren.

Bald war die Küche von einem herrlichen Schokoladenduft erfüllt. Elida stellte Tellerchen unter die Becher, um die frischgewaschene Tischdecke zu schonen.

»Mmm, das wärmt richtig gut durch«, sagte Tilda und pustete in den Becher, ehe sie am Inhalt nippte.

Sie legten den bunten Katalog zwischen sich auf den Tisch, und Tilda blätterte vorsichtig die ersten Seiten durch. Es gab tatsächlich schon Sommerkleider im Angebot.

»Das ist aber schön«, sagte Elida und zeigte auf ein großgemustertes Kleid, das unten plissiert war.

»Fünfhundert Kronen«, sagte Tilda. »Dann ist es ja billiger als die Kleider, die wir uns in der Stadt gekauft haben.« Gleich darauf hätte sie sich am liebsten die Zunge abgebissen. Schließlich hatte sie ihrer Schwester nie erzählt, was ihr Kleid gekostet hatte.

»Stimmt«, antwortete Elida, ohne auf Tildas Bemerkung zu reagieren.

Sieh an, dachte Tilda, dann hat Elidas Kleid also auch über fünfhundert Kronen gekostet.

Sie erfreuten sich an den vielen schönen Bildern, diskutierten über Preise und lachten über einige Dinge, die wirklich zu komisch aussahen.

»Da!« schrie Tilda auf und hätte beinahe den Kakaobecher umgekippt. »Sieh mal!«

»Immer mit der Ruhe, meine Liebe«, sagte Elida vorwurfsvoll.

Als Tilda sich beruhigt hatte, zeigte sie vorsichtig mit dem Finger auf den Katalog.

»Sieh mal, Elida, genauso ein Teppich, wie wir ihn für unser neues Badezimmer kaufen wollten.«

Elida ließ sich von der Aufregung anstecken. »Und in der passenden blauen Farbe.«

»Und schau mal, da gibt es diese Hüllen für den Klodeckel«, fuhr Tilda fort und zeigte auf einen flauschigen Toilettendeckelbezug. »Was kosten die denn, Elida?«

Elida las laut vor: »Exklusive Badezimmergarnitur, bestehend aus Teppich und Toilettendeckelbezug aus erstklassigem hundertprozentigem Polyester. Nur hundertachtundneunzig Kronen.«

»Das ist doch günstig, Elida, oder?« Tilda wartete ungeduldig auf ihre Antwort.

»Mag sein, vielleicht.« Elida blätterte weiter.

»Wollen wir das denn nicht kaufen?« meinte Tilda eifrig.

»Nicht per Versandhandel«, sagte Elida vernünftig. »Das sollte man niemals tun.«

»Warum denn nicht?« wagte Tilda zu fragen.

»Das ist doch nichts als Betrug und Bauernfängerei.«

»Aha? Wir haben doch selber einen Versandhandel.«

»Da bilden sie was im Katalog ab, und wenn es kommt, sieht es ganz anders aus.«

Tilda traute sich nicht, weiter darauf zu bestehen, aber es fiel ihr schwer, sich auf die nächsten Seiten zu konzentrieren.

»Dauerfilter«, las Elida laut vor. »Nach dem Kaffeekochen abwaschen, wieder verwenden und jährlich hunderte von Kronen sparen. Aus Nylon mit Plastikbügel.«

»So was hätten wir gut gebrauchen können«, sagte Tilda. »Aber jetzt, wo wir unsere Firma geschlossen haben, ist es zu spät.«

»Mit der Kaffeemaschine kochen wir doch auch Kaffee für uns selbst. Wenn wir noch ein paar Monate leben, hat sich der Filter schon bezahlt gemacht.«

»Was meinst du? Noch ein paar Monate leben?« fragte Tilda beunruhigt. »Geht es dir nicht gut, Elida?«

»Doch«, antwortete Elida beschwichtigend. »Aber in ein paar Monaten haben wir das Geld auf jeden Fall wieder raus.«

»Und du bist sicher, daß es dir gutgeht?«

»Man weiß nie, wann der Tag gekommen ist. Erinnerst du dich noch an Blixt? Durch und durch kerngesund war er, und dann auf einmal ...«

Tilda lachte.

»Da gibt es doch nichts zu lachen«, meinte Elida.

»Ich habe nur daran gedacht, was Mutter gesagt hat, als er gestorben war.«

Mutter Elna hatte die Nachricht schon morgens beim Kaufmann gehört und wollte ihrem Mann davon erzählen, sobald sie zu Hause war. Sie war entsetzt über die düstere Neuigkeit gewesen und hatte gesagt: »Blixt ist tot. Als er gestern zu Bett ging, war er gesund, aber als er heute früh aufwachte, war er tot.«

Schmiedemeister Svenssons polterndes Lachen hatte die ganze Küche erfüllt.

»Wie kann man denn aufwachen, wenn man tot ist? Was bist du verrückt, Elna.«

Verlegen hatte Elna ihren Blick niedergeschlagen. Auch das Gelächter ihres Mannes war schnell verstummt, und er war ernst geworden. »Der Blixt, das war schon ein anständiger Kerl«, hatte er gesagt, als habe er sein unpassendes Lachen wettmachen wollen.

Tilda hatte oft darüber nachgedacht, wie sie allein zurechtkommen sollte, falls Elida vor ihr starb. Denn ihre Schwester verstand vom Schalten und Walten viel mehr als sie. Außerdem wollte sie gemeinsam mit Elida die Veränderungen ihres alten Elternhauses erleben. Auch wegen der Firma hatte sie ein bißchen Angst. Jetzt wären sie wenigstens zu zweit, falls etwas Unvorhergesehenes geschähe und die ganze Sache aufflöge, und sie müßte nicht allein vor Scham in den Erdboden versinken. Ihr schauderte bei dem Gedanken, und sie sah verstohlen zu Elida hinüber. Gesund sah sie jedenfalls aus, tröstete sie sich.

Inzwischen hatte Elida den Bestellschein herausgesucht und einen Stift aus der Schublade geholt.

»Kaufen wir jetzt diesen Filter?« fragte sie.

»Ja, aber nur, wenn du mit dem Sterben wartest, bis wir das Geld wieder raushaben. Doch du solltest berücksichtigen, daß er auf der Abbildung ganz anders aussieht als in Wirklichkeit«, sagte Tilda spitz, und dann lachten sie befreit.

»Wenn wir ohnehin schon die Lieferkosten bezahlen müssen, sollten wir vielleicht ...«

»Zwei verrückte Hühner sind wir«, meinte Elida und füllte den Bestellschein aus. »Ein Dauerfilter und eine Badezimmergarnitur aus Polyester.«

Der Kakao in ihren Bechern war abgekühlt, und an der Oberfläche hatte sich eine Haut gebildet. Zum ersten Mal in ihrem Leben hatten die beiden Schwestern etwas per Versandhandel bestellt. Die Einkäufe waren eigentlich der reinste Luxus, aber wenn sie schon neunzigtausend Kronen in ein neues Klo investierten, scherzte Elida, dann machten die zweihundertzwanzig Kronen für den allgemeinen Konkurs auch nichts mehr aus.

»Aber es besteht doch nicht etwa das Risiko, daß wir …« Das Wort war so häßlich, daß Tilda es nicht über die Lippen brachte.

»Quatsch«, sagte Elida. »Natürlich machen wir keinen Konkurs.«

26

Alles hatte an diesem Morgen so geklappt, wie Rutger es geplant hatte. Marianne hatte noch tief geschlafen, als er aufgestanden war, und er konnte das Glas ungehindert aus dem Werkzeugkasten in seine Aktentasche verlagern. Ehe er losging, hatte er Marianne einen Kuß auf die Wange gegeben. Ihr Lächeln hatte sein Herz erwärmt.

Sobald die Haustür hinter ihm ins Schloß gefallen war, räkelte sich Marianne anmutig im Bett. Er hatte sich in ihrer Abwesenheit zum Positiven verändert, und sie wußte nicht, ob es daran lag, daß sie zum ersten Mal seit vielen Jahren getrennt gewesen waren, oder an ihrem schlechten Gewissen wegen der Vorkommnisse im Urlaub und ihren guten Vorsätzen. In jedem Fall gefiel ihr diese Veränderung. Schon lange hatte sie mit Rutger keine solche Befriedigung mehr empfunden.

Sie zog ihre Pantoffeln an und ging ins Badezimmer. Gerade als sie in die Duschkabine steigen wollte, fiel ihr etwas ein. Sie ging in den Flur und durchsuchte den Werkzeugkasten bis in die letzte Ecke. Sogar in der kleinen Plastikschachtel mit dem Fahrradflickzeug sah sie nach. Irgendwas stimmte nicht, das spürte sie, aber sie hatte keine Ahnung, was. Das Ganze war sehr merkwürdig. Doch wenn es etwas Wichtiges war, würde sie es früher oder später ohnehin erfahren, das wußte sie. Nach einem so langen gemeinsamen Leben hatte man keine Geheimnisse voreinander. Es würde schon irgendwann herauskommen, und damit gab sie sich zufrieden.

Rutger war verärgert, daß der Frost zurückgekehrt war. Windschutzscheiben frei zu kratzen war nicht gerade seine Lieblingsbeschäftigung. Als er fertig war, fiel ihm das Glas ein. Er stieg aus dem Auto und wollte den Kofferraum öffnen.

»Verdammt!« sagte er laut. Der Kofferraum war zugefroren. Am Abend zuvor hatte er das Auto gewaschen, und vermutlich war dabei Feuchtigkeit zwischen die Gummidichtungen gelangt. Einen Moment war er ratlos, doch dann fiel ihm der Enteiserspray ein. Er suchte im Handschuhfach zwischen Karten, Gebrauchsanweisungen und leerem Schokoladenpapier, bis er schließlich das Fläschchen gefunden hatte. Er richtete es auf den Spalt und drückte, aber es passierte nichts. Er schüttelte es und drückte noch einmal, aber ohne Ergebnis.

»Scheiße!« Ihm war klar, daß die Flasche blockierte, weil sie schon so lange nicht mehr benutzt worden war. Er begann zu frieren und spürte, wie die Wut in ihm aufstieg. Marianne durchsuchte vermutlich gerade den Werkzeugkasten. Es ärgerte ihn, daß er keinen Platz für sich allein hatte. Manchmal war es schon anstrengend, wenn sich zwei Menschen so gut kannten. Es gab keinen Raum mehr für Überraschungen. Er kannte schon im voraus die Antworten auf seine Fragen und war entlarvt, noch ehe er seinen Gedanken zu Ende gedacht hatte. Wie damals, als Marianne ihren Ring unter dem Klavier im Salon verloren hatte. Als sie sich bückte, um ihn aufzuheben, verspürte Rutger eine unwiderstehliche Lust, ihr den Hintern zu tätscheln.

»Laß das, Rutger, ich weiß, was du vorhast«, hatte Marianne gesagt. Dabei hatte Rutger den Gedanken gerade erst in seinem Kopf formuliert.

Er fluchte noch ein bißchen vor sich hin, doch dann fiel ihm seine Anstecknadel vom Lion's Club ein, die am Revers steckte. Er öffnete seinen Mantel, zog sie heraus und versuchte sie in die Mündung der Sprayflasche zu schieben. Zu dick, seufzte er. Eigentlich hatte er keine Zeit, noch lange herumzustehen. Womöglich löste sich das Problem ganz von allein, wenn er ein Stück gefahren und das Auto warmgelaufen war. Vielleicht würde sich der Kofferraum dann ohne weiteres öffnen lassen.

Seine Finger waren ganz steifgefroren, als er das Auto startete. Er drehte das Radio an und taute bald körperlich und seelisch auf. Wenn er daran zurückdachte, was er in der letzten Zeit alles durchgemacht hatte, war er fast ein bißchen amüsiert. Zuerst die peinliche Situation in der Post mit dem beschädigten Päckchen, dann die Episode mit dem Werkzeugkasten und jetzt dies. Aber das war es wert, dachte er und sah vor seinem inneren Auge Marianne im Bett liegen. Er pfiff ein bißchen zur Musik, und schließlich mußte er sogar lachen.

Rutger war nämlich keineswegs der einzige, der seine liebe Not damit hatte, Dinge vor seiner Frau zu verstecken. Ihm fiel sein Jugendfreund Gösta ein, den er vor einiger Zeit auf einer Konferenz getroffen hatte. Göstas Frau befürchtete, ihr Mann laufe Gefahr, zum Alkoholiker zu werden, nur weil er eine Flasche Wodka mit ins Wochenendhäuschen nehmen wollte. Schließlich hatte sie es ihm richtiggehend untersagt. Dennoch war es ihm immer irgendwie gelungen, eine Flasche im Gepäck zu verstecken. Nachdem seine Frau ihn einmal dabei erwischt hatte, begann sie den Wagen vor der Abfahrt bis ins kleinste Detail zu durchsuchen.

Als sie einmal nach einer harten Arbeitswoche aufs Land fahren wollten, hatte Gösta einen glänzenden Einfall gehabt. Schon der Gedanke, ohne Wodkaflasche ins Wochenendhäuschen zu fahren, machte ihn ganz verzweifelt. Daher hatte er am Abend vor der Abreise den Behälter für das Scheibenwischwasser geleert und ihn statt dessen mit Wodka gefüllt. Als sie am nächsten Tag gestartet waren, hatte die Sonne geschienen. Doch bald hatte es zu regnen begonnen. Seine Frau, die am Steuer saß, hatte angefangen, die Scheiben mit Göstas Wodka zu spülen. Die ganze Zeit hatte sie die Schweibenwaschanlage betätigt, und Gösta war vor Verzweiflung außer sich gewesen.

Übrigens ließ sich der Kofferraum an Rutgers Auto am Nachmittag problemlos öffnen, und er konnte das Glas wie geplant unter dem Ersatzreifen verstecken.

Tilda und Elida warfen einen letzten prüfenden Blick in den Flurspiegel, ehe sie den Elf-Uhr-Bus in die Stadt nahmen. Es war der siebzehnte Februar, und sie hatten beschlossen, im Postfach nachzusehen, ob weitere Sendungen gekommen waren. Sie hatten auch entschieden, das Fach zum Ende des Monats zu kündigen.

Wenn jetzt keine weiteren Bestellungen eingetroffen waren, dann würden wohl auch keine mehr kommen.

Jedesmal wenn sie die schönen Seidenschals und die Handschuhe anzogen, die sie von Alvar zu Weihnachten bekommen hatten, war ihnen ganz feierlich zumute.

»Sollten wir noch etwas Geld mitnehmen?« fragte Tilda.

»Nicht mehr, als man für den Notfall braucht.«

Tilda wußte, was sie meinte. Mutter Elna war es besonders wichtig gewesen, ihren Kindern beizubringen, daß man auf Reisen ausreichend Geld bei sich führen mußte, falls man im Krankenhaus landete, und saubere Unterwäsche sollte man auch tragen. Letzteres hätte sie gar nicht erwähnen müssen, denn die Unterwäsche wechselten sie täglich, ob sie nun das Haus verließen oder nicht, und im Krankenhaus waren sie sowieso noch nie gewesen.

»Am besten nehmen wir jeder einen Hunderter mit, für alle Fälle«, sagte Elida.

Seit einigen Jahren legte sie großen Wert auf getrennte Kassen. Tilda vermutete, daß es mit jenem Wandbehang zu tun hatte, den sie bei der Versteigerung erstanden hatte, aber ganz sicher war sie da nicht.

Das kribbelnde Gefühl, das sie früher gehabt hatten, wenn sie in die Stadt fuhren, war völlig verschwunden. Sie hatten in der letzten Zeit viele Geschäftsreisen gemacht und sich daran gewöhnt.

Es war leer im Postamt, nur zwei Leute waren vor ihnen dran. Wie immer kümmerte sich Elida um die praktischen Details und die Außenkontakte.

»Wir möchten gern das Postfach zum Ende des Monats kündigen«, sagte sie, als sie am Schalter stand.

Sie hatte vorher darüber nachgedacht, ob man ihnen wohl irgendwelche Fragen stellen würde, aber die junge Postangestellte nahm ihren Bescheid entgegen, ohne eine Miene zu verziehen.

»Bitte unterschreiben Sie hier«, sagte sie und schob Elida ein Formular hin.

Damit war alles erledigt. Die beiden Schwestern gingen in den Nachbarraum mit den Postfächern. Vorsichtig steckte Tilda den Schlüssel ins Schloß und öffnete das Fach, in dem zwei Sendungen lagen: ein Bestellschein und ein ganz normaler Brief. Tilda griff erstaunt nach dem Brief, drehte und wendete ihn. Die Postfachadresse war mit der Maschine geschrieben, der Poststempel war nicht zu entziffern. Von einer Sekunde auf die andere bekamen sie schlechte Laune.

»Das ist sicher eine Beschwerde«, sagte Tilda krächzend.

Rasch steckte Elida den Umschlag in die Tasche.

»Wir müssen doch nachsehen, was im Brief steht«, meinte Tilda.

»Zu Hause«, erwiderte Elida, und es war ihr anzumerken, daß auch sie sich über den Brief ärgerte.

Früher hatten sie immer noch andere Besorgungen zu erledigen gehabt, sei es im Alkoholladen oder beim Konsum. Doch heute brauchten sie nichts Hochprozentiges, und sie hatten auch keine Lust auf irgendwelche anderen Ausschweifungen. Der Brief brannte in der Tasche, und sie spürten instinktiv, daß er keine guten Neuigkeiten brachte.

Sie gingen am Café, am Konsum und am Bekleidungsladen vorbei, ohne auch nur einen einzigen Blick in die Schaufenster zu werfen. An der Haltestelle mußten sie eine gute halbe Stunde auf den Bus warten. Sie saßen stocksteif auf der Holzbank und schwiegen die ganze Zeit. Tilda überlegte, ob sie nicht zum Kiosk gehen sollte, um sich eine Tafel Schokolade zu kaufen, aber irgendwie war ihr nicht danach.

Zu Hause in Borrby öffnete Elida den Brief. Noch während sie ihn las, hörte die Welt auf zu existieren. Es gab nichts mehr außer einem großen, dunklen Raum, genau wie damals, als die Eltern gestorben waren.

»Was steht denn in dem Brief?« fragte Tilda unruhig.

»Er ist von Rutger«, sagte Elida matt.

»Von Rutger?«

»Ja, von *Rutger*. Bist du schwerhörig, oder wie?«

Tilda, die drüben am Herd stand, zuckte zusammen, traute sich aber nicht zu fragen, was er geschrieben hatte.

Elidas Blick wanderte in der Küche umher, folgte den Abschlußleisten an der Decke und kehrte wieder zum Brief zurück.

»Geht es ihm gut?« fragte Tilda vorsichtig, aber ihr war schon klar, daß Rutger keinen Brief an ihr Postfach geschickt hatte, um zu erzählen, wie es ihm ging.

Wütend starrte Elida ihre Schwester an. »Ich habe es von Anfang an gesagt, wir hätten niemals diese Firma eröffnen sollen.«

»Aber *du* hast doch damals …«

»Mag sein, daß ich mal davon gesprochen habe, aber du warst die Hartnäckigere von uns beiden.«

Das sah Elida ähnlich, so war sie immer schon gewesen. Nie konnte sie zugeben, einen Fehler begangen zu haben. Tilda packte die Wut.

»Jetzt hör mal gut zu!« rief sie. »Ich mag ja an vielem schuld sein, aber daran *nicht*!«

Sie schäumte vor Wut und entriß Elida den Brief, setzte sich aufs Küchensofa und begann zu lesen.

»Meine Güte, Elida, das kann doch wohl nicht wahr sein«, flüsterte Tilda.

»Jetzt ist es zu spät«, meinte Elida.

»Eine Reportage über die Firma.« Tilda lächelte verkrampft. »Wir haben doch gar keine Firma mehr, dann können wir den Brief ganz einfach vergessen.«

»Wenn ich Rutger recht kenne, dann gibt er nicht so schnell auf«, fuhr Elida fort. »Vielleicht ruft er bei der Post an und erfährt, daß er den Brief an sein eigenes Postfach geschickt hat.«

»Elida, was sollen wir tun?« keuchte Tilda.

Der Brief war wie eine Bombe eingeschlagen. Soviel sie auch diskutierten, es fiel ihnen keine Lösung ein, und sie waren immer genervter. Das Abendessen vernachlässigten sie völlig, statt dessen holten sie sich nur ab und an eine Kleinigkeit zu essen. Zwischendurch herrschte kühles Schweigen, doch dann hagelte es wieder Vorwürfe. Erst als Tilda zu weinen begann, sah Elida ein, daß es so nicht weitergehen konnte.

»Sei nicht traurig, Tilda, wir finden schon eine Lösung«, sagte sie, doch in diesem Moment schien etwas in Tilda zu zerbrechen. Sie weinte, laut und schluchzend, und nicht einmal Elida konnte sie trösten.

»Hier, Tilda«, sagte sie und hielt ihr ein großes Taschentuch hin. »Schneuz dich mal ordentlich, und dann genehmigen wir uns einen Magenbitter, das können wir jetzt gebrauchen.«

Doch nicht einmal die Aussicht auf einen Magenbitter konnte Tildas Weinen besänftigen. Sie ging ins Schlafzimmer, schloß die Tür hinter sich und bohrte ihr verweintes Gesicht in die alte Tagesdecke.

Elida begriff, daß sie wie so oft die Starke sein mußte. Immerhin fiel es ihr leichter, ihre Gedanken zu sammeln, jetzt, wo Tilda nicht da war. Sie setzte einen Kaffee auf, ging in die gute Stube und holte ein paar Pralinen, die Alvar ihnen einmal geschenkt hatte. Dann nahm sie zwei Schnapsgläser und den Magenbitter aus dem Eckschrank, schenkte aber noch nichts ein. Den Adventsleuchter hatten sie natürlich schon weggeräumt, doch Elida holte zwei schöne grüne Kerzen, die jahrelang im Küchenschrank gelegen hatten. Vorsichtig öffnete sie die Tür zum Schlafzimmer.

»Der Kaffee ist fertig! Hörst du, Tilda?«

Tilda schneuzte sich laut, und dann stand sie auf.

»Wie schön du gedeckt hast«, sagte sie. »Mit Kerzen, Pralinen und Magenbitter.«

»Wir können doch nicht zulassen, daß Rutgers Brief unser Leben verdüstert«, meinte Elida. »Es ist ja noch kein Schaden geschehen. Wir schaffen das schon, ganz bestimmt.«

Tilda setzte großes Vertrauen in ihre Schwester, und wenn sie sagte, daß sie es schaffen würden, dann würden sie es auch schaffen.

Der Kaffee schmeckte zu den Pralinen besonders gut, und den Magenbitter tranken sie unter Schweigen, einen und dann noch einen. Als Elida ihnen einen dritten einschenken wollte, sagte Tilda lachend: »Bist du verrückt geworden?«

Aber sie nahm die Hand vom Glas, damit Elida ihr noch einen kleinen einschenken konnte.

»Ich habe mir gedacht, wir sollten Rutger trotz allem antworten«, sagte Elida. »Wir bedanken uns für das freundliche Angebot und erklären, daß die Firma leider inzwischen aufgelöst worden ist.«

»Können wir ihm nicht gleich die Wahrheit sagen?«
schlug Tilda vor.

»*Auf gar keinen Fall!*« sagte Elida laut. »Was würde
er dann von uns denken? Und Marianne erst? Nie im
Leben!«

»Aber was sollen wir denn schreiben?« fragte Tilda
unruhig.

Elida holte einen Stift und einen Schreibblock, und
dann begannen sie einen Brief an ihren Bruder zu
verfassen. Elida schrieb und radierte, während Tilda
ihnen noch einen winzigen Schluck einschenkte.

»Laß mal hören«, sagte sie und hatte plötzlich wieder glänzende Augen.

Elida las laut vor: »Hiermit danken wir für das
Angebot, bei Ihrer Reportage über Versandhandels-
firmen mitzuwirken. Leider haben wir heute unsere
Firma ...«

»Leider?« unterbrach Tilda sie. »Aber wir wollten
es doch beide ...«

»Hör dir erst mal den Rest an«, sagte Elida. »Leider
haben wir heute unsere Firma aus gesundheitlichen
Gründen aufgelöst.«

»Du bist also doch krank?« fragte Tilda beunruhigt.

»Willst du hören, was ich geschrieben habe, oder
nicht?« fuhr Elida ihre Schwester an.

»Doch, natürlich ...«

»... aus gesundheitlichen Gründen aufgelöst. Wir
bedauern unendlich, Ihnen nicht weiterhelfen zu können, aber hoffen, daß Sie eine andere Firma finden, die
bei Ihrer Reportage mitwirken kann. Hochachtungsvoll ...«

»Hochachtungsvoll, Tilda und Elida«, kommentier-
te Tilda spitz. »Wie sollen wir denn unterschreiben?«

»Dann schreib den Brief doch selber, wenn es so einfach ist«, sagte Elida sauer und warf Tilda den Block hin.

»Nein, nein, um alles in der Welt«, sagte Tilda. »Das ist doch prima, Elida, ich meine nur die Sache mit der Krankheit und so …«

Die Kerzen waren heruntergebrannt, die Pralinen aufgegessen und die Gläser leer, als sie sich endlich geeinigt hatten. Elida hatte den Text mit Füllfederhalter ins reine geschrieben, und sie waren beide mit dem Resultat zufrieden.

»Laß noch mal hören«, sagte Tilda, und Elida las ihr mit stolzer Stimme vor: »Voller Dankbarkeit haben wir Ihren Brief mit der Anfrage erhalten, ob wir möglicherweise bei Ihrer Zeitschrift mitwirken könnten. Aufgrund von veränderten Umständen sehen wir uns jedoch gezwungen, bereits heute unser Unternehmen aufzulösen. Wir werden in der nächsten Zeit nicht erreichbar sein. Ihre Anfrage hat uns sehr geschmeichelt, und wir hoffen, daß Sie für Ihren Artikel ein anderes Unternehmen finden. Freundliche Grüße vom Postfach 108.«

»Das ist doch gut, Elida«, sagte Tilda lobend. »Nur der Schluß mit den freundlichen Grüßen vom Postfach 108 klingt etwas merkwürdig.«

Sie hatten schon rote Wangen vom Magenbitter, und die angespannte Stimmung hatte sich in Luft aufgelöst.

»Aber wir können doch nicht unsere Namen daruntersetzen«, meinte Elida.

»Vielleicht können wir ja unsere Handschrift verstellen oder mit anderen Namen unterschreiben«, schlug Tilda vor. »Er wird ja ohnehin nie davon erfahren.«

»Oder wir tun so, als hätten wir vergessen zu unterschreiben«, meinte Elida.

Keine der Alternativen war besonders gut, da waren sie sich einig, aber zum ersten Mal in ihrem Leben beschlossen sie, etwas Unerlaubtes zu tun.

»Dann unterschreiben wir eben mit falschem Namen«, sagte Elida, nachdem sie alle anderen Ideen diskutiert und verworfen hatten.

»Es ist ja nur wegen der Toilette und meinen Hämorrhoiden«, sagte Tilda. »Sonst würden wir das nie tun.«

»Nein«, sagte Elida tröstend, als sie sah, wie erschöpft ihre Schwester wirkte.

Ehe sie zu Bett gingen, hatten sie alles noch einmal ganz genau durchgesprochen.

»Danach muß alles wieder so werden wie früher«, sagte Tilda und griff sich ans Herz.

In der Küche standen eine leere Flasche Magenbitter und zwei Schnapsgläser. An der Flasche lehnte ein Umschlag, auf dem in Schnörkelbuchstaben »An Herrn Redakteur Rutger Svensson« stand. Zwischen den Kaffeetassen lag eine aufgeschlagene Bibel. Sie hatten beschlossen, vor dem Einschlafen ein Kapitel daraus zu lesen. Die letzte Bibellektüre lag nämlich eine ganze Weile zurück, und sie hatten das Gefühl, das schlechte Gewissen ein wenig beruhigen zu können, indem sie einige Kapitel aus dem Buch des Herrn lasen.

Sie hatten vergessen, die Rolläden im Schlafzimmer herunterzuziehen, und der Mond schien bleich durchs Fenster. Das kleine Dorf lag verlassen da, und Alvar Klemens' Haus bildete eine schwarze Silhouette vor dem Nachthimmel. In gut zwei Monaten würde ihr Plumpsklo eine Erinnerung aus längst vergangenen Zeiten sein.

27

»Auch heute keine parfümierten Briefe für dich«, sagte Mona spitz und warf die Post auf Rutgers Tisch. »Ich dachte, du würdest jetzt jede Menge davon bekommen, wo du doch eine Weile Strohwitwer gewesen bist.«

Manchmal konnte Rutger sie einfach nicht ertragen. Sie hatte eine tadellose Figur, war aber vulgär und ungehobelt, und aus irgendwelchen Gründen hatte er sie gar nicht weiter beachtet, seit Marianne wieder zu Hause war.

Etwas zerstreut sah er die Post durch. Werbesendungen, die heutzutage sogar im Büro landeten, Reklame für Seminare und Konferenzen, doch dann entdeckte er einen Brief, der sich durch die schnörklige Handschrift von den anderen abhob. Ihm fiel auf, daß es dieselbe Schrift war wie bei dem Päckchen, das er bestellt hatte. Er schloß die Tür und trennte vorsichtig den Umschlag auf.

»Voller Dankbarkeit haben wir …« Lächelnd las Rutger den Brief und legte ihn dann beiseite. »… sehen wir uns jedoch gezwungen, bereits heute unser Unternehmen aufzulösen«, sagte er laut. Plötzlich hatte er eine tiefe Falte auf der Stirn, und sein Blick wanderte wieder zu dem Brief.

Irgend etwas stimmte nicht, das hatte er schon gespürt, als das Päckchen gekommen war. Tief in ihm schlummerte ein Verdacht, den er nicht einmal sich selbst eingestehen wollte.

Der Brief verfolgte ihn den ganzen Tag, und als er nach Hause kam, fragte er Marianne: »Du hebst doch alte Ansichtskarten auf, oder?«

»Ja, warum?«

»Hast du eine von Tilda und Elida?«

»Von Tilda und Elida, warum?«

»Mußt du immer warum sagen?« fuhr Rutger sie an. »Kannst du nicht einfach mit ja oder nein antworten?«

»Ja«, sagte Marianne.

»Wie, ja?«

»Ja«, wiederholte Marianne. »Wir haben Ansichtskarten von ihnen. Sie liegen im Korb unter dem Couchtisch.«

Rutger griff sich den Korb, setzte sich in den Sessel und begann zu suchen. Schließlich zog er eine bunte Karte von seinen Schwestern aus dem Stapel. Aus seiner Innentasche nahm er den Brief, den er heute bekommen hatte. Großer Gott, dachte er. Die Schriften ähnelten sich auffällig. Aber das war doch nicht möglich. Sollten seine Schwestern, die beiden alten Schachteln, die immer ein so tugendhaftes Leben geführt hatten, tatsächlich einen Versandhandel für Potenzmittel gestartet haben? Schließlich waren sie über siebzig und wußten kaum, wie ein Kerl von nahem aussah!

Doch der Gedanke ließ ihn nicht los, und ihn befielen Zweifel, ob er die Reportage wirklich zu Ende führen sollte. Er wollte seinen Verdacht nicht bestätigt wissen. Herrgott noch mal, es war völlig aberwitzig. Rutger mußte lachen, doch es klang merkwürdig hohl.

»Hast du sie gefunden?« rief Marianne aus der Küche.

»Ja«, schrie Rutger zurück und stellte den Korb mit den Ansichtskarten schnell an seinen Platz zurück.

An diesem Abend war Marianne besonders nett, machte Annäherungsversuche und wollte in Rutgers Bett liegen. Er war nicht in Stimmung, wollte sie aber auch nicht abweisen.

»Komm ruhig unter meine Decke«, erwiderte er. »Aber ich habe einen anstrengenden Tag im Büro hinter mir. Vielleicht reicht es ja, wenn wir uns ein bißchen umarmen.«

Er merkte, wie albern das klang. So, als plapperte er einfach Mariannes Worte nach. Nicht heute abend, ich bin so müde, halt mich einfach nur ein bißchen im Arm, hatte sie immer gesagt.

Aber Marianne wirkte zufrieden und kuschelte sich wie ein kleiner Ball an ihn.

In seinem Kopf drehte sich alles, und der Gedanke an den Brief wollte ihn einfach nicht loslassen.

Nach einigen Tagen waren die Schwestern davon überzeugt, daß Rutger sich mit dem Brief zufriedengegeben hatte und sich nicht noch einmal bei ihnen melden würde. Sie entspannten sich, genossen beinahe das süße Nichtstun und zählten die Tage, bis die Umbauarbeiten beginnen würden. Am Freitag war der junge Olofsson dagewesen und hatte alles ausgemessen, um die entsprechenden Materialien bestellen zu können.

In der vergangenen Woche hatten sie eine Ansichtskarte von Alvar bekommen. Es lag nichts Besonderes an, es war nur ein Gruß, verbunden mit der Hoffnung, daß es ihnen gutgehe, und sie beschlossen, ihm zu antworten. Sie hatten ein schlechtes Gewissen, weil sie sich schon so lange nicht mehr bei ihm gemeldet hatten, aber jetzt war endlich Zeit dafür.

Am Montag vormittag klopfte es an der Tür, und der Briefträger steckte seinen Kopf herein.

»Hier haben wir den Versandhandel«, sagte er. Tilda und Elida erstarrten.

Wußte er es etwa? Dann konnten sie nämlich gleich ins Altersheim ziehen oder ins Servicehaus, wie Rutger es ihnen seinerzeit vorgeschlagen hatte. Sie standen wie versteinert da, bis der Briefträger hereingekommen war und ihnen einen Karton hinhielt.

»Da müssen Sie doch nicht so erschrocken schauen! Sie haben die Bestellung doch selbst aufgegeben, oder etwa nicht?« erkundigte er sich.

Die Körper der beiden Schwestern lockerten sich wieder, und Tilda brach wie immer das Schweigen.

»Doch, natürlich, das hätten wir fast vergessen. Nicht wahr, Elida?«

Elida nickte erleichtert.

»Dürfen wir Ihnen eine Tasse Kaffee anbieten? Er ist ganz frisch.« Elida nickte in Richtung Kaffeemaschine.

»Sieh an, da haben Sie sich ja was richtig Modernes angeschafft«, sagte er und zeigte auf die Kaffeemaschine.

»Ja, es ist einfach so praktisch und so gut«, sagte Elida und antwortete ausnahmsweise als erste. Auf Tilda wollte sie sich lieber nicht verlassen.

Der Briefträger hatte in erster Linie Klatsch und Tratsch aus dem Dorf zu berichten, aber das war den beiden Schwestern ganz recht, denn sie waren ja selten außer Haus, um zu hören, was in Borrby los war.

»Er hat *geheiratet*?« fragte Elida. »Nicklasson?«

»Allerdings«, sagte der Briefträger und war stolz, eine Neuigkeit vermelden zu können.

»Er ist doch über siebzig«, meinte Tilda ungläubig.

»Natürlich, aber das macht doch nichts. Wenn man eine junge Frau findet, ist es doch kein Problem.«

Die Äußerung des Briefträgers machte Elida verlegen.

»Wen heiratet er denn?« fragte Tilda, um das Gespräch aufrechtzuerhalten.

»Eine Großstädterin, die jeden Sommer herkommt.«

»*Wie?*«

»Ja, und zwar eine richtig junge. Er könnte ihr Vater sein.«

»Ich sag's ja, ich sag's ja«, seufzte Elida.

An diesem Vormittag erfuhren sie viele Neuigkeiten, aber irgendwann waren sie ungeduldig und wünschten, er ginge bald wieder, denn sie waren so gespannt auf den Inhalt des Kartons. Der Briefträger überreichte ihnen das Nachnahmeformular und sagte: »Das macht zweihundertachtundvierzig Kronen.«

Tilda holte die alte Keksdose, in der sie das Geld aufbewahrten, das sie mit der Firma verdient hatten. Sie stellte sie auf den Küchentisch und begann das Geld abzuzählen. Der Briefträger warf verstohlene Blicke auf die vielen Scheine.

»War da nicht dieser Banküberfall in Ystad? Vielleicht sollte ich der Polizei einen Tip geben?« schlug er lachend vor.

Tilda schloß die Dose mit einem Knall und reichte ihm dreihundert Kronen. Wie immer mußte Elida das Mißgeschick ihrer Schwester ausbügeln.

»Wir wollen doch demnächst das Haus renovieren lassen, und da waren wir gestern auf der Bank und haben schon mal was abgehoben.«

»Ja, ja«, sagte der Briefträger peinlich berührt. »War doch nur Spaß.«

»Es ist ganz genau so, wie Elida gesagt hat«, pflichtete Tilda ihr bei.

Als sie allein waren, bekam Tilda einen Rüffel von ihrer Schwester.

»Daß du niemals aufpassen kannst«, sagte sie. »Man zeigt doch nicht vor anderen Leuten, daß man soviel Geld im Haus hat. Das wäre ja noch schöner, wenn wir jetzt bestohlen würden, nach der ganzen Arbeit, die wir gehabt haben.«

»Der Briefträger ist doch ein ehrlicher Mann«, meinte Tilda.

»Er schon, aber du hast ja gehört, wie er weit und breit erzählt hat, was im Dorf alles passiert ist. Wie leicht ist es geschehen, daß die Sache herauskommt, und wer weiß ...«

Tilda mußte zugeben, daß sie ein bißchen unvorsichtig gewesen war, aber sie hatte ihn eben möglichst schnell wegschicken wollen, damit sie den Karton öffnen konnten.

Elida stellte ihn auf den Küchentisch und begann die Klebestreifen abzureißen. Der Karton war gut verschlossen, und Tilda stampfte fast vor Eifer. Endlich offenbarte sich der Inhalt. Der Kaffeefilter lag in einer kleinen, knisternden Tüte, aber die Badezimmergarnitur steckte in einer weichen, schönen Plastiktasche.

»Oh«, sagte Tilda, als der Teppich und der Toilettendeckelbezug auf dem Tisch lagen. »Wie schön.« Sie strich vorsichtig mit ihren schmerzgeplagten Händen über das weiche Material. »Wie weich und warm. Fühl mal, Elida!«

»Ach«, sagte Elida, legte aber trotzdem ihre Hand auf den hellblauen Teppich. Warm fühlte er sich an, das mußte sie zugeben, und weich auch.

Sie standen lange schweigend da und bewunderten die Badezimmergarnitur. Beinahe hätten sie den Dauerfilter vergessen. Tilda öffnete die knisternde Tüte und zog ihn heraus.

»Was es alles gibt, Elida! Guck mal. Einfach abwaschen und wiederverwenden.«

»Das probieren wir gleich mal aus«, sagte Elida und ging zur Kaffeemaschine.

Tilda wollte gerade den Karton auf den Boden stellen, als sie noch etwas darin entdeckte. Ärger stieg in ihr auf. Aha, Elida hatte also offenbar heimlich etwas bestellt, ohne daß sie etwas davon wußte! Das war wirklich nicht nett von ihr, und dabei hatte ihre Schwester doch nur Schlechtes über Versandhandelsfirmen zu sagen gewußt. Jetzt war Tilda richtig wütend.

»Da bilden sie was im Katalog ab, und wenn es kommt, sieht es ganz anders aus«, sagte Tilda spitz. »Ich finde aber, unsere Bestellungen sehen aus wie im Katalog, oder?«

Elida war erstaunt über die barsche Stimme ihrer Schwester.

»Natürlich, finde ich auch, Tilda.«

»Am besten prüfst du gleich mal die anderen Sachen, die du bestellt hast«, fuhr Tilda fort. »Ob die auch so aussehen wie im Katalog.«

»Was für andere Sachen denn?« fragte Elida verwundert.

»Das weißt du doch selbst am besten, du hast sie doch bestellt.«

Tilda zeigte auf das braune Packpapier im Karton, das als Füllmaterial gedient hatte.

»Vielleicht solltest du mal das Papier anheben, darunter liegen nämlich weitere Waren«, sagte Tilda.

»Wovon redest du?« wollte Elida wissen, und jetzt klang auch sie verärgert.

»Hier«, sagte Tilda. »Haben wir nicht eigentlich genug Kuchenplatten?«

Elida sah in den Karton und entdeckte eine kleine Kuchenplatte aus Blech mit einem schön gemalten Muster.

»Ich habe nichts bestellt«, sagte Elida, und es war ihr anzuhören, daß sie die Wahrheit sprach. Sie zog den Lieferschein aus dem Karton. »Ein kleines Dankeschön. Bei einer Bestellung innerhalb von acht Tagen erhalten Sie kostenfrei eine wunderschöne Kuchenplatte«, las sie vor.

Tilda schämte sich, aber dann begannen sie zu lachen. Sie mochten einander wirklich, aber manchmal waren sie eben ein bißchen mißtrauisch und neidisch.

Vor dem Essen gab es eine zweite Vormittagstasse Kaffee.

»Wir müssen ja den neuen Filter ausprobieren«, sagte Elida.

»Und die Kuchenplatte«, fügte Tilda hinzu und legte für jede von ihnen einen kleinen Keks auf die Platte.

Es wurde noch ein richtig festlicher Vormittag: Kaffee aus einem modernen Plastikfilter, eine wunderschöne Kuchenplatte mit gemalten Blumen und mitten auf dem Tisch die feine Badezimmergarnitur. Sie nippten nur am Kaffee, als wollten sie ihn so lange wie möglich genießen. Der Teppich durfte den ganzen Tag auf dem Küchentisch liegenbleiben, und als Bettgehzeit war und sie sich umgezogen hatten, breitete Tilda ihn auf den Boden im Schlafzimmer aus. Sie stellte sich auf den Teppich und vergrub ihre mageren nackten Füße in dem weichen Material.

Elida schnaubte dazu nur verächtlich, aber als Tilda in die Küche ging, um ihre Zähne ins Glas zu legen, beobachtete sie ihre Schwester dabei, wie sie sich in den großen Porträts im Schlafzimmer spiegelte, und wo stand sie, wenn nicht auf dem Badezimmerteppich! Tilda kicherte leise vor sich hin, und wieder durchströmte sie dieses zärtliche Gefühl.

28

Rutger hatte auf der Arbeit viel zu tun. Die heißen Liebesnächte mit Marianne, die er nach ihrer Heimkehr erlebt hatte, wurden immer seltener. Rutger hatte von dem Mittel genommen, aber es schien nicht mehr zu wirken. Allerdings hatte er manchmal an das Mädchen in der Zeitschrift gedacht und sich vorgestellt, er dürfe die zärtlichen Liebesszenen miterleben. Und siehe da, sein Körper war plötzlich zum Leben erwacht, und er konnte den Liebesakt mit Marianne vollenden. Aber er schämte sich ein bißchen dafür.

Rutger hatte sich an einen anderen Versandhandel gewandt, und die Reportage war richtig gut geworden, aber den Brief von der anderen Firma hatte er keineswegs vergessen. Er hatte noch immer dieses ungute Gefühl, und obwohl er entschieden hatte, seinem Verdacht nicht weiter nachzugehen, beschloß er, am nächsten Wochenende seine Schwestern zu besuchen. Er wollte nur sehen, wie es ihnen ging, und vielleicht konnte er ihnen ja ein paar gute Tips zum bevorstehenden Umbau geben. Marianne hatte sich erkältet und wollte nicht mitkommen, sondern mit dem Besuch lieber bis zum Sommer warten.

Tilda und Elida hatten draußen in der Waschküche aufgeräumt, für den Fall, daß sie während des Umbaus als Stauraum gebraucht würde. Es war eisigkalt, und obwohl sie selbstgestrickte Strümpfe und ihre alten Pelzmützen trugen, waren sie steifgefroren, als sie zurück ins Haus kamen. Sie waren schon ein wenig aufgetaut, als das Telefon klingelte. Elida schneuzte sich gerade, weshalb ausnahmsweise Tilda abnahm.

»Hallo Rutger. Doch, uns geht es gut. Und dir? Nein, ich bin nicht traurig, meine Nase taut nur gerade auf. Wir sind draußen in der Waschküche gewesen und haben ein bißchen geräumt. Am Samstag, was für eine Überraschung! Kommt Marianne auch mit?«

Elida hielt mitten im Schneuzen inne.

»Klar geht das«, sagte Tilda. »Nicht wahr, Elida?«

Elida sah fragend aus.

»Rutger möchte uns am Wochenende besuchen, allein, weil es Marianne sich nicht so gut geht. Das paßt uns doch, oder, Elida?«

»Natürlich«, meinte Elida zögernd.

»Dein Besuch hat aber keinen besonderen Grund, Rutger, oder? Ja, ich dachte nur ... Ach, besuch uns einfach. Was für eine nette Überraschung.«

Tilda legte auf, und die beiden Schwestern standen wie versteinert da.

»Hättest du nicht sagen können, daß wir verreist sind?« sagte Elida.

Typisch, dachte Tilda. Jetzt fängt sie schon wieder an. Sie plusterte sich auf. »Du hast selbst gesagt, daß es uns paßt, und jetzt bleibt es dabei, und damit basta.«

Sie sagte es in einem so entschlossenen Ton, daß Elida nicht zu widersprechen wagte.

Die folgenden Tage waren hektisch. Die Schwestern kauften ein, backten und bereiteten den Besuch vor. Sie wollten Rutger nämlich zeigen, daß sie sehr wohl noch allein zurechtkamen. Am Samstag glänzte das ganze Haus. Die Düfte aus der Küche füllten jede Ecke. Sie hatten ihre neuen Kleider angezogen, und Elida hatte ihre Schwester ermahnt, sich möglichst nicht zu verplappern. Sie hatten sich schließlich seinerzeit darauf geeinigt, das Geheimnis ihrer Firma mit ins Grab zu nehmen, was immer auch geschehen mochte.

Rutger war gespannt auf den Besuch bei seinen Schwestern. Sie hatten sich verändert, und besonders unangenehm war ihm der Gedanke, daß sie womöglich hinter der Potenzmittelfirma steckten. Dann wußten sie natürlich, daß Rutger es bei ihnen bestellt hatte. Er redete sich immer wieder ein, daß es völlig ausgeschlossen sei, und beschloß, am Wochenende keinesfalls Klarheit in die Sache bringen zu wollen. Die Wahrheit konnte schlimmer sein als die Ungewißheit.

Marianne hatte ihm eine Pralinenschachtel für ihre Schwägerinnen eingepackt, und Rutger hatte ein Schränkchen für ihr Badezimmer mitgenommen. Er hatte es zwar nicht gekauft, sondern bei einem Preisausschreiben gewonnen, aber das mußte er ihnen ja nicht auf die Nase binden.

Das Straßenschild verriet, daß es nur noch drei Kilometer bis zu seinem Elternhaus waren. Er drehte das

Autoradio hinunter, denn er wollte sich ein wenig sammeln, ehe er ankam. Als er vorfuhr, stellte er blitzschnell fest, daß sich das Haus zumindest von außen nicht verändert hatte. Er ließ die Tasche im Auto stehen und nahm nur die Pralinen und das Schränkchen mit.

Die Schwestern hatten nervös und erwartungsvoll am Fenster gestanden und öffneten die Tür, noch ehe Rutger angeklopft hatte.

»Guten Tag miteinander«, sagte Rutger forsch.

»Willkommen, Rutger«, sagten Tilda und Elida wie aus einem Munde.

Er stellte seine Mitbringsel aufs Küchensofa und umarmte seine beiden Schwestern. Es schien ihnen gut zu gehen, sie sahen sogar jünger aus als beim vorigen Mal. Neue Kleider hatten sie sich offenbar auch gekauft. Richtig hübsche sogar.

»Setz dich, Rutger«, sagte Elida.

Tilda war schon mit dem Nachmittagskaffee beschäftigt.

»Schön warm habt ihr es hier drin«, konstatierte Rutger.

Die Ofenwärme hatte schon etwas Besonderes an sich, und sie weckte so viele Gefühle in ihm. Plötzlich sah er vor seinem inneren Auge, wie es früher gewesen war: der Schmiedemeister auf dem Küchensofa, mit einer Zeitung über dem Kopf, Mutter Elna am Herd und die drei Geschwister am Küchentisch. Die beiden Schwestern hatten gestickt, während Rutger über seinen Schulbüchern gesessen hatte. Häufig hatten sie gemeint, daß der Vater schliefe, aber dann hatte es plötzlich unter der Zeitung geraschelt, und er hatte seinen Kindern einen warmen Blick zugeworfen.

»Das sechste Gebot, Rutger«, hatte der Vater gesagt, und der Sohn hatte willig seine Fragen beantwortet. Wenn die Antworten stimmten, hatte er einen anerkennenden Blick geerntet, doch bei einer falschen Antwort hatte der Vater stets gesagt: »Da sieh einer an! Das habe ich aber anders gelernt, als ich noch zur Schule ging!« Die beiden Schwestern hatten immer gekichert, wenn er eine falsche Antwort gab.

Rutger seufzte, als er sich aufs Sofa setzte. Hier hatte sich nichts verändert. Abgesehen von der Kaffeemaschine, die kannte er noch nicht.

»Wie geht es Marianne?« erkundigte sich Elida.

»Geht so, ist nicht so schlimm, nur eine kleine Erkältung. Sie kommt dafür im Sommer mit.«

Dann breitete sich Kaffeeduft in der kleinen Küche aus. Zur Feier des Tages lag das schöne, handgewebte Tischtuch auf dem Küchentisch, und die Kuchenplatten waren mit Selbstgebackenem beladen.

»Die Kerzen fehlen noch«, sagte Tilda, während sie hauchdünne Servietten in die Henkel der Kaffeetassen steckte. Rasch stellte Elida zwei Kerzen hin, und bald saßen sie alle drei um den Tisch wie früher.

Rutger fühlte sich glücklich und entspannt. Es herrschte eine angenehme Ruhe, und als er die unschuldigen Gesichter seiner Schwestern sah, war er überzeugt davon, daß sie keinesfalls das Päckchen an ihn verschickt haben konnten. Sie lachten und redeten, die Schwestern drängten ihm von den Keksen auf, und schließlich ging Tilda zum Eckschrank.

»Vielleicht sollten wir uns einen Kaffee mit Schuß gönnen?«

»*Kaffee mit Schuß?*« meinte Rutger erstaunt und so laut, daß er glücklicherweise Tildas Bemerkung nicht hörte, daß die Flaschen nämlich von ihrer Firma übriggeblieben seien. Elida warf ihrer Schwester einen wütenden Blick zu.

»Die sind noch von Weihnachten übriggeblieben«, schob Tilda schnell hinterher.

Rutger hatte mittlerweile gesehen, daß im Schrank eine ganze Flaschenbatterie stand. Tilda schenkte routiniert Wodka in die Schnapsgläser und kippte den Inhalt ihres Glases in ihre Kaffeetasse. Rutger zögerte ein wenig, ehe auch er sich den Wodka in den Kaffee goß.

Es war schon merkwürdig. Da saß er zu Hause in Borrby bei seinen alten Schwestern und trank Kaffee mit Schuß. Verändert hatten sie sich, und er war davon überzeugt, daß dieser Klemens ihnen solche Flausen in den Kopf gesetzt hatte.

Die Schwestern hatten Rutger viel Klatsch und Tratsch zu berichten. Sie genehmigten sich jeder noch einen Kaffee mit Schuß, und die Stimmung wurde richtig ausgelassen. Rutger überreichte ihnen die Pralinenschachtel von Marianne und den Karton mit dem Badschränkchen.

»Wir haben doch gar nicht Geburtstag«, sagte Tilda erstaunt.

»Ich wollte nur einen Beitrag zum neuen Badezimmer leisten«, meinte Rutger, und die Schwestern öffneten den Karton.

»Ein Badezimmerschrank!« rief Elida strahlend. »Mit Spiegel und Regalen. Aber Rutger, du sollst doch nicht …«

»Den können wir wunderbar gebrauchen«, sagte Tilda. »Das Geld, was wir verdient haben, reicht nämlich gerade mal für den Umbau.«

»Verdient?« fragte Rutger erstaunt.

»Ach, von der Rente bleibt eben jeden Monat etwas übrig«, versuchte Elida zu vermitteln.

Tilda schaute unglücklich. Warum mußte sie sich nur immer verplappern?

»Hier stellen wir das Parfüm hin, das du uns mal geschenkt hast, Rutger«, sagte sie und zeigte auf eines der Regale.

»Du kannst übrigens auf dem Küchensofa schlafen«, meinte Elida. »Wir liegen nämlich nicht mehr dort, seit Alvar abgereist ist.«

»Seit Alvar abgereist ist?« fragte Rutger. »Hat er denn auch hier gewohnt?«

»Nein, nein«, sagte Elida lachend und erzählte, wie traurig sie am Tag von Alvars Abreise gewesen seien und daß sie Trost im alten Bett ihrer Eltern gesucht hätten, und dann habe es sich einfach so ergeben. Rutger lachte verkrampft, doch dann erzählten die Schwestern von Alvar, lebendig und voller Stolz. Schließlich war er beruhigt und mußte zugeben, daß Alvar sicher ein großartiger Kerl war.

Dann ging er ans Auto, um seine Tasche zu holen. Außerdem brachte er eine Flasche Cognac mit. So etwas hatten Tilda und Elida noch nie probiert. Schmecken tat es ihnen nicht, aber es wärmte in der Brust.

Die Zeit rannte nur so davon, und ehe sie ins Bett gingen, gab es ein gutes Abendessen, für das die Schwestern viel Lob ernteten.

»Das sind ja richtige Schmuckstücke«, sagte Rutger, als er Mutter Elnas Geleegläser ans Licht hielt.

»Viele haben wir nicht mehr davon«, sagte Elida. »Die meisten haben wir für die Lieferungen gebraucht.«

Rutger stutzte. »Die Lieferungen?«

»Ja, wir haben Gelee für den Weihnachtsbasar gekocht«, beeilte sich Elida hinzuzufügen.

Tilda lächelte. »Ja, Elida hatte soviel um die Ohren mit diesen ganzen Lieferungen für den Basar«, sagte sie spitz.

Plötzlich hatte Rutger das Gefühl, als sei die ausgelassene Stimmung umgeschlagen. Er machte sich seine Gedanken. In den vergangenen Stunden hatten sie einige Dinge gesagt, die sich mit dem Potenzmittel in Verbindung bringen ließen. Aber er wollte an diesem Abend nichts mehr davon hören und sagte: »Morgen ist auch noch ein Tag, meine Lieben.«

Er gab sich Mühe, unbeschwert zu klingen, denn er wollte den Tag, in den die Schwestern soviel Arbeit gesteckt hatten, nicht verderben. Elida holte Bettwäsche. Er hätte sich auch seine eigenen Laken mitgebracht, aber er wußte, daß sie in diesem Punkt unerbittlich waren. Wenn man Gast war, mußte man keine Bettwäsche mitbringen.

Draußen war es kalt und ungemütlich, und Rutger sah ein, daß Tilda und Elida unbedingt eine Innentoilette brauchten. Die Schwestern wünschten ihm gute Nacht, und er blieb allein in der Küche sitzen. Elida hatte ihm einen Schlafplatz auf dem Küchensofa bereitet. Er schnupperte an den sauberen Laken, hielt sich den Kopfkissenbezug ans Gesicht und sog den bekannten Lavendelduft ein.

Da er hellwach war, schenkte er sich noch einen Cognac ein. Allmählich schwand seine Unruhe, doch ein merkwürdiges Gefühl blieb. Wieder dachte er an seine Jugend zurück, an die Abende, als sie am Küchentisch Siebzehn und Vier gespielt hatten.

Er fühlte sich ein bißchen betrunken, nahm aber noch einen Schluck. Das alte Kartenspiel und die Ein-Öre-Stücke von damals lagen sicher noch in der Schublade, dachte er und öffnete sie vorsichtig, damit die Schwestern nichts hörten.

Ganz richtig, in der linken Schublade lagen die Karten und die alten Kupfermünzen. Er schaute auch verstohlen in die rechte Schublade, wo ein Heft mit der Aufschrift »Kassenbuch« lag. Dann schloß er sie wieder, schenkte sich noch einen winzigen Schluck Cognac nach und beschloß, ins Bett zu gehen.

Obwohl er wußte, daß es sich nicht gehörte, fühlte er sich von der Schublade magnetisch angezogen. Er stellte sich an die Schlafzimmertür und lauschte. Dem Schnarchen der Schwestern war zu entnehmen, daß sie tief schlummerten. Rutger nahm entschlossen das Kassenbuch aus der Schublade und begann darin zu lesen.

Ausgaben: Wodka, Angostura, Kaffeebohnen, Wodka, Gläser, Kaffeefilter, Nachnahmegebühren.

Einkünfte: 10 Gläser, 15 Gläser, 32 Gläser.

Rutger hielt die Luft an. Sie waren es also doch. In seinem Kopf drehte sich alles. Ob es am Alkohol lag oder an seiner Entdeckung, wußte er nicht. Herrgott … und das in ihrem Elternhaus, und sie wußten, daß er …

Wut stieg in ihm auf. Er mußte sich zusammenreißen, um nicht ins Schlafzimmer zu stürmen und sie zur Rede zu stellen. Er weinte wie ein kleines Kind, große schwere Tränen fielen ins Kassenbuch. Angenommen, Schmiedemeister Svensson hätte noch gelebt und davon erfahren. Sein Weinen ging in hysterisches Gelächter über. Schafskopf, hätte sein Vater gesagt, du alter Schafskopf. Er lachte weiter, doch jetzt war es ein erlösendes Lachen. Er lachte über sich selbst und über seine beiden scheinheiligen Schwestern, die schnarchend in ihren Betten lagen, und konnte sich einfach nicht vorstellen, wie diese Idee in ihren Köpfen entstanden war und wie sie das Mittel hergestellt und verkauft hatten.

Er blätterte im Kassenbuch, bis sein Blick auf die Endsumme fiel: Achtundachtzigtausendzweihundert Kronen. Rutger war bestürzt. Beinahe neunzigtausend Kronen hatten seine Schwestern in so kurzer Zeit verdient. Er war beeindruckt, beinahe stolz. Ganz offenbar hatte er sich in ihnen getäuscht. Sie hatten einen Pioniergeist und eine Eigeninitiative entwickelt, wovon er sich eine Scheibe abschneiden könnte. Ob er ihnen erzählen sollte, daß er davon erfahren hatte? Nein, es wäre ihm zu peinlich gewesen, ihnen Auge in Auge gegenüberzustehen, wenn die Wahrheit ans Licht kam.

Rutger wußte nicht, ob es der Alkohol oder die Erleichterung und die Gewißheit waren, die ihn so aufgekratzt machten. Jedenfalls nahm er seinen Stift und schrieb mit schnörkligen Buchstaben ganz unten ins Kassenbuch: »Die Rechnungsbücher sind ordnungsgemäß geprüft und nach den geltenden Revisionsregeln für gut befunden worden. Rutger Svensson.«

Dann steckte er das Buch wieder in die Schublade zurück. Ehe er zu Bett ging, schob er die Tür zum Schlafzimmer einen Spaltbreit auf. »Ihr verflixten Hexen«, sagte er leise, wie zu sich selbst, und lachte, bis die Tränen nur so herunterliefen.

Es war angenehm zwischen den kühlen Laken. Beinahe hätte er erwartet, daß Mutter Elna zu ihm kam und ihn zudeckte. Er bohrte seinen Kopf in das weiche Kissen und weinte.

29

Die beiden Tage mit Rutger waren nett gewesen, und es war ihm anzumerken, daß auch er den Aufenthalt bei seinen Schwestern genossen hatte. Am meisten freuten sie sich aber darüber, daß ihr Geheimnis nicht gelüftet worden war.

Die Woche verging wie im Flug. Am Montag sollte Olofsson kommen und mit dem Umbau beginnen. Die nächsten Wochen wurden hektisch, aber die beiden Schwestern genossen es, die Fortschritte mitzuverfolgen. Sie hatten ein Stück von ihrem Schlafzimmer opfern müssen und einen der Einbauschränke, aber darauf konnten sie gut verzichten. Am sechsten Mai sollte der Umbau fertig sein, und laut Olofsson ließ sich der Zeitplan gut einhalten. Eines Abends, nachdem er gegangen war, besichtigten sie das Badezimmer. Der Boden war gelegt, die Wände tapeziert, und an diesem Tag waren die Sanitärobjekte gekommen. Sie sehnten den Abend herbei, an dem sie ihre neue Toilette einweihen konnten.

Dann war es endlich soweit. Es war ein sonniger und schöner Tag. Morgens hatten sie eine Karte von Alvar bekommen, in der er schrieb, daß er schon Anfang Juni kommen würde, worüber sie sich sehr freuten.

Als Olofsson schließlich fertig war, hatte Elida Kaffee gekocht. Es wurde ein Abendkaffee, denn Olofsson hatte seine Arbeit erst gegen sieben Uhr abgeschlossen.

»So, jetzt müßt ihr nicht mehr rausgehen«, sagte er.

»Das wird sicher angenehm. Und schön ist es geworden«, sagte Tilda lobend.

»Was schulden wir dir denn?« fragte Elida.

Olofsson nahm seinen Block und addierte die letzten Posten dazu.

»Zweiundachtzigtausend Kronen.«

Elida versuchte ungerührt auszusehen. Sie ging zur Keksdose mit dem Geld und zahlte in bar. Olofsson machte einen Diener und verschwand in den Frühsommerabend.

»Zweiundachtzigtausend«, sagte Tilda. »Dann haben wir ja sechstausendzweihundert übrig.«

Elida lachte.

»Die Stadtleute haben eben nicht immer recht«, meinte sie und erinnerte sich, wie sie einst im Kaufmannsladen behauptet hatten, alles werde teurer als vorher veranschlagt.

Als sie den Tisch abgedeckt hatten, putzten sie ihr neues Badezimmer und räumten es ein. Tilda holte den neuen Teppich und befestigte den Toilettendeckelbezug. Elida hängte Mutter Elnas handgewebte Handtücher mit der blauen Borte auf.

Tilda verschwand im Wohnzimmer und sah geheimnisvoll aus.

»Hier!« sagte sie und reichte Elida eine Rolle weiches Toilettenpapier mit blauer Borte. »Ich habe es gekauft, als ich mal allein in der Stadt war. Es war teuer, aber das ist schon was anderes als alte Zeitungen.«

»Dir fallen ja Sachen ein«, sagte Elida lächelnd, und Tilda wurde ganz warm ums Herz.

Ehe sie zu Bett gingen, öffnete Elida die Schublade mit dem Kassenbuch.

»Es ist bestimmt am besten, wenn wir alle Beweise vernichten«, sagte sie und warf das Kassenbuch in den AGA-Herd.

Tilda lachte.

Elida durfte die neue Toilette einweihen, ehe sie schlafen gingen. Tilda blieb vor der Tür stehen.

»Da haben wir aber etwas, was wir Alvar vorführen können, Elida«, sagte sie, hörte aber nicht, was ihre Schwester antwortete, denn die betätigte in diesem Moment zum erstenmal die Spülung der hellblauen Toilette.

Als Tilda mit dem Genuß des Toilettenbesuchs an der Reihe war, wartete Elida draußen und unterhielt sich mit ihr. So hatten sie es in all den Jahren gemacht, und so sollte es auch in Zukunft bleiben. Es waren vertrauliche Minuten beiderseits der Tür. Die Schwestern genossen es, und es fiel ihnen schwer, ins Bett zu kommen.

Als sie schließlich ins Schlafzimmer gingen, verschlang das Feuer gerade den letzten Rest des Kassenbuchs. Sie waren zufrieden über die Gewißheit, das Geheimnis eines Tages mit ins Grab zu nehmen.

Die alten Filzpantoffeln mit den Ausbuchtungen von den Hühneraugen standen gähnend leer in der Dunkelheit. Die Zähne befanden sich an ihrem angestammten Platz im Wasserglas auf dem Herd. Die Schwestern Svensson lagen dicht nebeneinander und lächelten im Schlaf. Bald würde das Ofenrohr abkühlen und seine drei Knacklaute von sich geben.

Katarina Mazetti

Der Kerl vom Land

Eine Liebesgeschichte. Aus dem Schwedischen von Annika Krummacher. 202 Seiten. Serie Piper

Zwischen Desirée und Benny funkt es, und zwar ausgerechnet auf dem Friedhof. Nach einigen Wochen voller Leidenschaft schiebt sich der Alltag störend dazwischen – und die gegenseitigen Erwartungen: die Bibliothekarin und der Landwirt leben in zwei völlig unterschiedlichen Welten. Benny braucht eine handfeste Frau, die ihm auf dem Hof zur Seite steht, und Desirée interessiert sich vor allem für Literatur und Theater. Voller Situationskomik erzählt Katarina Mazetti von einer ganz und gar ungewöhnlichen Liebe.

»Eine sehr komische und gleichzeitig sehr tragische Geschichte, mit viel Humor und Feingefühl erzählt. Ein Buch, das Mut zum Außergewöhnlichen macht.«
Westdeutscher Rundfunk

Karin B. Holmqvist

Villa mit Herz

Roman. Aus dem Schwedischen von Holger Wolandt und Lotta Rüegger. 224 Seiten. Serie Piper

Soll das schon alles gewesen sein?, fragt sich Bonita. Ihr Alltag mit der alten Mutter in der Villa am Stadtrand ist nicht gerade abwechslungsreich. Doch dann wird alles anders: Doris zieht wieder ins Nachbarhaus – Doris, mit der Bonita früher eng befreundet war und die dann der Kleinstadt für Mann und Karriere den Rücken kehrte. Seitdem haben sich die beiden aus den Augen verloren. Um so erstaunter ist Bonita, als sie ihre alte Freundin Doris wiedertrifft: Deren Ehe ist längst in die Brüche gegangen, und auch ihren Arbeitsplatz hat sie verloren.

Liebevoll, warmherzig und mit viel Humor erzählt Karin B. Holmqvist, wie es Doris und Bonita gelingt, ihre alte Freundschaft wieder aufzufrischen und ganz neue Zukunftspläne für die alte Villa zu entwickeln.

SERIE PIPER

05/1432/02/L

05/2165/01/R

Katarina Mazetti
Mein Kerl vom Land und ich

Eine Liebesgeschichte geht weiter. Aus dem Schwedischen von Annika Krummacher. 224 Seiten. Serie Piper

Kann das gutgehen: ein Landwirt und eine Bibliothekarin aus der Stadt? Benny und Desirée wissen, daß es nicht einfach wird, aber Desirées biologische Uhr tickt, und sie geben dem Schicksal eine letzte Chance. Und siehe da: Desirée wird schwanger und zieht zu Benny auf den Hof. Doch das Leben auf dem Land ist mehr als gewöhnungsbedürftig ...
Warmherzig und witzig erzählt Katarina Mazetti, wie sich die beiden trotz aller Gegensätze zusammenraufen.

Katarina Mazetti
Ein Mann für unsere Mama

Roman. Aus dem Schwedischen von Annika Krummacher. 96 Seiten. Serie Piper

Die allererste Begegnung zwischen Mariana und Janne ist mehr als stürmisch. Doch leider kann Mariana sich nicht so richtig in ihn verlieben, denn da gibt es auch noch Micke – ihre große Liebe und der Vater ihrer beiden heißgeliebten Kinder. Allerdings ist die Beziehung mit ihm nicht gerade einfach. Und Janne ist immer da, wenn Mariana ihn braucht. Bald ist sie sich gar nicht mehr so sicher, was sie eigentlich will ...
Humorvoll, klug und hintergründig erzählt Katarina Mazetti von einer ganz und gar unmöglichen Liebe.

Anne Holt

In kalter Absicht

Roman. Aus dem Norwegischen von Gabriele Haefs. 365 Seiten. Serie Piper

Packend und beklemmend zugleich ist der brisante Kriminalroman der Bestsellerautorin Anne Holt über eine Serie von dramatischen Entführungsfällen: Am hellichten Tag verschwindet in Oslo die kleine Emilie, wenig später wird der fünfjährige Kim vermißt. Schließlich findet man den Jungen tot auf, mit einem rätselhaften Zettel in der Hand. Hauptkommissar Stubø beschließt, die sensible Psychologin Inger Vik einzuschalten. Schließlich erinnern die Umstände fatal an den Fall, in dem sie gerade recherchiert: ein Verbrechen, das über vierzig Jahre zurückliegt ...

»Gegen diesen Serienkiller-Thriller ist ›Das Schweigen der Lämmer‹ eine Gute-Nacht-Geschichte. Hätte Anne Holt mit Inger Vik nicht eine absolut vertrauenerweckende Heldin in die böse Welt geschickt, man würde nach der Lektüre ihres neuen Psychokrimis kein Auge mehr zukriegen.«
Brigitte

05/1425/01/L

Anne Holt, Berit Reiss-Andersen

Das letzte Mahl

Roman. Aus dem Norwegischen von Gabriele Haefs. 427 Seiten. Serie Piper

Der grausame Mord an dem Osloer Restaurantchef Ziegler stellt Hanne Wilhelmsen und Billy T. vor ein Rätsel: Wer hat ihm das edle japanische Messer in die Brust gestoßen? Und was hat es mit dem unvollendeten kunstvollen Mosaik in Zieglers Wohnung auf sich? Nach dem tragischen Tod ihrer Freundin Cecilie ist Hanne endlich nach Oslo zurückgekehrt. Nur zögernd wird sie von ihren Kollegen wieder akzeptiert, bis sie diese vor einem schwerwiegenden Fehler bewahrt und den Mord aufklären kann.

»Ein Roman, der gleichzeitig so fesselt, daß man ihn verschlingt, aber doch so nachhaltig beschäftigt, daß man ihn nicht vergißt.«
Stadtmagazin Hannover

05/1771/01/R

SERIE PIPER

Karin Fossum
Dunkler Schlaf
Roman. Aus dem Norwegischen von Gabriele Haefs.
263 Seiten. Serie Piper

Sie gehört zu den Meisterinnen ihres Genres: die Norwegerin Karin Fossum. In diesem packenden Kriminalroman recherchiert der wortkarge Kommissar Konrad Sejer den Fall der sonderbaren Irma Funder: In deren Keller liegt ein sterbender junger Mann – und für Sejer beginnt ein Wettlauf gegen die Zeit, den er nicht gewinnen kann ... Ein fesselndes Psychogramm, in dem sich die Grenzen zwischen Opfer und Täter immer mehr verwischen.

»Seit Jahren schon erweist sich Karin Fossum mit ihren anspruchsvollen, lebensklugen Sozialthrillern als ebenbürtige Kollegin von Henning Mankell.«
Der Spiegel

Kerstin Ekman
Geschehnisse am Wasser
Roman. Aus dem Schwedischen von Hedwig M. Binder.
573 Seiten. Serie Piper

Mittsommer 1974: Die junge Lehrerin Annie Raft irrt mit ihrer kleinen Tochter durch die nordschwedischen Wälder, auf der Suche nach ihrem Freund Dan, der sie eigentlich abholen wollte. Auf dem Weg bemerkt sie einen fremdländisch aussehenden Mann, und wenig später macht sie einen grausigen Fund: ein Zelt mit den Leichen zweier junger Menschen. Achtzehn Jahre später sieht Annie ihre mittlerweile erwachsene Tochter in den Armen eben jenes Fremden ... Eine faszinierende Geschichte im düsteren Milieu der nordschwedischen Wildnis.

»›Geschehnisse am Wasser‹ übt von der ersten bis zur letzten Zeile einen unwiderstehlichen Sog aus. Dunkle Seelenlandschaften und magisch schöne Landschaftsbeschreibungen verschmelzen zu einer ungewöhnlichen Einheit von kriminalistischer Spannung und ambitionierter Literatur.«
Norddeutscher Rundfunk

05/1482/01/L   05/1483/01/R

Racheengel

Krimigeschichten aus Skandinavien. Herausgegeben von Gabriele Haefs, Christel Hildebrandt und Dagmar Mißfeldt. 256 Seiten. Serie Piper

Von den isländischen Familiensagas bis zu den erfolgreichen Krimis der Gegenwart – das Thema Rache hat in der skandinavischen Literatur eine lange Tradition. Hier sind über zwanzig Geschichten der interessantesten Autorinnen und Autoren versammelt: von Arne Dahl, Karin Fossum und Levi Henriksen bis zu Leena Lehtolainen und Åke Edwardson. Sie erzählen von Racheengeln, die erst Ruhe geben, wenn das Unrecht gesühnt ist.

»Wer nordisch-kühle Rachegefühle kosten will, dem sei dieses Buch empfohlen. Wenn der Leser vielleicht selbst Rachegedanken hegt, hier kann er sie beim Lesen abreagieren oder lernen, was er besser nicht täte ...«

Tod am Fjord

Neues aus Norwegen von Ambjørnsen bis Fossum. Herausgegeben von Holger Wolandt. Aus dem Norwegischen von Gabriele Haefs, Kerstin Hartmann-Butt, Christel Hildebrandt, Annika Krummacher, Lotta Rüegger und Holger Wolandt. 288 Seiten. Serie Piper

Dunkle Fjorde, hohe Berge und scheinbar idyllische Sommerlandschaften – der ideale Hintergrund für mörderische Geschichten aus Norwegen. Und wenn im Winter die Sonne monatelang nicht über die Berge kommt, werden finstere Pläne geschmiedet, wie sich unliebsame Ehemänner und Liebhaber aus dem Weg räumen lassen ... Holger Wolandt hat in seinem Buch die besten norwegischen Geschichten versammelt: spannende, humorvolle und hintergründige Erzählungen, die hier zum ersten Mal auf deutsch veröffentlicht werden, geschrieben von bekannten Autorinnen und Autoren wie Karin Fossum und Ingvar Ambjørnsen, Gunnar Staalesen, Jo Nesbø und Kjell Ola Dahl.

SERIE PIPER